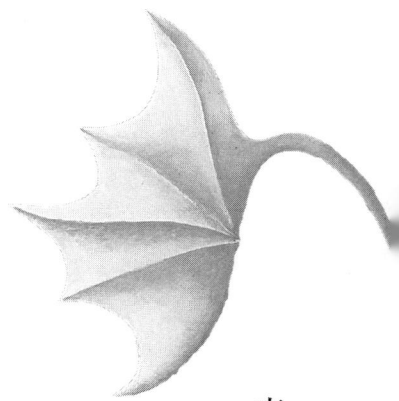

李杭育 著

醒酒屋

百花洲文艺出版社
BAIHUAZHOU LITERATURE AND ART PRESS

图书在版编目（CIP）数据

醒酒屋 / 李杭育著. — 南昌：百花洲文艺出版社，2022.11
ISBN 978-7-5500-4794-5

Ⅰ.①醒… Ⅱ.①李… Ⅲ.①长篇小说—中国—当代 Ⅳ.①I247.5

中国版本图书馆CIP数据核字（2022）第175252号

醒酒屋

李杭育　著

出 版 人	章华荣	
责 任 编 辑	胡青松	
书 籍 设 计	方　方	
制　　作	周璐敏	
出 版 发 行	百花洲文艺出版社	
社　　址	南昌市红谷滩区世贸路898号博能中心一期A座20楼	
邮　　编	330038	
经　　销	全国新华书店	
印　　刷	江西千叶彩印有限公司	
开　　本	787mm×1092mm 1/32　　印张 9.75	
版　　次	2022年11月第1版	
印　　次	2022年11月第1次印刷	
字　　数	180千字	
书　　号	ISBN 978-7-5500-4794-5	
定　　价	42.00元	

赣版权登字 05-2022-185

邮购联系　0791-86895108
网　址　http://www.bhzwy.com
图书若有印装错误，影响阅读，可向承印厂联系调换。

昨晚打烊后，在猴子的酒吧二楼，刚被他睡了的玲玲说他长得很像华少。

今天下午他就去了"琪琪"美发店做头发。

店堂不大，总共才两张理发椅。一个小鲜肉兮兮的男孩坐在角落里看手机，猴子进门他头也不抬。而当猴子习惯性地摸了一把老板娘的屁股，小鲜肉倒是看见了，嘴角抖了抖，把嘲笑的表情做到了一半。

老板娘同时也是发型师，跟猴子很熟，问他为啥做了头发没几天又要再做？

猴子说："你今天给我做这个样子的。"说着他把手机递给她看。

"这是谁啊？"

"你连华少都不晓得？太没文化了！"

他坐到理发椅上，等着老板娘为他服务。就在此时，他从镜子里看见门外有个熟人路过美发店门口，一晃就不见。即使没看清脸，从走路的步态他也能认出那是他的酒吧老客李三。

李三跟阿沫来陆家庄西苑看房子，路过"琪琪"美发店，瞟见门里有个漂亮女人不经意地朝他看了一眼，手里还拿着一把电吹风。他下意识地摸了一下自己的头发。还不长，再等几天吧。

陆家庄分东苑、西苑，是外来务工者在杭州城西租住房屋最多的"城中村"之一。本地户都做了房主，每户人家都有一栋和别人家一模一样的楼房，都至少住着十三四个房客。失地的农民坐收房租，靠房吃房。杭州人的经济生活一方面造就了一大批阿里巴巴套路的"996"

工作狂，另一方面也衍生出许许多多靠打麻将、"斗地主"度日的食利者。要么做到心梗，要么索性躺平。

他俩来到一区68幢，2单元姓刘的人家，女主人包大姐出来招呼来客。她家是和左右隔壁连体的三层楼房，除了自家住的三楼，每层都隔出六七个房间租给打工的男女，有的自带卫生间，有的几户合用。

看完房间，阿沫留在她家，李三走出门外。一向来，阿沫嫌李三不会谈生意还缺耐心，在跟人家谈价钱的时候有李三在边上会让她也沉不住气的。

两支烟的工夫，阿沫和包大姐谈好了，替李三租下了一间房，让他当即付了半年房租、停车费和等同一个月房租的押金。

当晚，李三从家中拿来被褥、枕头，还有毛巾、牙膏、牙刷之类。安顿好了，他小睡一小时，醒来后步行六七百米去"酒平方"泡吧。

猴子见了李三，说下午看到李哥了，在"陆西"的北门口。

"是，我下午去看房子，路过一家剃头店……"

他接过玲玲递来的一瓶"喜力"，双手在刚拿出冰箱还带有露水的瓶壁上摩挲了一会儿，再拿餐巾纸把手擦干。

玲玲问："李老师这是在洗手吗？"

"算是吧。节约用水。"

李三和坐在身旁的冯韬瓶对瓶碰了一下，接着就把下午跟阿沫去租房子的事给冯韬说了。房间约莫十个平米，包括卫生间，有一张小床和几样简单的家具，月租八百五，外加一百块停车费。停车位没有专属的，谁先到谁停。

"我现在住的龙坞，来城西泡吧有十七公里远。要是自己开车来，喝了酒，不能再开回去。我试过两种办法，一种是叫代驾，费用不会低于一百二十块；再就是打车回去，六十多块。但那样一来我明天还得再花六十多块打回来取车，等于是来回跑两趟再加一百二三十块的费，更不划算。哪怕只是隔天泡吧，一个月泡十五次，光是跑来跑去的费用就得两千块，成本太高了！"

"是太高了。"冯韬说，"这两千块你本来还可以再多泡十回吧。"

"所以我老婆想到了一个办法，就是在酒吧附近租一间屋，喝完酒我在这屋里睡一觉，第二天吃了午饭再开车回家。这样大致能省下一千块钱。"

冯韬想了想，一本正经说："你这个应该叫醒酒屋。"

李三听见远在吧台尽头的王也跟吧女姗姗说："他老婆给他租的！"

隔着五六个座位，他大声告诉王也："钱是我自己出的。"

刚从厕所里出来的吴进说："这件事放在从前可以写进《世说新语》。"

李三接着介绍："这间屋子最大的缺点是卫生间太小，想要洗澡没地方站，只能坐到抽水马桶上。"

王也又在那头说："老太太都是坐着洗澡的。"

李三没理他，管自己往下说："但也有好处，是一楼，喝了酒回来不用走楼梯，而且门朝街开，独门独户。"

吧台里，猴子一脸坏笑说："这下李哥泡妞方便了。"

李三这才认真打量了一番他的新发型，还看见玲玲在他身后走过去走过来，一对大波来回蹭着他的后背。

李三还注意到，吧台尽头的阴影处站着一个小个子女人。没看清脸，只觉得她有点隐匿自己的意思。

正要问猴子这女孩是怎么回事，忽然接到曹玫电话，问他在哪里。

"我在'酒平方'，草莓你来吧。"

"'酒平方'是哪家？"

他只得详细交代，是在古墩路和文一西路的路口往北两百米，古墩路边，当然是指辅道，和主路隔着绿化带，有很密集的一排樟树遮挡……他把自己说烦了，干脆说："就是猴子的酒吧，你来过的！"

这下明白了，曹玫说她半小时后到。

放下手机，李三感叹道："猴子大名鼎鼎啊！"

吴进说："这说明'猴子的酒吧'比'酒平方'识别度高。"

李三说："'猴子的酒吧'还嫌啰唆，简称就叫'猴吧'算了。"

冯韬和吴进都说好，"猴吧"念着蛮顺口。

王也要猴子明天就把门外的"酒平方"牌子换掉。

李三接着开导猴子："好多回，我晚上来泡吧，到了'酒平方'和你隔壁'夜太阳'的马路对面，隔着马路看你们两家。'夜太阳'灯亮，字大，一目了然，而你这个牌子又小又暗幽幽的，感觉有点偷偷摸摸。再说店名，当初阿斌从阿健手里盘下'夜色'，请我替他另取名字，我说叫'夜太阳'吧。夜里的太阳，意思怪怪的吧？可是你仔细想想，有句老话说'朵朵葵花向阳开'，兄弟，你晓得的，夜里的酒鬼们就是朵朵葵花啊！酒吧就是他们的太阳啊！反观你'酒平方'，算啥意思？曲里拐弯的，哪有'夜太阳'叫得响亮？你自己讲，一个初来乍到的客人，'夜太阳'和'酒平方'，他更记得住哪个？"

王也说："要依着猴子，他肯定更想叫'华少吧'。"

"那可不敢。"猴子连忙说，"华少晓得了会叫我吃官司的。"

接着他岔开话题，说起他原先在"炫吧"做，老板阿祥外号叫"狼"，然后一个吧女叫燕子，另一个吧女叫小猪，第三个吧女叫羊羊，再加上他猴子，听起来像个动物园。

冯韬说："猴子又开始编故事了。'炫吧'狼是有的，燕子也是有的，猪呀羊呀，我可是没见过。"

"韬哥你那时又不是'炫吧'的常客，一个月也来不了一回。小猪、羊羊没做几天就被'鎏金殿堂'的妈咪挖走了，都是美女啊！"

王也说："更有可能是被你上下其手给吓跑的。"他又盯着吧台里的玲玲问，"你说是吧？"

玲玲说："是啊，我头一天来上班就被他摸了。"

李三看见姗姗在玲玲背后偷笑，他替猴子辩解："也不能全怪猴子。玲玲你自己也有责任。这腰身，凸凸翘翘的……至少，我做梦摸过了。"

"李老师就是会夸人！"玲玲很温存地拍拍李三的手背，又转过身去拍着猴子肩膀说："我相信猴子以后不会再去摸别的女人了！"

酒吧里沉静了两秒钟，接着是一声跟着一声的"哦？"。

李三问玲玲："这么说，你让他上过了？"

玲玲不回答，只顾笑，带点放荡，又带点很假的羞涩。

"那我以后就叫你母猴了。"说着，李三转过脸问冯韬他们，"猴子的老婆，不是母猴是什么？"

在城西吧女界，玲玲以大波著称并以此为荣，还曾放话说要跟原先在"珍妮吧"做过的装装 PK 一下究竟谁是城西波霸。诗人郝青曾夸赞她的大波说，有玲玲在，城西的孩子们饿不着了。波倒真大，李三相信玲玲若逛街，迎面走来的无论男女都会盯着她胸口看，就像他曾经一再观察到的，他的一个也是波大触目的前女友和他一起走在深圳街上时的那种情景。她若穿衬衫，从领口数下来的第三颗纽扣，总是处在一种即将被绷开的状态。深圳女友告诉他，她每买一件衬衫，在穿之前总要把这第三颗扣子重新钉一下，钉得更结实些。

猴子对女人的最爱就是大波。有一回李三试图给他做心理分析，说你小时候一定是吃娘奶没吃饱，于是就成天幻想着自己捧住一个巨

奶，里面蓄满足足的汁水……

早半年前，那时玲玲到底跟哪个男人好还不确定。有一回李三跟她套近乎，说我想去你家做上门女婿。听说你是独生女，家在安吉乡下，房子很大，还有一块菜园……

玲玲说："李老师你年纪比我爸还大，弄不好的。"

李三继续说："我上门做了你家女婿，就和你一起开个'农家乐'，做出我家的田园风味。譬如有讲究食材的客人来吃饭，可以带他去后门外看看我家的菜园子。一般的拍黄瓜，十块钱一盘的，我们就老老实实告诉客人黄瓜是从菜场买的。但我家菜园子里也有黄瓜呀，还长在藤上呢，张总你看见了吧？就是这个。张总你自己摘下一根，新鲜吧？魂灵儿还没散出呢！不过，这一盘拍黄瓜可是要卖三十块的。"

玲玲有点兴趣了，说这当然，一分钱一分货。

可是她立刻又没兴趣了，说开餐馆太辛苦。

李三说："厨房里的活都由我做，你就只管坐着收钱。"

一听说由她收钱，玲玲兴趣大增，一双漂亮的大眼睛闪闪熠熠，连连说好，差点就答应李三亲个嘴了。

忽然她又刹了车，眼中兴奋的余光还在，嘴上却说："李老师比我大三十岁，弄不好的。"

"要不要弄弄试试？"

玲玲就只顾笑了，像今晚这样，带点放荡，又带点很假的羞涩。

吴进说："今天有点意思。先是李老师租了个'醒酒屋'，从此泡妞方便了。哎哎，李老师，这是猴子说的。接着，'酒平方'被李老师改了名，叫'猴吧'了。猴子呢，做了个新发型，就自说自话做了城西的华少，然后让玲玲做了'母猴'。"

玲玲说："我老家山里真有猴子呢。"

这回李三感觉到躲在阴影处的那个女子也忍不住笑了。

没等众人尽兴，曹玫到了。

一进门，她在李三身边刚坐下，就问众人："你们看猴子是不是很像华少？"

众人笑了，既像是笑她，又像是笑猴子。

玲玲像是得了头功，开心极了，猛亲两下猴子，然后告诉众人："我昨晚就对他这么说了。"

猴子很受用，凑到曹玫面前，一口一个"草莓姐"，问她要喝什么，又说今晚草莓姐的酒他请了。

老虞他们，两男两女，一阵风刮进来，顿时将吧台的空座占满。他们四个要挨着坐，众人不得不调整一下座位，冯韬和吴进坐到最里面挨着王也，老虞他们在中间，李三和曹玫最靠近门口。

老虞告诉李三，他们是从嘉善吃完晚饭过来的。他带来一包嘉善特产的癞蛤蟆肉，请李三和曹玫尝尝。

李三说我吃过这东西，不怎么喜欢。

曹玫却是无论什么怪头怪脑的吃食都是她的最爱。她跟老虞说她就是喜欢癞蛤蟆肉吃在嘴里的那种麻酥酥的感觉。

李三想起他的一帮嘉兴朋友还简直把这种麻酥酥的美味奉为至宝。从麻酥酥里体验到愉悦和欢喜应该是一种怎样的生理过程？他记得有一回曹玫酒后当着他的面跟胡桠交流性爱体会，说她认定性快感的要点说到底就是这种麻酥酥的感觉。

癞蛤蟆肉很多，除了李三和吴进，众人都分享了，还借此话题各有发挥。王也说不想吃天鹅肉的癞蛤蟆不是好蛤蟆。冯韬接口过去，说不想吃癞蛤蟆的猴子不是好天鹅。吴进说猴子吃了想吃天鹅肉的癞蛤蟆就等于是意淫一把，想象自己是吃过天鹅肉了。曹玫说，归根结底，

不想被猴子吃的癞蛤蟆肯定吃不到天鹅肉……

猴子被他们反复调戏，看似笑眯眯的，眉头却一皱一皱，还有点觉得他们很无聊。他扔掉手里一小根癞蛤蟆腿骨，用纸巾擦了擦手，给曹玫倒了小半杯黑方。

李三说："你太小气了，口口声声要请草莓姐喝酒，只请她喝这么点儿？"

猴子不得不又给她杯中添酒，添到了大半杯。

李三跟曹玫说："来泡吧前我小睡了一会儿，做梦梦到一只豹子从动物园逃出来，慢悠悠走到一段大马路上，好像是104国道，停下来，拿右前掌蹭了蹭柏油路面，再抬起爪子用舌头舔了舔，好像要弄懂为啥这个路面会让它爪子下的肉垫感觉糙啦啦的。接着它就莫名其妙地看到一辆辆宝马、奔驰、玛莎拉蒂在离它还有几十米的地方紧急刹车，然后乒乒乓乓地接连追尾……"

曹玫说："不可能，杭州野生动物园三只豹子外逃的事故，要等八年以后，2021年春末才会发生。"

李三被她说糊涂了，傻傻地问了句："八年后会有这样的事？"

"不然你怎么会梦到的？"

这下被闷住了，他想了好一会儿答不上来。

曹玫很笃定，好像在说杭州大街上的日常见闻："师傅总听说过量子纠缠的事吧？道理是差不多的，只不过量子纠缠是共时性的，而师傅这个梦提前做了，有时间差。未来图景，未来已来啊！"

老子不过是做了个梦，天晓得怎会梦到豹子的，却让她扯到了量子纠缠那么瘆人的东西。看样子这巫婆已经在哪里喝过一顿了，我并非她今晚的首选。

趁着这会儿曹玫转过脸去跟老虞和吴进交流着"未来图景""逆

向传输"等等听上去科技含量很高的话题，李三转到老虞身后去搭讪他带来的两位美女。

走近了看也不算很美，当然比曹玫要好看很多。曹玫的长相其实是有点接近尖嘴猴腮的，只差一点点了。不过这一点点很关键，好比乌玛·瑟曼的那种长相，再过头一点就成巫婆了。李三当然也晓得，在不少男人眼里巫婆最性感了。他们到今天还在久久怀念电视剧《射雕英雄传》里那个梅超风。而老虞带来的这两位，面相都很柔和，跟吧台里的姗姗差不多，都不太有特征。攀谈了几句，李三得知她俩都算是老虞的小师妹，毕业后又拜老虞为师跟他学纺织品设计，而今都自己开工作室做着和老虞一样的生意了。李三主动要求和她俩加了微信。看名字，一个叫游子，一个叫弗朗西丝，显然都不是真名。

老虞回过头来对她俩吹捧了一番李三，说他是作家又是画家，还当过什么什么，你们可以上百度去搜。他比"李哥"小两岁，却被猴子尊称"虞老"，泡吧不善聊天，看球赛倒经常语出惊人，尤其喜欢触冯韬霉头。每见冯韬在场，他就声称自己支持凡是能打败巴萨的任何球队。他俩赌球，即使巴萨赢了，老虞也总有办法让冯韬输钱还不爽。而冯韬，偏偏还喜欢和他斗嘴，一见老虞来了，就主动坐到边上，开始跟老虞大谈巴萨近来的战绩。老虞则专拣冯韬不爱听的说，真正是哪壶不开提哪壶。李三看不下去了，说冯韬你有病啊？让老虞虐上瘾了不是？那种时候，老虞就很得意地自称是"说病大师"，把他这样对付冯韬说成是给冯韬"说病"，还说正是因为他"说病"很成功，冯韬现在看上去强壮了不少，脸上也不长痘痘了。

今晚老虞又告诉那两个女生，李老师是"话疗大师"，你们有啥人生问题，婚恋啦，育儿啦，怎样对待父母啦，尽管找李老师说，他有办法替你们化瘀、止痛、疗伤。

两个女生连连说"好、好",很有礼貌地朝李三笑笑。

没戏,他只好对游子和弗朗西丝说了句"慢慢喝",再次转开去。但没有回到曹玫那里,而是出于好奇,去看看那个躲在角落里的女子。

正好猴子进厨房路过跟前,告诉李三这是新来的吧女小旻,今晚头一回上班。他对小旻说:"你记住,李老师是我大哥,重量级的!该怎样你懂的。"说完他去里面切香肠了。

这个小旻,个子很小很小,身高肯定不到一米五,接近侏儒了。不过她体型很匀称,甚至可以说很标致。

李三问小旻:"为啥躲在这里不见人?"

"没有呀。"

"有的,你故意不露面。我刚才坐在那里望过来,只见着这里有个人影儿在晃动。"

"我一直在往冰箱里放啤酒。"

"这样吧,啤酒不用放了,或者叫姗姗来放。你出来,陪我喝两口。"

猴子在厨房听到了,大声对小旻说:"李老师看得起你,快去呀!"

小旻惶恐兮兮地跟着李三出来,回到他原先的座位。他右手边的曹玫已经跟加塞在她和老虞之间的吴进聊莫言小说了。李三见吧凳已经坐满,要小旻索性坐到他腿上:"横竖你也没有多少分量。"

小旻只好听他的,横着坐到他腿上。

曹玫见着,似夸非夸地说了句:"这个袖珍小美女倒蛮对我师傅口味的。"

"你怎么晓得?"

"师傅不是口口声声说喜欢'新昌小京生'吗?你应该不是在说花生吧?"

李三说:"其实哪个男人娶了这么个'袖珍女'都是蛮不错的。

我老婆的一个小姐妹也是个子很小，却嫁了一个比她高四十公分的法国帅哥。有一阵子我老婆还很担心他俩怎么亲嘴，可人家把小孩都生出来了！"

转过脸来他又对小旻说："假设我娶了你，我就让你动辄坐到我腿上来，像现在这样，视线完全是平视的。换作我抱着的是一个像玲玲那样的女孩，我就得仰面看她了。"

玲玲给小旻拿来一瓶"科罗娜"，对她说："我要是坐到李老师身上，只怕他要出状况的。"

"你怎么晓得小旻坐着我就没状况了？"

"那小旻你可要小心了！你稍微往下一点，坐到他膝盖那里，不要坐在李老师的正当中。"

小旻还真的按玲玲说的那样挪了挪屁股。

"你刚才还说跟我弄不好的，怎么又替小旻担心了？"

"跟我弄不好，跟小旻足够了。"

小旻不仅没害羞，还被她说笑了，一脸喜气，弯过身子来抱住李三的脖子。

曹玫又回头来问李三："莫言最早的小说是哪篇？"

"不晓得，只记得最早晓得的是《透明的红萝卜》。"

她转过脸去，跟吴进争论了很长时间《透明的红萝卜》是1984年出的还是1985年出的，还打赌，输者要吹瓶。结果一搜百度，曹玫输了，半分钟里灌下一瓶"喜力"。

王也在对冯韬介绍一位日本摄影家荒木经惟的摄影集，让他大开眼界，不是因为裸照，而是惊叹日本人在性方面竟然如此坦荡、开放。书中所有被拍了裸照的"人妻"都有姓名、年龄，二十几岁到四十几岁的，血型，家庭住址，老公的职业和年龄，有几个小孩，她

本人几岁开始有性经验，总共和几个男人有过性交往，而今一周做爱几次，喜欢什么体位，等等，几乎是一个有夫之妇所有的个人隐秘都交代出来了，让这样一本原本带点色情的影集有了社会学的价值。王也说他相信这不仅需要当事者有勇气，还必定征得了丈夫们的赞同。这还不是个别人的"前卫"之举，这个题材的摄影集荒木经惟已经出版了十九本，每本大约汇集了三十个"人妻"，十九本就意味着有五百七十个日本居家女性大胆暴露了自己的一切。

吴进对老虞他们说起他这阵子常去健身房瘦身，说健身房如今成了社交场所，不少男女在那里展示性感，自我推荐。

小旻告诉李三，她老家是衢州常山。她爸开厂，家里条件不错。她有一个姐姐，长得比她好看，在家乡的小镇上工作，快要嫁人了。爸妈觉得她这么矮，担心不太会有男人愿意娶她，就打算把她留在家招上门女婿。那之前都无所谓啦，她喜欢出来混就让她出来混了。

王也他们那里又说到打仗的事情上去了，议论那位经常在电视上做军事评论的专家，许多年前他曾断言美军进攻伊拉克几乎未遇抵抗，是因为共和国卫队集体钻了地道，要和美军打地道战。不久前此人又断言说我们可以用海带来对付美国的核潜艇，让海带缠住它的螺旋桨。王也嘲笑这位专家："他应该跟李老师学学怎样写小说了。"

这话被李三听到了，隔着曹玫、老虞他们五六个人对王也和冯韬说："这位专家不是不懂军事，而是不懂海带。中国沿海各地种植海带，那是在很浅的近海，水深不过十来米吧。除了海带还有紫菜，还养着蛏子什么的。你们去台州的三门海边看看就晓得了。美国佬的核潜艇跑到那么浅的海边来做啥？来挖蛏子？"

接着，他听到冯韬对王也说："李老师说他不懂海带，这话更损。"

正在跟老虞和他朋友阿康打牌的猴子喜形于色地讲述他去"蹭"

宝马的事。前天下午，他去了石祥路上的一家宝马4S店。人家很客气，还给他泡咖啡，问他贵姓。免贵姓余。余总这边走。工作人员把一辆X5开出店，来到一处冷清的马路，让他坐上去开了一会儿。回到4S店，他头头是道夸奖了一番这车子怎么好怎么好，说回去再跟太太商量商量，改日再来光顾。阿康刚才告诉过猴子他开的是X5。猴子夸X5，等于是把阿康也给夸了。

郝青来了，跟李三说了几句他刚从柳宾手里买下一块玉的事。可是他只喝了一瓶"喜力"，又转到别处去泡了。

王也过来跟李三敬酒，顺便议论一句郝青："郝诗人要算城西吧客当中最活跃的一位了，好像他从来不会在一家酒吧从头泡到尾。"

李三说："郝青很喜欢英国小说《发条橙》。那里面的主人公阿列克斯每在一个玩乐场所待久了就会不耐烦，就问他的几个玩伴'接下来干吗？'。郝青也常问我这个话，好像他和阿列克斯都觉得接下来会有更好玩的地方。"

王也走开后，李三跟小旻仍是相敬如宾的喝法，碰一下杯，各喝一口。他这口大些，小旻那口小些。

他问玲玲："像我和小旻这么文气的喝法，像不像一对老夫少妻？"

玲玲连连说："像，像……只是李老师要辛苦一点了。"

"辛苦不怕，欢喜可以盖过一切。玲玲，我俩悄悄说，我就是喜欢小旻这样的，小而饱满，就像新昌小京生，壳很薄，里面的肉紧贴着壳，空间很节省。"

"应该是李老师会很节省力气吧。"

"哦？"

"譬如像我这样的，猴子要很出力，在我身上像爬山。李老师对付小旻就不用那样了。细细的小腰身，那么轻轻一搂……"

"是啊，这就是节省空间的好处。哪像你玲玲，虽然也饱满，却是这么大的一坨，太浪费了！"

玲玲不爱听了，瞪大眼睛说："李老师吃不到葡萄就说葡萄酸，真是的！你哪里晓得猴子爬山爬得有多来劲？"

"我晓得，我晓得……玲玲批评得对。吃不到的葡萄也是好葡萄。"

他转过脸来问小旻："我们这么说，你不会生气吧？"

小旻说："不会的。我也喜欢听。"

她和李三碰杯，悄悄说很谢谢李老师，说他是第一个请她喝酒又表示喜欢她的客人。

李三也小声说："别叫'李老师'，叫'李哥'"！

小旻说她不明白为啥不能叫李老师。

"我就是当老师的，道理上讲学校的两万多学生都要叫我'李老师'，听多了烦不烦？叫'李哥'！"

"这……我叫不出口。"

"说'李哥坏'！"

"干吗要说'李哥坏'？"

玲玲替李三解释说："李老师就喜欢听女孩子说他'坏'，而且要拖着音调慢慢说，软绵绵的，像这样：'李哥坏……'"

小旻还是不理解。

玲玲继续提示她："你再仔细想想，女孩子说男人'坏'是啥意思？"

忽然，已经喝多的曹玫脸色煞白，撂下只喝了小半瓶的啤酒，要李三送她回家。

送你回家？我还在喝着呢。

不过他还是把小旻放下，跟玲玲说把酒给我留着，我一会儿回来。这话也是说给老虞和王也、冯韬他们听的，免得他们对他午夜送女人回家有啥想法。

当他把曹玫扶出酒吧门外，在路边等着打车这会儿，他自己倒是有想法了。

酒吧里，猴子要小旻跟出门去看着，看看李哥有啥忙要帮。

打上了车，李三告诉司机去陆家庄西苑。

小旻回到店里，猴子问她："李哥他们打上车啦？"

"打上了。"

"车到文一路口，是左转还是右转？"

"这……我没注意。"

老虞问猴子："左转还是右转有啥说法？"

猴子笑嘻嘻说："虞老你不晓得，你来之前李哥告诉我们他今天在陆家庄西苑租下了一间房子，韬哥说应该叫'醒酒屋'。要是右转，往西面去，那就是李哥的醒酒屋头一晚就派用场了！"

酒吧离"陆西"的西门只有七八百米路，几分钟就到了。

下了车，迷迷糊糊的曹玫问李三这是啥地方？

他长话短说，告诉她这是他的第二个家。马上，又特别补充说："是我一个人的家。"

曹玫忽然清醒得很，坚决不去他那里，要回她自己的家。

他问她住哪里？

她说在信义坊，也特地补充一句："是我一个人的家。"

"信义坊太远了。你这么一路颠过去，要吐的。"

"你要是嫌太远，就把我撂这儿，我自己打车回去。"

他只得再次陪她在路边打车，让她尽量把身体倚着他不要倒下去。

这条紫荆花路，在城西算是比较偏僻的，过路的出租车很少，要到凌晨一两点过后夜场女郎们下了班才会热闹起来。他看了一下手机，

这会儿是午夜十二点差三分。

仍在"猴吧"的所有客人，连同玲玲和姗姗，都说猴子太鬼了，蔫坏蔫坏的。

猴子辩解说："明摆着的，这女人今晚来找李哥喝酒，应该就带上了这个意思。李哥也是好这两口的，当然就顺水推舟了。"

弗朗西丝说："我看那女的是因为很生李老师的气才走的。恐怕李老师要哄上她老半天了。"

姗姗笑着说："姐姐你不用担心，李老师是哄女人开心的专家。"

老虞说："要说气女人的话，恐怕他也是高手。"

没人注意到，小旻默默地走回到她被李三请出来之前独自待着的那个昏暗的角落。

在紫荆花路，李三他们总算打上了一辆过路车，直奔信义坊。

途中，曹玫好像什么事都没了，说黑方味道怎样怎样，说得蛮有道理。李三甚至觉得她是在使诈，硬要把他从"猴吧"的脂粉堆里拖拽出来。

到了她住的地方，李三跟她进了单元门。她住二楼，他想扶着她上楼，她说不用，反倒提醒他楼道黑，你自己小心一点。

可是一进家门，她立刻冲向卫生间，对着抽水马桶吐了，吐得屋子里顿时弥散开一股被她的胃发酵过的威士忌的怪味。

她还清醒，要李三去厨房把换气扇开了。

他趁机把她的住处打量一番。一室一厅一厨一卫的单身公寓，东西堆得很乱，卧室的地面几乎被内衣、浴巾之类摊满。客厅的一角，礼品包装的水果箱边上放着一只塑料筐，里面是换洗衣服，塞得满满的。

曹玫在卫生间吐完了，摇摇晃晃站起来。一低头，发现有许多污物吐在了自己身上，颈前也有，胸口的衣服上也有。

她就当他没在场，自己脱掉了所有衣裤，淋浴了。

李三很吃惊，毕竟曹玫还不是他的女友，他俩的交往从来还没有超出过见面时拥抱一下亲亲脸意思意思的范围。

很快洗完了，她一身水淋淋地出了卫生间。客厅的瓷砖地面很湿滑，他赶紧扶住她，把她扶进卧室，随手捡起地上一块用过的浴巾给她揩干身体，让她躺上了床。

李三跟她说："你好好睡一觉，到明天就什么事都没了。威士忌绝对不上头。"

她闭上眼，表示她会听话。

"那我走了。"

她"嗯"了一声。

可是他一转身，她又忽地起来，冲向卫生间去吐。

这回她还是往自己身上吐了一些，所以又淋浴了。

淋着淋着，她腿一软，坐倒在地。

他进去把水关了，扶她起来，感觉她这回是真不行了，站不住也走不动，他只能连扶带抱地把她弄上了床。还是用那块浴巾，给她揩干身体，正面、背面、腋下、胯下，都揩到，然后给她盖上被子。

这回他没有跟她说他要走，心想或许有他在身边她会安心入睡，索性等她睡熟了他再悄悄离开。

从扶她离开"猴吧"到现在有一个多钟头了。他还不回去，老虞、猴子和冯韬他们一定在编他的现在进行时故事。也一定会有好几个版本，老虞一个，王也一个，猴子一个。猴子的那个肯定最黄。

想到猴子每泡一个新妞都会换一个发型，他有点想笑。大概身体稍有晃动，居然被睡着的曹玫觉察到了。她坐起身，又想吐。

他又抱她去卫生间。这回来不及了，还在客厅她就没忍住，吐在了他身上和她自己身上。好在吐得很少，他身上这点用湿毛巾揩几下就没了。而她又得洗一遍澡。

她恶心，想吐，胃里却已经没有什么可吐了。

此时她的裸体，毫无遮挡，毫无悬念，被他抱来抱去，是稍大一点的新昌小京生那般。他抱着她，有感觉。

还不光是手臂上的感觉，他下面也有感觉。

他把她抱回了床上，又去淋湿了一块毛巾，给她擦掉身上少许一点污物。他这样弯着身，看起来不会有什么异样。

再说他也喝了不少酒，心意很难集中和持久，下面的感觉一会儿就没了。

记不清那晚曹玫吐了四次还是五次。直到最后，她终于折腾不动，睡着了，李三才离开。打的回城西途中他想，曹玫要是一开始肯听他的话，就近歇在他新租的醒酒屋，她应该不会吐，至少不会吐得这么厉害。喝多了酒，他的经验是最怕长时间坐车，一颠簸，一转弯，都会头晕、恶心，酒劲一波波地往上涌，直到从嘴里喷涌而出。

不过他又觉得，阿沫帮他租的醒酒屋，头一晚就拿它派猴子说的那种用场，感觉好像有点是不是太那个了。

许多年以后，一个他刚认识不几天的女人，蛮有文化的，坚决不肯到他醒酒屋去和他做爱，说鸡才去你那里做呢！你真有这个意思，就应该安排一处能让我心旷神怡的地方，让我有很好的感觉。李三觉得她说得很有道理。但是他不喜欢那样太有预谋、太有设计感的性爱。即兴的才好！随时随地，在野外，在钱塘江里，在雪地上，在伊犁的草原上，甚至在车来车往的南山路边……

02

李三后来对自己说他这些年很想念曹玫。

很想念曹玫，或许也仅仅是因为那晚之后她就把他拉黑了。

李三对猴子解释说，我经常想念把我拉黑的人，还有被我拉黑的人。理由是拉黑了，跟对方失联了，更见不上面，所以会想念。

他晓得有个应用软件，可以用它来查明都是谁拉黑了他。除了曹玫，还有好几个。其中有几个他好像并不认识。

每回在醒酒屋睡觉前，李三都要在抽水马桶上坐一会儿。这之前他喝了不少酒，让酒精放大了愤懑，拉黑让他不爽的人让他颇觉快感，虽然到了第二天他也会后悔那样做，觉得自己肚量太小，受酒精的影响又太大。

要想把觉睡好可不容易。两个月前他曾经告诉郝青："我入睡很麻烦，好像有两个我，一个已经很疲倦了，刚入睡就打呼噜。可另一个我还没睡熟，立刻就被这呼噜声吵醒。然后，那个很疲倦很瞌睡的我又渐渐入睡，又开始打呼了。还只打了一声，另一个我又被打醒。如此循环，一晚上会有五六次之多。"

郝青觉得不可思议，说："这听上去像是超现实小说。"

说来也怪，自从有了醒酒屋，半年来这个糟糕的情况自动消失了。他什么药也没吃，生活起居也没有大的变化。

他对自己说，或许，我现在睡觉不打呼了？

这好像不大可能。

剩下的解释只能是，会打呼噜的我一定等到另一个我也睡熟了才

打?

听上去这更像小说了。

要么，另一个我听打呼听多了把自己听麻木了？

再要么，坐在抽水马桶上一边拉屎一边拉黑别人的做法有助于让两个我同时睡熟？哥俩好啊！又回到了同一个我？

他想，要是哪天我再把这个新情况和这些想法跟郝青说说，恐怕他又会认为我是在写新超现实小说了。

从信义坊回来的那晚是李三头一回睡醒酒屋。他没有拉黑谁，很长时间睡不着。醒酒屋的环境他不太习惯。气味不习惯，小区里的动静不习惯。床很小，每回翻身都得克制一下。记不得是哪一年了，是个夏夜，在延安南路那里的"老郑牛肉"吃夜宵，有七八个朋友，他们要李三认了曹玫做弟子。她那时写诗、写散文，正打算写小说。其实是一场酒后游戏，他和曹玫都没怎么当真，她从来也没拿过来一篇小说请他指点，尽管一见面就叫他师傅。她很聪明，不像别人那样叫他老师。叫他"老师"的人多得去了，叫"师傅"的恐怕就她一个。

不然你怎么会梦到的？

逃出动物园的豹子走上了104国道，站在那里用一只前爪蹭了蹭路面，还抬起脚掌来仔细审视一番。它四肢下的肉垫能不能感觉到柏油马路和动物园笼子里的水泥地有啥不一样？笼子里的地面应该比较平滑。走惯了平滑的，新铺的柏油马路会不会让它觉得硌脚？

这几年，偶尔遇上睡不着的时候，李三会运用一套他自己琢磨出来的办法，去想一些离他很远的事情，譬如美国和伊朗打仗、以色列怎样对付哈马斯。纯虚构的，不确定，似有若无。他对自己解释，入睡前不能去想真实的事情，更不能去想和自己有关系的事情，那样会越想越细致，越想越清醒。要想虚构的、不确定的，这样那样都有可能的、有问题却还没有答案的，最终就是越来越模糊，让脑子也越来越呆滞。要是美国和伊朗打起来了，应该会是怎么个打法？伊朗自己研发的那个中程导弹叫什么名字来着？

很多回，李三的梦被呼啸而过的伊朗导弹打断，结果晓得什么事都没发生。

今天其实是被喧闹的人声吵醒的。躺在床上的李三凭声音判断，是在他的窗下有几个人坐在那里打牌。每打完一局，他们都要热烈议论甚至争吵一番。

此前的几回，榔头敲墙、电钻打洞之类，都会让梦里的李三惊醒片刻。这阵子"陆西"的许多房主都在改装房子，推土机、挖掘机、搬运泥土的卡车进进出出，到处是建筑垃圾和被丢弃的家具、床垫。一边住人，一边施工，房租一点都不打折。有一天中午陶丽来和他做爱，就是在楼上的乒乒乓乓敲打声和窗外的激烈争吵声中做完的。临走前她一边收起李三给的钱一边跟他说，房东们还想再多挣钱，唯一的指望就是生着法儿把自家的房子再隔出一间两间来，所以你要多体谅他们。

房东敲门，来催交房租，李三不得不起来。本来应该是月底或月初交的，只因李三好几天没来了，这才拖延到今天。这个月的房租连带上个月的水电费，他总共付了九百六十块。

洗漱之后，李三去西门口的一家"温州人快餐"店吃午饭。小店生意极好，只因便宜、实惠。一荤两素，饭和汤随便盛，才九块钱。他要的荤菜是两条小黄鱼。

碰巧，住"陆西"二区的猴子也来吃，端着饭菜过来和他同桌。

李三问："玲玲呢？"

"玲玲还不肯搬来跟我同住。"

"她住哪里？"

"五联东苑。"猴子说，接着又问，"李哥好多天没去我那里了。昨晚泡吧是去的哪家？"

"你怎么晓得我昨晚泡吧了？"

"李哥泡了吧才睡醒酒屋嘛。"

这倒是，猴子很鬼的。

李三告诉他："昨晚我先是去你那里的，可你那里没有熟人。姗姗说你晚饭就喝多了，在楼上睡觉，所以我就转去了'夜太阳'。"

"他家生意好吗？"

"他家几个女的昨晚嗨极了。起先是我让小旻像以往那样坐在我腿上聊天，接着喜云带了个头，又开腿迎面坐到菲菲的身上，还不停地扭动屁股，说她最喜欢和老公这样做了。受了她的鼓动，一向闷骚的茜茜忽然明骚起来，走出吧台，一屁股坐到吴进身上，弄得吴进还脸红了一把。接着小旻也在我腿上换个姿势坐成喜云那样。我说小旻你可别再那样动作了，我跟菲菲不一样，菲菲是女的，喜云再怎么扭屁股菲菲也不会怎么样的，我可不一定哦……小旻在你'猴吧'做了没几天就跳槽啦？"

猴子支支吾吾，换话题说："我又新招来一个吧女，很有点姿色的，是姗姗原来在城西'银泰'的同事，李哥哪天来看看。"

"过几天吧。这几天没钱了。我在你那里还赊账了几百块吧？"

"没事，李哥只管赊。"

吃完快餐他俩分手，各干各的去。

今天不是周三，可李三还得去一趟学校，因为秦副书记约他今天谈话。谈什么他晓得。起因是春节前学校领导请了十几个教授在食堂三楼的小餐厅吃了一顿饭，李三是被请的教授之一。袁书记说他今晚请的都是学校各学院的教学骨干，他代表校党委感谢各位老师在过去一年中教书育人付出辛勤劳动。

有一会儿袁书记还特别对李三说，前些天省里的老领导来学校视察，还问起你，说他晓得你在我们学校。你看，李老师，老领导还惦记着你呢！

在那个饭局上，李三感觉好到了他不想吃菜了！

可是等到春节过完，新学期开学，人文学院公布上一年的教师考核结果，李三再一次不合格。原因还是和往年一样的，他不写论文，就没有"科研分"。

这不是耍弄人吗！李三被恶心到了，一懊恼，给袁书记写了封信猛烈抨击学校对教师的业绩考核和评价体系，并把这封信公开在他的博客上。他就是从那天开始把自己每天的日记公开到网上的。这篇日记引发了学校的教师和行政人员之间激烈的争论，以至校方不得不出面平息平息了。

今天在他的办公室，秦副书记说她来谈话之前做过功课，去财务上查看了李三去年的收入明细，他全年的校内所得总额为 64642.7 元。

"实在太低了。"她说，接着便告诉他学校会重新修订绩效考核方案，尽量公平地对待本校教师中像他这样的创作型人才。

谈得不错，秦副书记蛮讲道理。她告辞离去的那个瞬间，李三很想拥抱她一下。

他所在学院的院长也是个女的，每回在走廊上遇着，李三都会张开双臂要求抱一抱她。

在酒吧和别的适当场合，李三都有这个癖好，要求抱抱跟他相熟的女人，无论前女友还是女性朋友，还是酒吧老板娘，还是普通吧女，漂亮的还是不够漂亮的。

某晚，在"猴吧"对面的马路边，那里有过马路的斑马线。巧得很，李三过马路时看见姗姗走在前面，穿得很单薄，是去替客人买烟回来。她走到马路中央的隔离带停下等着过完车。那圆圆翘翘的大屁股让李三情不自禁了，快步走近她身后，往她屁股上轻拍一下，着实把她吓了一跳，以为是被色狼非礼了。

　　接着他随姗姗一起走进了"酒平方"，拥抱了一下正在吧台外陪史蒂文喝酒的宋芳。姗姗回头看了看，酸唧唧地说："李老师真有女人缘啊，管谁都愿意让他抱。"

　　李三觉得自己其实没那么花，顶多只是像早些年一帮剩女圈朋友戏称他的那样，不过是个"花匠"。抱她们一下，会让他处在一个被她们友好对待的环境中。早先在"珍妮吧"，有几回他刚坐下，还只喝了一两口酒就嘟哝说背上酸痛难忍，他今晚其实应该去做按摩而不是来泡吧。这时候裴裴就会从吧台里出来给他捶背。后来在"夜太阳"和再后来的"云吧"也是这样，一旦他表示画画坐久了有点腰酸背痛，喜云必定吩咐甚或不等她吩咐就会有吧女来给他做一会儿肩背按摩。

　　冯韬抱怨她们不公平，说李老师有特权。

　　李三问他："你年纪轻轻也腰酸背痛？"

　　"那当然。在阿里巴巴打996的工，成天坐在电脑前……"

　　"那你就学学我，多抱抱她们。"

　　那阵子，李三没有家，要么睡醒酒屋，要么睡画室。

　　画室在龙坞，留泗路和龙新路的三岔路口。这里原本是一家不大的工厂，有几座高高低低大小不等的厂房和一座上下两层的瓦房。他的画室在瓦房的二楼，一个大通间，没有一根柱子，地板地，三面是木窗，总共有十二扇之多，通风和采光都极好。

　　没窗的这一面，左侧往里套着一个小间，能放下一张小床和衣帽架，还带厕所，给他做休息室。上个月，他和阿沫不再续租文鼎苑的公寓房子，要等半年后才能入住新租的"人和家园"。她住回娘家去，让他暂时把这间小小的休息室当成他的家。她还不忘来一句幽默："醒酒屋就算是你的别墅了。"

　　阿沫傍晚来了一趟，带给他四千块钱。他的工资卡一直由阿沫掌管，他戏称她这是发工资给他。每月四千块，其中一千是饭钱，到 7 月中旬之前他得靠一日两餐光顾小饭店或小面馆维持生活。五百是汽油费，剩下的两千五是他泡吧的酒钱和其他零花钱。这点钱泡吧肯定是不够的，他靠偶尔卖掉一两幅画补贴自己。卖不掉，钱不够，只能少泡吧。

　　她走后，他去龙坞街上吃晚饭。还是那家沙县小吃，店面虽破败，面点却做得不错。这大半年来，不光龙坞，也不光留泗路，整个留下一带的沙县小吃，七八成的店家他都去吃过了。总的感觉还是龙坞的这家最好，当然是只讲吃的，不讲房子。他一边吃着，一边在想，将来什么时候沙县小吃要搞评比，他应该有资格当评委的。

晚饭后他画了一会儿画。

架子上的这幅，说是新画，其实是早些日子就涂抹出一个大模样的。这几天他都在画它的上半部分，混混沌沌的一大片，色块与色块之间自行其是地任意穿梭，接近完成了。画面的下半部分仍然是当初涂抹成的那个模样，很随机又很凌乱的色块自动地组成了几道忽明忽暗的色彩流，未做任何加工。他特意为这幅上下很分明的未完成画作拍了照片，因为这很能说明他是怎样像他几天前跟同事夏河西说的那样，被画上的既有图形引导着乃至推动着，一点一点往下画的。

这样画画，让他意识到这对他来说是一个全新的体验。绘画从描绘客观事物如风景、静物之类，到表现自由想象、主观造物，像达利那样，再又回到了客观绘画。但这回的客观，不是现实世界的客观，而仅仅是画布上的客观。在画布上随意涂抹而形成的色块、条纹，就是他此时面对的客观。他确信它们是有灵魂的，有内在的意欲和诉求，形与色之间有或明或暗的逻辑关联。他所要做的，就是捕获它的意欲，找到这种关联，切切实实地将它们组织起来，完成这些诉求的表达。李三想，这就是纯绘画了。

画累了，他早早地在休息室睡下。昨晚泡过吧，今晚不能再泡。他算过账，一周顶多只能泡三晚。要是还卖不掉画，就只能再压缩到泡两晚。

午夜前刮起了大风，听上去外面好像有一处房屋的铁皮屋顶被吹开了口子，正迎风呼啸。他这间画室的屋顶也噼噼啪啪地响了，感觉就像是用极快的速度把屋顶的瓦统统翻了一遍。

这时候要是有陶丽在就好了。她和其他人不同，跟他做这事只为在替人推销啤酒的业务之外再多一点收入，可以早一点回贵州老家陪伴她的正在一岁一岁长大的女儿。但她离得太远，叫她来的话就得打算和她一起过夜。他还从没和她相处超过一个钟头，每每总是做完了事就希望她早点离开。陶丽话不多，也不太主动。但他能感觉到她对他不乏真情，有时还很缠绵。今晚他很想她，一次次地想给她发微信要她来，又一次次放下手机，觉得太晚了，恐怕她已经睡下。想着想着他开始自责，觉得自己对陶丽很薄情，虽然他每次都付钱给她。说得冷酷些，他是用钱买了她的身体用一会儿。而实在他是真心喜欢陶丽的，却不敢往那个方向再向前一步。他有阿沫……

这个园区里还有好多条狗。平常到了这个时候，人歇了，它们也都歇了。但不知何故，今晚它们很不安分，其中的一条狂吠不止。住在园区里的还有几个农民工，被它吵得无法入睡，有人就出来驱赶。但没用，那狗被赶到哪里就叫到哪里，那个区域别的几条狗也跟着叫了。

睡不着，李三只好起来，开车去转塘吃夜宵。

到了转塘，他又不饿了，看见小吃摊上那些炸臭豆腐、烤鱿鱼须觉得很厌烦。他改了主意，在小镇上找到一家洗脚店。进门后他跟老板娘说先修脚，再做按摩。老板娘把他领到楼上一间光线昏暗的小屋里，让他坐下稍等。

不一会儿，洗脚妹端着一个木桶进来，要他脱了鞋袜。

这女孩二十出头，说话带有浓重的四川口音。他觉得她姿色还不错，却不料这小小年纪的，说话肆无忌惮。她先是嫌他的脚脏，接着又责怪他脚指甲太长了。

他说："我老婆不肯给我剪呀。"

她说："你自己剪嘛。"

"我肚子大，腰弯不下去。"

"你连剪脚指甲都做不了，你这人还有啥用？"

她咋这么说话？

她不光说话爽直，做事也麻利，很快就替他剪好了脚指甲，端起那个木桶出去了。

又等了一会儿，一个有点年纪的女人进来，要他脱掉上衣和裤子。接着她背过身去，让他换上她拿给他的一条纸裤。

这女人长得难看，一对颧骨很大很突。不过她力道很足，按摩很到位，李三脊椎上和肩胛上那些痛点她一按一个准，把他按得既疼痛却又痛得很舒服，还不时地哼出声来。

"爽了吧，老板？"

"爽，爽！哎哟，你轻一点。"

"这里呢？"

"再往上一点。对，对。"

"是这里吧？老板，你这里堵得很。"

过了会儿，女人问："老板做啥生意？"

"这跟你有啥关系？"

"问问嘛。"她又说，"摸上去很明显的，你右肩下面这块地方，比左边要肿一些。我想老板应该是成天坐着打电脑的吧？"

他刚想承认是，忽又改口说："哪有老板成天打电脑的？打工的才干这个。"

"这倒是。"她想了想，接着又猜，"那老板就是成天打高尔夫球打成这样的啰？"

"嗯，差不多吧。"他对这话题没兴趣，虽然听得出她有点挖苦的意思，也不想再怼她。

接下来她给他做下身了。被精油润滑的手在他的股沟里来回游走，让他越来越兴奋难忍。

他忽然翻过身来，提出要和她做爱。

她说她不做那事，只肯让他摸奶。

"摸奶和做那事性质不是一样的吗？"

"不一样。做那事我只跟老公做。摸奶嘛，反正好多人摸过了……"

他愣了一下，觉得这个女人有意思，防线一条是一条，层次蛮清楚的。

"老板躺下吧，我给你接着做，还有点时间呢。"

"这样吧，剩下的时间我俩说说话，你就省点力气。"

但也只有十分钟就到点了。他觉得不过瘾，说加个钟，我俩接着聊。

接着聊，实际上是他在听她讲她的故事。这女人老家在河南周口，五年前和老公一起来杭州讨生活，把两个孩子扔给婆婆照看。老公在转塘的一家木器厂打工，晚上在镇上的夜市摆个小小的烧烤摊，算是打了第二份工。她也打两份，白天在一家面馆跑堂，晚上八点之后来这里做按摩女，要一直做到凌晨两三点，没有客人了才能回家。

女人又说："像我这样的外乡人在杭州打拼，实在看不到前途。"

"那你们为啥不回老家去？至少在老家你们总有房子的吧？"

"在老家倒是能把前途看得很明白，就是我爸妈、他爸妈那样的，种点地，打下粮自己吃。房子是自家的，也够住了。屋前屋后再种点菜，养几个鸡，拿去卖了，换点油盐酱醋回来。老家留在我印象里的就是这样，日子也能过得去。"

"过得去还不行吗？"

"我们不甘心哪！我妈连小学都没念完，我好歹是初中毕业，哪会甘心和我妈一样？还有两个孩子，总要念个大学的吧？大家都念了，咱不念，将来连社会都不要咱，不就像是被丢在野地里了吗？在杭州，虽然看不清前途在哪里，但总可以在脑子里想想好事，想想会有机会

让我们买个房子把孩子接来念书的。这几年我和老公就是这样互相鼓励。遇上了烦心事，有点泄气了，我，或者他就这么说，会好的，会改变的，老天爷会看到我俩为了孩子拼命干活，省吃俭用。老天爷就是我俩的希望！他在看着我俩……可在老家，也不用老天爷费神了，啥也不用想了，啥都明明白白，就是那样了。种点地，养几个鸡。我俩和我爹妈、他爹妈一样，将来我俩的孩子再和我俩一样……"

她沉默下来，低着头看自己的手。刚才这双手还把他弄得火烧火燎，这会儿看上去它们像是两块树皮疙瘩，这么丑陋。

"就当是做梦吧，你说说要是能在杭州买上房，你具体是怎么想的？"见她有些茫然，他又问，"你总有过在杭州安家的梦想吧？"

"是，有过，就算做做梦吧。要求也不高，能有个九十平米，三间房，我们一家子就安顿下来了。"

"三间房？要求不低了。"

"老板你不知道，我要是生了两个儿子或者两个女儿，两间房也够住了。可我偏偏生了一儿一女。"

"这还不好啊？你还蛮会生的。"

"那不就需要三间房了吗？我和老公一间，两个孩子各一间。"

"这倒是，两间不够。"

女人想了想，又说："还偏偏大的那个是儿子……"

"这还有讲究？"

"兄妹俩睡一间可不好，妹妹怕是对付不了哥哥……反正我觉得那样不好。"

"是不好。"

"要是倒过来，是姐弟两个，就像我小时候……小时候我家有两大两小四间房。爷爷、奶奶一间，我爸妈一间，剩下两间小的，两个哥哥一间，我和弟弟一间。"

李三说："我小时候家里只有两间房，爸妈一间，我和姥姥、哥哥、姐姐挤一间。"

女人说："索性人多了倒也没事。可我那时只和弟弟睡一间，其实是睡一张床。房间小，只摆得下一张床。"

"我是跟姥姥睡一张床的。"

"弟弟怎么说也是个男人呀。虽然不出大事，也够让我没羞没臊的了。"

李三想起她刚才说许多人摸过她的奶，约莫头一个就是她弟弟。

他告诉她："小时候我也常摸姥姥的奶。"

她笑死了，好一会儿止不住。

又一个钟聊没了。

他对这女人颇有好感，临走前除了买单又给了她一百块小费。为此他得少喝五瓶"喜力"。加上下了楼买单一百六。本来今晚不泡吧是为了省钱，来转塘是想吃夜宵，花二十块了不得了，结果却破费这么大。这个月泡吧的钱肯定不够花了。

回到画室，他睡了个好觉，没听见自己打呼。

04

又到周三了。

每个周三下午，李三要去学校给他的写作班学生讲课。教室就在他办公室的走廊斜对面，最多可以坐下三十个学生，有电脑，有投影设备，蛮方便的。这学年的写作班他收了十二个学生，而最初的 05 级才收五个，06 级收了七个。后来逐年增多，都是在学院每每要求他多收几个的压力下他步步退让的结果。每多收一个学生，他周二晚备课就得多看一篇学生的文章，还要对它作出书面的点评，课堂上还要对它分析一番。

不仅每篇学生文章他都得仔细阅读，认真点评，他还得回顾前几周上课时跟学生讲了什么内容，而这些都概要地记录在他的日记里。

上一周，日记里记着他着重讲了小说的开头。

学生金燕写了一篇《谁能让我睡觉》，讲的是一个退休教授老是失眠，毫无办法，连心理医生给他催眠都不管用。后来他到学校去听一场两小时的学术报告会，听着听着就睡着了。报告会结束，他被掌声闹醒，激动地冲上台去对那位专家大加赞美，因为此人让他睡了一觉。

"有点好玩。"

李三先夸奖了一句，接着就挑毛病了，说金燕你这个小说总共才一千一百个字，却有一个和故事毫不相干的开头，慢吞吞的，用去了七八十个字，就算放在长篇小说上做开头也没啥意思，一点都不好玩。

说这个话的时候正好是第一节课下课，李三照例回到自己的办公室抽根烟。他顺手翻了翻桌上的一本新寄来的《江南》杂志，看到上面有一个短篇小说《谁不想人五人六》，作者不认识。小说是这样开头："蔡小兰，在见到周生之前，我得认真忆一忆这个女人。"

抽完烟，李三回到教室继续上课，把这二十几个字输上电脑投影给学生看，说这才是一个够好的小说开头。在这段话里，首先我们晓得有三个人物，即蔡小兰、周生和"我"。其次，小说里将出现的一个情节已经隐含其中，就是"我"将和周生见面。再其次，"我"和蔡小兰很久没见了，不然就不必"认真忆一忆"。李三说，二十来个字，包含了这么多信息，这个开头有点牛。

他继续发挥说，小说的开头其实是有两个功能的，一是给作家自己往下写什么、怎么写确定一个起点，留好几个线头。而针对读者这边，小说的开头常常是带有诱导性的。《谁不想人五人六》的开头诱导我猜想它是个三角恋故事，虽然我没来得及往下读，不晓得究竟是不是。

通常，讲完文章，用掉了两节课。最后一节课是自由提问和讨论，什么话题都行。学生们喜欢讨论的话题，按他们的关注程度依次是婚恋、如何对付父母、毕业后考公、读研或是就业、其他种种他们关心的时事……

上周第三节课学生于昕问的问题是：李老师是否支持我毕业后继续读研？

李三摇摇头，说不太支持。

"能说说您是怎么想的吗？"

李三知道于昕的家庭并不富裕，父母都在家乡的工厂打工。她还有个弟弟在念高中，她还曾说起过爷爷、奶奶都身体不好。但这些李三不能在课堂上说，他得把话绕个圈子，装作不知道于昕的家境好坏。

"你读了研，读唐宋文学，毕业后你还得找工作，是吧？读研只

能延迟就业而不能避免就业。那好，等你读研毕业了你会发现工作更不好找。我也想不出唐宋文学的硕士能有什么合适的就业岗位。你要是想到大学任教，就像我们中文系的夏老师、方老师、田老师他们，你起码还得再读博士，而且还得是名校的博士。这条路很漫长，你能坚持走下去吗？"

于昕说她若是走上了这条路，当然会咬牙走到底。

"那好，我也愿意相信你是个有恒心的姑娘。可是这么一来，你和你的家庭在你的教育上投入更大了，由此你对自己的期望值也必定更高，你能获取的职业岗位的范围也就更小。万一到了你博士毕业的那天，中国的大学教师过剩，不招人了，你怎么办？被迫到什么公司去当个文秘？你又会觉得是大材小用，心态会搞坏的。"

于昕不再吭声，别的学生也陷入沉思。李三又说："除非是你的家境很好，可以允许你压根不考虑谋生，只把你的喜爱当终生的事业，那你可就太幸福了！"

他举了门德尔松的例子，说门德尔松家里太有钱了，在他十四岁时竟然给他买下了一个交响乐团供他支配，让他避免了那个时代欧洲绝大多数交响乐作曲家都经历过的作品得不到演出的痛苦。

"没办法，艺术的奇葩总是在金钱的粪土上培育出来，历史就是这么势利。在贝多芬之前，欧洲的音乐只在教堂和王宫奏响。巴赫是莱比锡圣托马斯大教堂的管风琴师，亨德尔是英国王室的座上宾，海顿是艾斯特哈奇公爵府上的乐队队长，他们都是有薪水拿的，用今天的话来说都算是就业了。莫扎特童年得志，先是被他家乡萨尔茨堡的大主教供养，后来到维也纳，为奥地利皇帝写歌剧和协奏曲，日子很好过。而当他后来又不受皇帝待见了，他便陷入了贫病交加，三十六岁就离开了人世。死后被合葬，连个墓都没有留下……仅仅是从贝多芬开始，音乐才由教堂和宫廷走向市民社会。贝多芬的曲子在有钱人家的客厅里演奏，主人会付他酬金。他的钢琴曲乐谱也可以印刷出来卖钱，以便喜欢他音乐的年轻人自己弹奏。而这一切，你们想想，实在也都离不开金钱的撮合、金钱的支撑。

"所以啊，你若有像门德尔松那样的家境，或者你能获得什么机构、大商人乃至整个市民社会的资助，你就义无反顾去做你喜欢的事。真那样，我羡慕死你了！"

停顿片刻，他沉下脸来说："如若不然，你就得谋生，自己养活自己。我不欣赏一个孩子长期依赖并不富裕的父母生活。"

看完上周三的日记，李三觉得还应该再往前看看。

上上周，三个学生提交了作业，其中一篇是读后感，两篇是小说。

那篇读后感讲的是《三国演义》里曹操的谋士杨修，自作聪明，揣度圣意，结果"作死"。

李三批评过文章一上来就说杨修这个不行，那个不对，一路把他黑到死，文章就完了。他说，读后感也是论说文，一味说谁好或者说谁不好，从头到尾只有一个角度，一个层面，你就论说不起来，说着说着你就没话可说。好的写法是，你起头先说杨修这人还不错，有才华，够聪明，然后再论说他是如何让自己的聪明害了自己。这样就有层次了，话也有的说了。你可以论证说，聪明不聪明，聪明之大小，全看聪明用在了什么地方。我们平常说某人只有"小聪明"是啥意思？难不成，聪明本身还有尺寸？

"依我看，聪明就是聪明，或大或小，就看用在哪里。用在大处的聪明可谓大聪明，用在小处的聪明就是小聪明。我们看杨修，他的聪明都是用在小处的，譬如他把曹操在点心盒上写的三个字'一合酥'，拆字拆成了'一人一口酥'，便擅自把曹操的点心分食与众人。这就

是小聪明，无论杨修实际上智商高低与否，他如此热衷于在'一合酥'之类的小事上表现自己，他的聪明就只能是小聪明。"

假如这女生的文章是这么个写法，那么文章至此已经有了两个层次：一，杨修的确是蛮聪明的；二，可惜他的聪明都用在了小处。李三对她说："你还可以有第三个层次的，而且是更重要的论述，就是说说杨修到底是怎么'作死'自己的？你在文章里说，他是被自己的小聪明害了。这么说不准确。事实上，杨修并非死于小聪明，而是他把小聪明放大了，放得太大了！"

"在'一合酥'那件事情上，曹操虽有不快，却不会因为杨修耍了点小聪明就杀他。耍小聪明固然烦人，但只要守住小聪明的本分，继续让它在小处转悠，亦无大碍。可是杨修用他的小聪明把曹操吃剩的'鸡肋'解读为'食之无肉，弃之有味'，居然以此为依据揣摩曹操有退兵之意，先行动作起来。小聪明被大大地放大到妄断军机，扰乱了军心，这才惹来杀身之祸。

"文章写到这里，你不仅把杨修的'作死'梳理清楚了，还可以提升到形而上的层面写出一句格言：大聪明是把聪明用在大处，而不是把小聪明之见任意放大。"

离第三节课结束还有点时间，李三又给学生讲"去冗余"，尽量把行文处理干净。

"在语词的层面讲文章，看似层次不高，却实在是文章的终极所在。我今天跟你们演示去冗词，实际上是在替你们的中学老师给你们补课。之所以你们需要补这个课，约莫你们的中学老师没有跟你们讲清楚的是，这同时也是一个很高端的话题，涉及真正有价值的表达以及由此牵动的接受心理学现象。"

他抬出爱因斯坦来说事。爱因斯坦有理论洁癖，他认为真正好的理论表述都是很简洁的，最著名的就是他的质能公式 $E=Mc^2$。这个公式不仅是真理，更让爱因斯坦得意的是它的简洁，他甚至称赞它很"优美"。在他的心目中，那种冗长、杂芜的公式不仅不"优美"，而且肯定是有瑕疵的，所以需要叠床架屋地附上许多变量来校正，令人颇觉可疑。

"说到文章，尤其是论说文，道理也是一样的。一方面，真正有道理的话语，你又想清楚了，说来一定很简洁。另一方面，你说得简洁，就显示出你的自信和道理的自明，就有感染力，就更能令人信服。而若你把话说得絮絮叨叨，就算你说得对，确是真理，也没有几个人相信你，因为你这样的表述本身就显出疑虑，不自信，感觉是你的道理不太讲得通，你才强词夺理，说个没完。接受心理学会告诉你，人们信仰的是被表述得铿锵有力的真理，哪怕有时候这恰恰是利用了这种心理而被精心包装的谬论。

"你们切莫小看语词这个层面的训练以及由此积累的思想修养。你们的古代文学课上应该读过老子的《道德经》吧？《道德经》讲的是什么？有人说是哲学，要我说就是语词分析，至少是通过语词分析来阐释他的思想。20世纪西方哲学主流之一名为'分析哲学'，其中的许多大师，维特根斯坦啦，乔姆斯基啦，等等，其实都可以看作是有深邃思想和先进工具的语言学家。"

学生们一脸茫然，他只好匆匆结束掉这个话题。

看了前两周授课的概要，李三想，这周，也就是今天，他打算讲讲故事的构成。

去学校的路很远，又常堵车。李三计算过，从龙坞出发，驱车由西向东穿过整个市区，到学校停好车，是 39.8 公里，一小时二十分钟左右。

上学期快结束时，他跟学院商量，能不能把他派去三本学院教书？那里离他的住处开车只需二十分钟，可以大大降低他的时间和交通成本。学院没答应他，结果派了小唐去。他再次找到沈院长，问为何我不能去？沈院长说小唐要兼做行政，不仅仅做教师。三本学院的教师都是从社会上招聘来的，是体制外的，而你是体制内的，不兼容。

同一所大学，把自己弄成一部分是体制内，一部分是体制外，还必须分处两地。除了中国人情不自禁爱搞三六九等，喜欢人为制造差别，李三始终没想明白这里面另外还有什么道理。

今天与往常不同，学生们对讲评文章兴趣不大。他们都晓得了李老师近期和学校闹意见闹得很大，更希望听他讲讲他对学校有啥意见。

他从不回避学生提的问题，说来话长地向他们介绍了背景，然后概括说："归根结底，我和校方的冲突起自于'教师观'和'教学观'的巨大分歧。当然，我指的是文科和商科，尤其是中文系这类传统文科。理工科的事我不懂，不谈。"

他告诉学生："十年前我打算调到这所学校来，下决心由作家改行做教师，自认为我有一个很大的优势，就是和中文教育相关的各种社会实践我应有尽有，写过书，做过记者和编辑，办过杂志，写过纪录片……我原以为，我这样的人中国的大学里很稀缺，应该很吃香。当初，前任校长力邀我加盟本校，也是这样对我说。"

停顿一下，他继续说："稀缺倒真的稀缺。但稀缺不一定吃香。在中国的大学，我不写论文就不算正经的食材，只能算是佐料，撒在阳春面上的葱花儿。"

为什么会是这样呢？难道中国的大学不需要有充分实践的教师，向学生讲授经得起实践检验的学问，以及他们将来走上社会用得着的实践能力吗？

答案是肯定的，不需要。

在我们学院的一次讨论教学改革的座谈会上，有人就曾说学生在学校不必学到什么技能。换句话说，各种技能可以等学生毕业后再到社会上去"回炉"一番。

他当时没有下狠心对座谈会上的同事们说出口的是，他们这些人自己就是从学校到学校，从小学一年级开始一路念到博士毕业，直接应聘来大学任教，从来不曾在社会上有过任何实践的历练。教授、副教授一多半都是这样产生的，于是就把他们自己缺乏的"实践能力"降格为"谋生技能"来说了，说得那么轻蔑。

李三举例说，他大女儿田桑在美国读了硕士，学金融，具体是投资分析。女儿曾告诉他，她的导师来大学任教之前做了二十年华尔街的操盘手，也就是股票经纪人。做操盘手很吊精神，年岁大了吃不消，就到大学去教书。

"我不敢肯定我们学校金融专业的老师有几个是在金融系统工作过多少年的。没有自己的实践认知，教书就只能拿现成的教材照本宣科了。而这也正是学校的行政人员看不起我们一线教师的原因之一。

"哈佛大学可不是这样的。它曾经两次拒绝基辛格博士希望成为哈佛教师的求职申请。一次是在他刚毕业时，他想留校任教。哈佛告诉他，本校的教师都必须是在专业领域有过充分的实践并做出成就的人。基辛格不符合哈佛对教师资质的要求，结果去从政了，一直做到了国务卿，在任上促成美中关系正常化，不可谓成就不大。卸任后，他再次申请入职哈佛，这回母校非常欢迎他。但基辛格提出他只做研究不任课，哈佛便又一次拒绝了他，告诉他哈佛的每一个教师都必须给学生上课，哈佛不能为他破例。"

李三由此概括一下哈佛的"教师观"，就是两条：一，有充分实

践并做出成就的人才能成为大学教师；二，大学教师必须给学生上课。

"我们的大学不是朝着让各行各业的'操盘手'来当老师的方向去逐渐改变自己的弱点，而是反过来，拿纸上谈兵的论文、专著做门槛阻拦'操盘手'们进入，还美其名曰我们不教技能，只教独立思考。有一天我看到一个在其他高校任教的朋友在微信圈说了类似的话，忍不住就怼他一句：'你们自己有多少独立思考？'

"其实，玩虚的他们也玩不好。他们既没有形而下也没有形而上，有的只是不上不下的平庸。说实话，要是我的孩子这会儿坐在你们当中，我倒是宁肯她在大学学到一些谋生的技能，毕业后能很快地自食其力。到那时再去获得所谓'独立思考'，我看比在大学里更靠谱。社会会以它的残酷教会你们很多真理！"

又有学生问："那李老师认为什么是中文系学生应有的实践能力呢？"

"四个字，能说、会写。"

见学生们还在期待他说得更多些，他又补充说："比较理论一点的表述应该是，读中文系，就是修习对汉语言的应用能力。"

他接着说："我还记得刚调来学校半年光景，那时学院的条件很简陋，教授和讲师都在一间大屋子办公或休息。有一天，我对几位年轻同事谈到我对中文系现状的看法：读书，然后，大多数情况下比'学而优则仕'次一等，'学而优则师'。再然后，让下一代再读书，读完了再去教书……做官，或者做教师，这也很合乎中国传统。孔子本人就是一例。在古代这个套路很有道理。按照古人的社会理想，'师'就是楷模。为官也是要做百姓的楷模，辅佐皇帝以德治天下。

"可是你再想啊，那些在古代考了科举做了官的人，哪个不会写文章？

"我心目中的中文系，能教学生的就是两种东西，一是中外经典著作，给你们打个底，晓得啥叫好文章，为啥说它是好文章，怎样才算是写出了好文章。这个是读书的要义。

"再一条，就是教你们怎样能说会写。这才是中文系教学之'纲'，纲举目张。如若不是，我就不明白办中文系做什么？中国古代的文人，哪有光靠读了'四书五经'就让你做官的？都必须能说会写。先把你运用'四书五经'来治国兴邦的道理写出来，通过了考试，再到皇帝面前去做一番演讲，获得殿试的名次，然后才有机会进入官场。

"做了官，具体做什么呢？还是能说会写呀！上朝议政靠说，写奏章靠写。说得再明白一点，会写文章，能写出好文章，这既是可资谋生的实践能力，也是必有学问打底的基本素养！念过中文系的学生，能写好文章，什么都有了。这是硬道理！

"而你们呢，既不会琴棋书画，又不会写文章，读四年中文系只学了十几门这样那样的'概论'，全都不上不下的。钱理群说你们是'精致的利己主义者'，依我看这还是夸奖你们了。你们哪有什么精致啊？不懂音乐，不懂绘画，也不懂酒，不懂美食，甚至不懂怎样欣赏美人。你们顶多是衣帽鞋袜比我年轻时候精致一些，看上去是一朵朵蛮够鲜亮的塑料花儿。"

李三还从没这么严厉地数落过他的学生。他看得出来，学生们被他这样说都很不高兴。只是他们体谅李老师这阵子跟学校不愉快，不能再让他另有脾气了。

既是教学，讲课还是必需的。在接下来的时间里他言归正传讲评文章了。

程珊的作业《抉择》写的是在家乡的父母不断地问边读大学边打工的女儿要钱，为的是给痴呆的儿子治病，由此引起一场家庭冲突。

李三在评析了这篇小说后对学生们说:"年轻人逃离家乡和家乡的沉沦,或是新农村谋求振兴的努力,是你们这代人最重大的文学主题。最重大,最有价值,没有之一。你们离开在农村的家乡,来到城市念书或打工,而你们的在城市长大的同龄人,很多去了北上广深乃至国外念书或打工。他们也是逃离家乡。甚至可以说全世界的年轻人都在逃离家乡。这里面既有时代的成因,也深藏着人性的古老基因。我去过美国的小镇,威斯康星州的希伯根,干干净净,空空荡荡,也很少看见年轻人了。这股浩浩荡荡逃离家乡往大城市集聚的全球化潮流向你们提供了这个时代最具人性、人伦、人的生存状态的深度和广度的思想材料。观察这个,研究这个,很好地表现这个,应该就是你们这代人的文学责任。这是你们的时代,你们就在其中。你们若真有志于文学创作,我劝你们从现在起就十分关注这个主题。"

有学生问:"李老师会写这个主题吗?"

"我也可以写,但主要应该由你们来写。我已经写过我的时代,那是上世纪80年代,我们那代人在最初的改革开放浪潮中经历着剧烈的新旧对抗和新旧交替,一边欢呼改革开放的节节挺进,一边抵抗着落到自己头上,让自己蒙受损失的改革举措。我的时代是上世纪80年代,那之后我只能是零敲碎打,自说自话了。"

接下来就讨论具体的写作。

学生金燕本周提交的是上周那篇的续篇,写的是同一个人物。上周那篇说吴老患失眠症很严重,连催眠术也治不好他,却让他意外地在一次听讲座时睡了。今天的这篇,开头便说:"吴老自从上次在王教授讲座上睡着过一次,便开始热衷于听各种各样的讲座,像什么'可持续发展与健康生活''人生大智慧''职场厚黑学',每天至少听一场。有一次实在找不到其他讲座可听,只好去了'女性健康知识讲座'。"

李三说这本是个不乏幽默的开头，可是金燕后面走岔了，写的全是吴老坐公交车去听讲座的途中跟乘客和司机吵架的事，跟他的失眠症完全不相干。他问金燕："你为何不写写吴老来到'女性健康知识讲座'的现场听讲座，这会是什么情形？"

他是在问学生，可是从反馈给他的眼神中他看出他们是在问他。

"金燕要是让吴老听着听着，又如愿以偿睡着了，她这个故事还不能算是好故事。严格说还没有故事，因为是如愿以偿，意料中的，没'出事情'。你每天吃饭不算故事，你不需要解释为啥你要每天要吃饭。可要是你今晚没的饭吃了，故事就来了，你要讲一讲为啥没的吃。我们构建故事，就是要有问题，切记，有问题才有故事！一切都顺顺当当哪来故事？有问题就得想办法去解决，而解决问题，这样解决，那样解决，或者解决不了，这就是故事。何谓问题？简单说就是'出事情'了。狗咬人的故事一般般，被咬了你就去打破伤风针。人咬狗！就像一部比利时电影的片名那样，这才'出事情'了。"

金燕问："就我写的这个故事，怎么才算'出事情'呢？"

"譬如，吴老去听'女性健康知识讲座'，越听越兴奋，睡不着了！"

学生们都笑了。

李三解释说："这叫'反转'，是构建故事的招数之一。"

由此他又说起意大利小说家莫拉维亚，其代表作《罗马故事》中的许多短篇都用了类似的招数，而且往往是用在结尾，造成一个突起，乃至一个颠覆。这可以说是很经典的小说手法。李三说自己在初学写作时常借鉴莫拉维亚的手法，其实就是向莫拉维亚学习如何构建故事。当然，这样的小说看多了，难免有俗套之感。但对于初学者来说，用这样的经典手法来打好基础，培养构建故事的能力，很实用。

上完写作课，李三去学院办公室，跟小孔咨询"横向经费"的事。

起因是学院把向校方承诺的横向经费的指标分解到每个教师的头上。分解到李三的是四万块钱，要他到社会上去想办法。他表示，我跑到社会上去问人要钱恐怕影响不好。学院没理会他的不情愿，说你也可以像别的同事那样，把家里的钱拿来学校，冲抵你的科研工作量。反正你不会吃亏，你考核合格得到的奖金肯定超过学校代你交的税。其余的部分，你可以一笔一笔报销回去。至于这样做学校有啥好处，这个你就不必问了。

为此，他今天问小孔："我可以报销什么？"

"譬如汽油。"

"我一年的油钱顶多五千块。那三万五怎么办？"

"李老师总得在饭馆吃饭的吧？"

"我主要是吃沙县小吃。"

"那也可以报销啊，你让他们开发票就是了。"

他苦笑着告诉小孔："我吃一顿沙县小吃，三块钱的飘香拌面加五块钱小馄饨，总共才八块钱。"

"李老师太节约了吧？身体要紧呢。"

"好吧，我哪天改善一下伙食，除了拌面和小馄饨再要一钵党参炖鸽子，很豪华了，总数也才十八块。这就要人家开发票？"

小孔笑眯眯地看着他，学小沈阳的腔调反问道："那咋办呢？"

这几年，李三每听到别人用赵本山或者小沈阳的腔调说话，就觉得他的话已经被解构，没啥好说了。

和小孔没谈成什么，李三回到自己的办公室。

昨天和他约好的两个学生，在学校做什么媒体的一男一女，已经在等他了。他们采访他有什么目的，李三没问，权当不晓得。

看上去那女生是唱主角的，一上来就要抢占话语权，每一句问话都是在逼迫李三对学校的绩效工资制度是好是坏，行政人员拿钱该多该少，作出表态性的回答。

李三有点恼火了，说那女生："你小小年纪就跟我玩这个可不好。既是采访我，你就多倾听，不要拿你的意思叫我来照着你的讲。我已经跟你讲了，绩效工资怎么算法我弄不懂，谈不了。我能讲的只是绩效的考核是否合理、公平且针对我有效，这是可置疑的。至于学校的行政人员拿多少钱算是合理，我哪里晓得？我不是做这个事的人，从没研究过工资问题。在这个问题上我能讲的只是比较宏观的意见，譬如，学校的行政部门是不是太多了？行政人员的数量是不是太庞大了？我希望学校在这方面做点减法，而不要仅仅在教师的工资上做那么多算术把戏。"

那男生弱弱地问他："既然李老师因为不写论文每年考核不合格，那李老师为啥偏是不肯写论文呢？"

"你这个话问到点子上了。"李三说，"首先，我要是写论文，只能写中国当代文学。可是我本人就是中国当代文学的参与者。好比足球场上的球员，应该是被别人议论、评判的，怎么能同时又去做裁判，去评判球场上别的球员踢得好不好呢？我写那样的论文，天然地缺乏公信力。"

"还有第二点，就是我对当今学术界居然要花钱买期刊版面来发表论文，非常抵触。要晓得，我迄今为止在无论什么报刊上发表的任何文字，都是要问对方拿稿费的。没的稿费拿，反倒要给他们钱，这个弯让我怎么转？

"第三点说出来可能很伤人，就是我压根没看得起那种论文。一百篇里面有没有一篇有点价值，我看都很难说。我的一个同学在省

社科院工作，他告诉我他们那里专门有个房间堆放历年来已经结掉了课题的文稿，一沓一沓的都那么厚，快要堆到天花板了。"

那女生问他："您觉得这问题应该怎样解决？"

他说："我不晓得，而且很悲观。冰冻三尺非一日之寒。还有更糟糕的，就是当今我们的大学都想办成科研型大学，重科研而轻教学，这在我们教师的'工分值'上就有明显的体现。我个人决不认同这种做法。无论你这个学校多牛，你既然还叫学校，还有学生，你的第一要务天经地义就是教书育人。"

接着他话锋一转，说起事情的另一面："你们做学生的，也做得太不像话。你们必须清楚没有一个老师会喜欢不好学的学生。你们可是太不好学了！也难怪老师们对教好你们没啥信心。你们抱怨许多课程内容贫乏、无聊，我也有同感。既然这样，你们为什么不去多多地课外阅读？你一个学期读了几本不贫乏、不无聊的书呢？我给每届写作班的学生都开出过长长的读书清单，却从来没有一个学生读过其中的十分之一。我当年就读杭大中文系，是个出了名的逃课学生，为此还受过处分。那个年代的某些课程和教材，还来不及去掉许多'四人帮'理论或极左的内容，不仅无聊，而且有害，我自以为逃课有理。但我逃课，不像你们，为了去泡女生，去路边摆个小摊做买卖。我读大二时就已经是个小说家了，而且产量不低，说明我很勤奋。还有，我一生的阅读以大学的四年最为密集，平均每周读一本三四百页的书，还做笔记。说到这个，你们又抱怨学校图书馆借不到想读的书。这其实也是个托词。人们真正渴望读到的书，总是有办法读到的。想当年，杭大图书馆不外借丹纳的《艺术哲学》，我居然通过在黑龙江大学与我同届就读的哥哥，硬是把《艺术哲学》不远万里借到了手！在读书上，你们有这样强烈而坚韧的欲求吗？

"再还有，在我上的'电影语言'公选课上，有些学生在接到一个电话后竟还当着我的面，从离我讲台才三四米的门口溜出教室逃课。我当年虽然逃课很多，却从不当着老师的面逃课。无论如何，尊师是一个必需的教养。你们这代学生太没教养了！"

说到这里，他已经被自己气得不想再说什么，哆嗦着手给自己点上烟，半躺在办公椅上，不再理睬那两个学生。看着他俩快快离开，连说声"再见"都不情愿。

想着一下午经历的这些，这样那样的垃圾感受，李三开始牙痛了。

总算熬到上完了晚上的公选课，从教室走到他停车的地方，两三百米路，他走得很艰难，因为这之前他已经在讲台前站立了两个半钟头，腿都站僵了。他坐上车后等了三分钟，有点恢复过来了，这才发动了车子。

离开学校，他心情好了许多，但还是一路牙痛依旧，心想要是途经城西古墩路时牙痛还没减轻一点就直接回龙坞算了。

可是刚下了德胜高架，他又觉得，完成了一周教学任务的周三晚上不去酒吧犒劳一下自己有点说不过去，结果就把车开到醒酒屋去停了，步行去了"猴吧"。

一进门，猴子恭喜他："李哥一周的教学任务完成了！"

05

中午起来，李三看到画室里有一只鸟，不知什么时候从什么路径进来的，这会儿它飞来飞去到处寻找出路逃走。

他很担心鸟若留在画室，一不小心拉泡屎落在画上，赶紧打开两扇窗，轰赶它走。

可这鸟太傻，开着的窗它不走，偏往关着的窗玻璃上撞。每撞一下，还小晕一阵，掉落一根羽毛，看了让人于心不忍。

他不再驱赶它，只让窗开着，心想它早晚会找到逃离的出路。

然后他去了龙坞镇上的沙县小吃店吃午饭，照例是一盘拌面和一碗小馄饨。

吃完饭回来，李三想那鸟儿应该已经飞走了，就把窗户关上。外面在燃烧锯末，空气很不好。

他画了三小时。

困了，就去休息室睡一会儿。

到了傍晚，隔壁那间屋子有许多人在搬东西。大概因为人声嘈杂受了惊吓，那鸟儿居然从躲着的地方又飞了出来，然后又是一番瞎撞。

几经扑腾，它总算撞对了窗口，飞向野外。

李三这才松了口气，猜想那鸟更是欢天喜地。

他想起了梦中的那头豹子，相信它在逃离动物园时也是夺路而逃。我们自己也时时处处地夺路而逃。在任何一处马路上遇着堵车的时候，你都可以看到总有人在很小的车辆缝隙中左右穿梭，硬要挤到别人的前面去。有个事情并没有像曹玟讲述的那样提前进入李三的意识或潜意识，但他相信迟早一定会有的，就是据说到了2021年会有个什么人，太有钱，有得让自己很烦，就索性花很多很多钱坐飞船一去不回地进入太空，去享受到那时为止从来没有任何地球人类享受过的超级体验。他大概率是回不来了，最终会死在太空。李三周围的很多有点小钱的人觉得此人脑子进水了，另有很多没什么钱的人痛斥那些有钱人让钱腐蚀了他们的想象力。死在太空，独一无二，不亦乐乎？至少比你们，到头来不过是在哪个公墓弄了块一平米还不到的墓地，比你们壮阔多了吧？简直可以说整个宇宙都是他的墓地！

"这个话题争论下去会越来越危险的。"那晚李三跟好友许星说，"我们还是把调调降下来一点。对于'逃'的理解，很多有钱人把'逃'当作一种等待，等待据说是研发即将成功的能让他们长生不老的药物，来让自己逃离死亡。这就等于是要逃离最终归宿，给哲学家们出难题了。"

豹子和鸟儿，都来过本不该它们来的地方，又都不喜欢和我们待在一起，哪怕我们尽量地善待它们，还是无法让它们快乐。

这阵子李三不得不为画室将要搬家而头痛。现在用的这间，当初说好是临时过渡的，等园区的其他房屋整修好了，他再搬进别的屋子去。可现在，这间画室他很喜欢，很有感觉，甚至很有感情了。可是园区的管理方已将他画室所在的整个楼面打包租给一家什么公司，年租金八万。他承受不了，再说这个楼面的另外两间房屋对他来说也没用处。搬画室已成定局，他只得向园区负责人黄总提出，希望搬到楼下的这间，其格局和他现在的画室一致，让他感觉变化小些。黄总答应考虑考虑。

连着好多天吃"沙县"，有点腻，李三想换换口味，晚饭去了留下镇上的"大娘饺子"。

等着服务员把饺子端上来的这段时间，李三注意到除他之外店堂里的所有人都在用手机。一个女服务员，从他进到店堂直到他吃完离开，始终在煲电话，歪着头，用肩膀夹住手机走来走去。他点饺子的时候她让对方稍等，他点完了她继续通话。

在他的邻桌，一位母亲和两个儿子早就吃完了，却一直坐在那里不走。那母亲大约是在手机上阅读什么，两个儿子，大的十七八，小的十一二，各玩各的游戏，玩一阵还彼此交流一下。

后来又有客人进来，还没等走到服务台那里就接到电话，又退出门去，两分钟后通完话再又返回店堂。在新客人点食物的时候还在煲电话的服务员再度让电话那头的人稍等。点完食物的新来客人坐到另一张桌上等着上菜，也开始玩手机了。

李三断断续续地听到女服务员在电话里告诉对方，她一天也不迟到不请假，做满一个月的工钱总共是两千六百块。老板从这个月开始给员工宽松一点了，可以请假一天，只扣一百块。

这时候又有一男一女两个年轻人来吃饭。那男的手里拿着手机进来了，女的还在门外就止步不前，低头专注着她的手机。直到男的已经点好食物，女的还在外面看手机，男的不得不出去把她拽了进来。

几天前他曾向做影视的朋友周毅批评如今许多年轻人的注意力很难集中，无法收拢心智做好自己的事情，却花了大量精力在关注别人的八卦。周毅告诉李三，有一天他儿子一边看电视，一边在看一本动漫书，一边又跟父母在聊天。儿子同时在做三件事，却并未因此出错。周毅的意思是不用担心，今天的孩子们分心有术，碎片化时代的他们自有一套对付碎片的本事。

饭后李三往城西去泡"猴吧"。途中，他想起有一晚泡"夜太阳"，生意清淡，没人聊天，只有两个都不满二十岁的吧女建云和于倩坐在他对面，都在看手机，看着看着还咻咻偷笑。他开始找碴了，说你俩都活不到六十岁，因为每天接受了大量的辐射。看来她俩都无所谓。其实他也弄不清这个辐射是怎么回事。

建云说："不玩手机就没啥好玩了。"

"找男人去玩嘛。"

"男人不好玩。手机比男人好玩多了！"

他又问于倩："你同意建云说的手机比男人好玩吗？"

"差不多吧。"

今晚在"猴吧"，李三头一回见到了叶子，几乎是立刻就喜欢上了这个诸暨姑娘，没到五分钟就和她加了微信。

姗姗过来告诉他叶子是她很好的小姐妹，希望李老师能喜欢叶子。

"已经喜欢得要命了！再多一点恐怕就要那个了……"

叶子说："那也不怕。李老师别当我还是黄毛丫头哦。"

"叫'李哥'。"

叶子看看姗姗，看到她笑盈盈的。

姗姗又教唆她："李老师还喜欢听你说'李哥坏'。"

叶子一愣，但很快领会了，笑着说："等李哥哪天对我'坏'过了再说吧。"

姗姗又说起，大前天晚上徐诚带着五六个朋友来泡吧。经猴子介绍，徐诚晓得了眼前这位就是李老师提到过的姗姗，就对她说，看到李老师在日记上说他那晚过马路时对你"性侵"了，很羡慕啊！姗姗你让我也享受一下李老师的待遇，说着就在她屁股上拍了一下。这下好了，他那帮朋友便一个个都要求姗姗把屁股让他们拍拍。

"你不怪我吧？"

"没事，他们都是很友善的。"

玲玲给李三和叶子拿来一瓶"喜力"和一瓶"科罗娜"，对叶子说："你可小心哦，李老师很会哄女孩的。"

"算了吧，我费好大劲也没把你哄到手，还是猴子本事大。"李三接着问她，"你照实说，猴子做那事做得好不好？"

玲玲又羞答答地浪笑起来，连连说："好、好。"

"我想起隔壁的裴裴说过一个金句：男人别老说'不要不要'，女人也别老说'还要还要'。我猜想你就是裴裴说的那种还要还要的女人。"

她笑得更透彻了，全身都在发颤。李三觉得这种时候的玲玲是最漂亮的，她脸上那股欢喜就算是职业演员也演不出来。

"那好，管他猴子、狐狸，横竖是你老公，不是嫖客，你不能只让他干活不给他补补。"

"是，是，李老师说得对。那你说给他吃什么好？"

"当然是甲鱼了。最好是野生的。"

"为啥是甲鱼？"

"杭州人是这样讲究的。"

玲玲转身走向猴子，问他哪里有卖野生甲鱼。

这边，李三夸叶子，说她的脖子和肩膀很好看，还说酒吧里正在播放的哈萨克民歌《燕子》，有一句歌词夸女孩"脖子匀匀头发长"，说的就是你呢！

叶子将信将疑，李三再给她一个直观的证明，便提起委拉斯盖茨的名画《纺纱女》，并让她用手机上网去看那幅画。网速很慢，但终于打开了。那画上的纺纱女是侧后方的视角，看点就在她的脖子和肩膀上，丰腴、圆润。

李三说："看得出这女人昨晚刚得到过性爱的滋润。"

他又借题发挥对猴子说："你猴子没品位，看女人只晓得奶子大、屁股大的那套，档次有点低。不过话说回来，大部分时候我也喜欢奶子大，还更喜欢屁股大，本性难改啊。只是，有时候欣赏女人我们还可以欣赏得高雅一点，就是看看女人的脖子和肩膀，就像这幅画。你看到了吧？叶子这脖子，是不是跟画上的有的一比？叶子你转过去让猴子看看，让他学着点怎么欣赏美人。"

喝一口啤酒，他又说："当然还可以更优雅一点，欣赏欣赏女人的手。《红楼梦》每写到一女子必写她的手。叶子你这双手也蛮好看的。看你手背这里，一个窝一个窝，粉糯糯的，'红酥手'啊！再端起这杯……就算是'黄縢酒'吧。别动，让我拍张照……"

拍完照，他接着说："再说女人的脸，你猴子一提起什么女人漂亮，光会说她眼睛大，像我妈似的。隔壁'夜太阳'的思思，眼睛够小了吧？可她那双眼睛有一种天生的魔力，能让男人对她着迷，几乎无一例外，也包括我。"

叶子不高兴了，说："原来李哥也这么好色！"

"别小肚鸡肠。我夸完别的女孩再夸你，那才是真夸呢！思思嘛，也只是小眼睛勾人，你叶子可是从上到下这里那里随便哪里都……"他咂咂嘴，很陶醉的样子，接着再跟猴子说："真正有讲究的，看女人脸主要是看嘴。嘴的表情最丰富，嘴才是女人面部的性感之源。朱莉娅·罗伯茨迷人就迷在一张大嘴，安吉丽娜·朱莉美在她那对肉嘟嘟的嘴唇。看过电视剧《红槐花》没有？那个女主角，那张下唇厚厚的嘴，那个性感啊！那才叫漂亮女人呢。"

叶子的普通话说得很好，听不出有浙江腔。她说以后看心情或许会慢慢跟李哥讲讲她自己的两次恋爱的故事，今晚先讲她父母的。

"讲吧。你讲什么我都爱听。"

她父亲当年是村里最穷的男人，个子也比她母亲矮，照常理父亲是攀不上家境好很多的母亲的。一个天赐良机被父亲牢牢把握住了，就是父亲在村里有个从小很铁的赤卵兄弟，娶了邻村一个富家女。很快这新娘就和母亲交上了朋友，成了亲密无间的小姐妹。而父亲本来就是那新郎的发小，于是四个年轻人就常在一起玩，父亲和母亲最初的频繁接触就在两人共同的朋友家中开了个好头。

李三说："你讲故事应该讲得再细一点，讲讲你父母跟人家一对新婚夫妻常在一起玩，玩什么？怎么玩？还有，要是玩着玩着，人家新郎新娘骚劲一上来就抱在一起亲嘴了，你父母在一旁看着，会怎样？"

"李哥坏！"

"就算是坏吧，可你得回答我问的话呀。"

"我哪里晓得他俩会怎样？那时候还没我呢。"

玲玲过来插话："叶子你这话可有点装。你爸妈看人家抱着亲嘴会怎样你会想不到？"

叶子没搭茬，继续只管自己说："我爸虽然穷，个子也矮，人却很正派，也很能吃苦耐劳，还很会说笑话……"

李三说："会说笑话的男人通常就是女人的春药啊！"

就这样，母亲渐渐地对父亲心生爱意，不能自拔。两人后来就单独幽会，还偷偷同居，就在母亲的娘家闺房，在待人严苛的外婆的眼皮子底下，居然瞒天过海，一直没被发现。

"直到一个大雪天的清早，我爸像往常一样没等天亮就溜出我妈的闺房，出了外婆家的大门。他快乐了一晚，哪里还顾得上他会在雪地上留下脚印？等外婆起来，看到院子里的脚印，心想这么大清早的，她家的人都还没起床，这会是什么人留下的？外婆顺着脚印找去，找到了父亲家门口。事情就这样败露了。外婆正要大吵大闹，可为时已晚，我妈已经怀上我了，已经看得出隆起的肚子。外婆一万个不情愿却也万般无奈，只得认了既成事实，嫁了女儿。"

说完，叶子想了想，又问李三："我经常会想，实际上是我撮合了我爸、我妈。要是没我，他俩恐怕也难成夫妻。李哥你说对吧？"

"你可别这么说。要是没叶子，你李哥这会儿还不知在哪儿苦苦煎熬呢。"

叶子笑了："老板娘说得没错，李哥真是会哄人！"

这边在讲故事的同时，猴子那边，他在跟英国人史蒂文聊天。这个史蒂文从"珍妮吧"时代起就是城西酒吧的常客。他的工作是设计鞋子，来杭州十多年了，至今还不会说汉语。李三却记得，另一个也曾在杭州做事且常泡吧的老外斯蒂夫，好像也是英国人，比史蒂文年轻多了，倒是会说两句汉语，而且说得非常到位。一句是，他刚进酒吧，便问候众人"别来无恙"，另一句是他临走前，又会跟大家道别说"后会有期"。斯蒂夫会不会说第三句汉语李三不晓得，因为没听他说过。而猴子，会说的英文单词不超过十个，却煞有介事地跟史蒂文介绍江西人的饮食，边说边比画，还笑容可掬。

叶子悄悄告诉李三，猴子白天给她发微信，说做梦梦见她了。对此她有点生气。

李三说："别太当回事，猴子对所有女孩都会来这套。再说，人家做梦梦到了什么，你还管得着？"

猴子晓得他们在说他，却很镇定，坐在李三和叶子的斜对面，眼睛一下也不朝他俩这边看。

"不过，你可不能让他泡了。记住，'你是我的，我是你的。'就像《燕子》里唱的那样。"

"可是李哥有老婆呀。"

"这话听起来，意思是我要是没老婆你就有可能嫁给我？"

"有可能。"

"至少是可以考虑考虑，对吧？"

"对，可以考虑。"

猴子、姗姗他们都听到她这么说，都在那里笑。

郝青来了，见李三和叶子肩膀挨着肩膀并排坐着，叶子的臂膀偶尔还会搭上李三的肩头，调侃说："三哥哥啊，我今晚总算弄懂了'吊膀子'这个话究竟说的是啥情况。"

李三跟他寒暄了几句，接着听叶子跟他讲她六岁的女儿，还给他看了照片，说这孩子是她和第一个男朋友生的，那时她才二十岁。她再三叮嘱李三不可泄露这个情况。

说话间，老杜，或者更愿意吧女们叫他"杜哥哥"的一位老吧客还带着一个陌生人进来，跟李三说了句要撒尿就进了厕所。

老杜撒完尿，两人就走了。

李三问姗姗："这老杜啥意思？当我是管厕所的？"

姗姗说："他们是来泡妞的。看到今晚这里的妞都被别人泡着，他俩没戏，就待不住。"

猴子说他们还会再来的，除非他们在隔壁泡上了思思。

果然，十几分钟后老杜和同伴再次光临。这回他们打定主意要泡叶子，坐下不走了，要了酒开始喝。老杜的心思都在叶子身上，刚喝两口就要叶子去陪他。叶子表示更愿意陪李三，老杜就开玩笑要李三买单走人。

李三说："事情总有个先来后到。你来晚了，得排队。"

"我每遇美女总是很猴急。"

猴急也没用，不一会儿他和同伴又离开了，大概是去别的什么地方看看有没有不用排队的妞泡。

一小时后，不屈不挠的老杜和同伴又第三次来到"猴吧"。见李三还在，叶子还坐在他身边，这回更猴急了，索性端着酒过来，以敬李三酒为借口，趁机在叶子脸上亲了一下，然后很满足地回到自己的座位去，还隔着老远向李三举杯致意。

李三半闭着眼，很享受叶子紧挨在他身边的感觉。

他想，"泡吧"的意思之一，是一点一点地把时间泡掉。喝酒，聊天，时光被这样消磨。可惜吗？李三有时这样问自己，接着又觉得这样问很矫情。他明白无论如何时光总是要被消磨掉的。时光的本质如此，无论你在做什么它都会被消磨掉。置身于这滴滴答答的时光之流，若能尽情体验生命的存在与演变，就是得其所了。

像往常一样，别的客人都一一离去，酒吧里最后只剩猴子、叶子和李三了。

猴子又被老虞灌得不轻。李三说你不长记性，告诉过你很多回，玩骰子玩牌你都不是老虞的对手。猴子勉强应付了他几句，又趴头睡了。

叶子却一直精神饱满地陪着李三。

他说："真希望叶子能在'猴吧'一直做下去。这还不光是李哥迷上了你，也是为你想，你读书不多，酒吧是所好学校。你别看一晚上客人乱哄哄的，他们还都是有些名堂的，都足够做你的老师。郝青是个诗人、小说家，老虞是纺织品设计的高手，王也开软件公司，冯韬是阿里巴巴的工程师。还有那个老杜，别看他那么好色……"

"一个油腻男。"

"错了，他可正经是个数学家，应用数学，大学教授。"

趁着酒兴，他俩久久地亲吻。叶子没嫌弃他嘴里的烟味，他则觉得叶子的唇舌非常甜美。

"李哥想不想知道我的真名实姓？"

"不想。"

"不想？"

"我只想记住一片叶子。一片飘来飘去的叶子。"

稍稍停顿了一下，她又问："我还会再飘来飘去吗？"

"会的。你是一片已经离开了树的叶子，回不去树上了，所以必须飘着，不能落地。"

"为啥？"

"一落地就开始枯萎了。"

"不喜欢李哥这么说。"

他抱抱她的肩膀表示道歉，嘴上仍说："还是飘着吧。"

凌晨四点了，李三搭叶子打的车回醒酒屋。他总算忍住了没有邀请她一起过夜。

　　城西的老吧友都晓得李三喜欢猴子的主要原因是猴子常跟他讲故事。

　　这个猴子，江西上饶人，具体说老家是弋阳乡下。有一晚，在郝青坚持不懈地追问下，猴子终于把自己的身世讲清楚了。他父亲姓陈，他姓余，是跟着现在的祖父姓的。他原本的祖父，血缘上讲的那个，家在浙江金华。父亲小时候家里太穷，祖母带着三个儿子改嫁到江西弋阳一户余姓人家。猴子的父亲是那三个男孩中的一个。他本人没有改姓，只让他的子女随继父姓了。猴子说，早些年他的陈姓祖父曾写信到江西，希望三个儿子能回到已经富裕起来的家乡金华定居，结果一个都没盼回来。

　　猴子定了定神，接着说，他父亲把叶落归根的希望寄托在他的身上，曾劝诱他到金华老家去做个上门女婿。

　　李三问："这不是蛮好嘛，你怎么不去？"

　　郝青说："他做了人家的上门女婿，再泡妞可不方便了。"

　　猴子并不反驳他俩，只管嬉笑，带点儿自嘲又带点儿自得。接着是说他自己了，才十三四岁就开始混江湖，学过、做过十几个行当，木匠、厨师、理发、给汽车补胎、卖服装、啤酒厂的洗瓶工、管子工、餐馆服务员、夜总会"少爷"、酒吧的吧台生等等。其中做得最悲催的是到海南学木匠，最开心的是在黄龙体育中心那里的夜总会做"少爷"。某晚在班上，一位客人支使他出去买三碗面，竟给了他五百块钱。而说到最冤屈的，是他在"至尊鲨鱼"做端菜生，有一回他端着一盆

鱼翅羹去上菜。这样高档的东西别说他尝过了，以前连见都没见过，因此走着走着，好奇心促使他把汤盆端到眼前看个仔细，再用鼻子闻了一闻。却不料这一幕正巧被领班看到，指控他想偷喝鱼翅羹。他被开除了，一分钱工钱也没的拿。

在李三的印象中，猴子的故事中最感动他的，是许多年前江西农村的一个七八岁的男孩，带着两个弟弟和一个妹妹，春节跟着父母去给家住镇上的外公、外婆拜年。外公曾经是乡里的书记，却因"生活作风"出问题被撤了职，但还是有工资拿，生活条件比一般乡民好很多。拜完年，父母回家了，猴子和三个弟妹却赖在外婆家不肯走，因为这里的伙食太好了，天天有肉吃。

直到不能再赖下去了，外婆又做了一大碗红烧肉，拿一个细瓷小碗当盖子盖上，又找出一大块破布严严实实包裹起来，郑重地交到猴子手上，要他带回家去让全家分享。

回家的路有十几里，他们得走上老半天。猴子一直是自己拎着装了红烧肉的布包，让二弟、三弟分别拎着外婆给的几斤大米和一些粉干。

途中休息一会儿，二弟跟他商量，让我闻闻香味好不好？

猴子就地打开布包，捧起盛肉的碗，让二弟隔着盖碗闻闻。

递给三弟闻，三弟却说没闻到。

他只得揭开盖碗，让弟妹们不光是闻还管够地看。碗里红烧肉没几块，更多的是萝卜。

猴子用手指蘸了蘸肉卤，放进嘴里吮吮。他一脸的美味引诱弟妹们也一个接一个地伸出手指往碗里去蘸。

三弟说，哥，反正早晚是让我们吃的，不如先让我们每人吃一块。

二弟也赞成，才四岁的妹妹也嚷嚷着要吃。

猴子自己也馋得不行，索性就和弟妹们在半路上用手抓着，吃起外婆做的红烧肉来。包裹得严实，肉还够温热。先是说好一人只吃一块，可是吃着吃着，哪里还管得住嘴？不一会儿一大碗红烧肉就被他们四个吃个精光，连萝卜也不剩，最后残留碗底的那点肉卤也被三弟舔了。

剩下一大一小两个碗，没道理再带回家。猴子索性把碗都砸了，扔进路旁的水沟里。

吃了就吃了，兄妹四个都有份，谁都赖不掉，所以都能做到对爸妈守口如瓶。

可是半年后，外婆来做客，问起那只细瓷小碗，要讨回去，这才让红烧肉的事败露了。猴子挨了他爸一顿打。他妈骂他，你们吃了就吃了，还不说实话，还把外婆的碗砸了。都是你带的头，小小年纪就像一群土匪！

去年的什么时候，他外公、外婆、母亲和两个姨妈来杭州玩。有一天猴子要带外公去洗桑拿，把他妈和两位姨妈吓坏了。这不仅因为外公已经八十五岁了，更因为在他妈和姨妈们心目中，洗桑拿不啻是一桩色情勾当。虽然什么勾当都没有，但洗完桑拿回到猴子的住处，外公还真的有点心虚，吃饭时一反常态，频频给外婆夹菜，让外婆吃这吃那，表现得很是羞涩。

听猴子讲故事其实是从几年前的"炫吧"开始的。李三承认，那之前，他最初见着猴子时肯定没在意他。

他问猴子："我俩是在哪里见的头一面？"

"李哥总还记得'醋吧'吧？"

"那当然。那地方美女如云啊！"

"醋吧"的正式名字叫"似水年华"，的确有点酸。蛮豪华的，有三层。美女们在等待来客的时候都坐在一楼的吧台里面，一字儿排

开七八个，好像在做展览。客人来了，挑中了其中的一个，当然也可以是两三个，就跟她或她们到楼上的包厢或者卡座去喝酒。

李三不挑。个个美貌也挑不好。他就坐吧台外侧，面对她们，倒有点像是通吃了。好在一般不会所有吧女全都干坐在他对面，通常总会被挑走几个，最多剩下四五个，算是给他陪酒了。

那应该是2003年到2007年之间，他做了四年单身汉，一个人过日子，是杭州人说的"吃光用光不叫冤枉"的那种状态和心态。

因为那时他还没开始写日记，他在城西泡吧的许多故事都是后来由猴子说给他听的。

"李哥那时泡'醋吧'，每回都要吃烤乳鸽。是这样吧？"

"你怎么晓得的？"

"而且李哥不好意思让美女们眼睁睁看着你自己一个人吃，每回你都要点上五六只，你和她们一人一只。是这样吧？"

"你连这个都晓得！"

猴子就开始控诉他了，说自己那时就在"醋吧"的厨房做事，每一只乳鸽都是经他手烤成的，他却从来一只都没被请过。

"我连你面都没见着，怎么请啊？"

"见是见着过的。是我把烤好的乳鸽端出厨房交到阿彬手里的，只在门口晃了晃就回到厨房里去了。老板娘有规矩，不许我到吧台附近去。再说啦，李哥面前美女那么多，哪里还会注意到我？"

"你晓得老板娘为啥要立规矩不让你去吧台附近吗？"

猴子有自知之明，嬉皮笑脸说："怕我去花她们呗。"

"那之前你肯定去花过她们了，被她们告了状，老板娘才会给你立规矩。"

"是，是，有过一两次……李哥厉害！"

李三又问:"你说的阿彬,就是在吧台当班,个子高高大大的那个?"

"是他,陕西人。李哥偶尔也会请阿彬吃烤乳鸽。全'醋吧'的人都吃过李哥请的烤乳鸽,只有我除外。"

像这样的控诉,十多年来猴子至少重复了五六十遍。

李三说:"我请阿彬,是因为他跟我讲过他爷爷的风流故事。他爷爷是个远近闻名的乡村郎中,主治妇科,治好了方圆几十里的许多女人的毛病。她们有的会付给他一点钱,没钱的会给他一袋小米或是一篮子鸡蛋。小时候阿彬因为爸妈老吵架,就跟着爷爷过,眼见爷爷的相好不少。爷爷死了,到了出殡的日子,他家一下子来了许多连他爹妈都不认识的女人,挤满了院子,还挤满了巷子,排着长队来看爷爷最后一面……"

阿彬讲的爷爷故事曾经让李三很动心,想拿它写一个中篇小说。出于对阿彬的感谢,他请阿彬吃烤乳鸽,应该的。

这段往事,在猴子离开了"醋吧",跳槽到阿祥开在竞舟路上的"炫吧"做店长,李三才有机会听他讲。或许也正是讲到了李三因为阿彬跟他讲故事请阿彬吃烤乳鸽,猴子上心思了,从此便时断时续或长或短地对李三讲自己和自己家族、家乡的故事。

"炫吧"离李三当时住的德加公寓很近,他都是骑自行车去泡的。

猴子帮他把自行车搬进酒吧门里,说这个车很轻。

"捷安特的长途旅行车,很重哪里吃得消长途?"

"买这个车李哥应该花了不少钱。"

"是不少,两千六。你看见了吧,这上面还有水壶,还有打气筒。"

"李哥骑这个车去过很多地方吧?"

李三不好意思地笑了,实话告诉猴子:"买来三年了,从来没有

骑出过城西的范围。"

那晚在"炫吧"泡的还有郝青，正在跟吧女婉婷说笑，给她取了外号叫"电妞"，理由是这女孩表情太多，会放电。

猴子的第一个名叫玲玲的女友也在，相貌平平，看上去很土气，不声不响的，要等酒吧打烊了和猴子一起回家。

对付完"电妞"，郝青开始对付玲玲，说今晚看到你怎么老是没精打采的？是不是猴子欺负你了？

"没有呀。"

"我说的欺负，是说床上的那种，要了还要，不给硬要。"

玲玲很暧昧地瞟了猴子一眼，又很暧昧地笑笑，小声说："他是很骚。"

李三和郝青都笑爽了。

猴子替自己辩解，说他骚是因为小时候吃猪卵子吃多了。他爸是杀猪的，还时常兼做替人家阉猪的活。猪仔生下后长到九斤、十斤时就要阉割了，公猪仔去卵子，母猪仔去卵巢。阉了猪，他爸除了拿几个小钱，还总把猪卵子带回家，所以小时候他吃过很多猪卵子。中国人相信吃啥补啥，吃卵子当然是补卵子的。因他是家中长子，传宗接代的主要职责在他，因此补卵子的事他的两个弟弟都没份。

听完他这么说，郝青评论了一句："怪不得呢，原来你是补过卵子的！"

猴子说了句很哲理的话："卵子就是派骚用场的嘛！"

接着他告诉对此饶有兴趣的郝青，猪卵子怎么做才最能保持它的骚劲却不带一丝骚味儿：先把水煮开，在水里放点醋，用白醋，把猪卵子整个投入开水里汆一下。汆熟了就好，别汆过头，捞起来，切成片，还是蘸着白醋吃。白醋里最好再加点糖……

郝青听得起兴了，问李三："你晓得杭州哪里能吃到猪卵子？"

李三看看他，样子不像是要弄怂人，就说让猴子替你打听打听，说不定城西就有。

猴子说："我哪里能打听到啊？"

李三给他戴高帽儿："你可是城西酒吧业的资深人士啊！"

猴子最爱听这个，说李哥你让我这个打工仔一下子高大上了。借着兴头，他对郝青说："等我哪天回老家一趟，带几个猪卵子回来，我做给青哥吃！"

喝了不少啤酒，李三想撒尿。但"炫吧"仅有的一个卫生间在楼上，要走很陡的楼梯上去。

"电妞"提醒他，客人们都是到门外去方便的。

"炫吧"门外是"沁雅苑"的西门，但一直封闭着不用。大门外有一棵贴地分叉的什么树，枝叶茂密，路灯照不着，李三就在这地方方便了。老远就闻到了臊烘烘的尿味，他屏住呼吸，直到尿完。

回到酒吧里，他对郝青和猴子说："那棵什么树施肥太足了，疯长得厉害，树冠都长到马路上去了。"

猴子说了个故事：有一天早晨，从小区另一个门里走出来一位女士，牵着一条公狗溜达。那公狗溜达到我们这帮人半夜撒尿的那个角落，不住地嗅呀嗅呀。那女士就说，你嗅个啥，都是公的！

郝青好不容易止住了笑，说猴子："你这个应该是段子吧？"

猴子指天发誓："绝对是真事！不信你们问阿祥。"

店主阿祥那晚不在店里，约莫又去赌博了。

一直不声不响的玲玲小声说："猴子有时还在那里拉屎呢。"

这个玲玲从身材、相貌、神态到性格、脾气都很平淡，后来被猴子甩了。

就在昨天，在甩掉第一个玲玲五年后，跟第三个玲玲又好不下去了，猴子联系上了第一个玲玲，请她吃饭。他在"猴吧"对老吧客们解释说，起因是上个月他爸来杭州，有一天说起那个玲玲，他爸说，不管你将来和什么女人怎样怎样，我只认玲玲是我儿媳。

她去过猴子的江西老家，深得他父母的欢心。被猴子甩掉后她嫁了别人，还生了孩子。

猴子想请玲玲吃个饭叙叙旧，头一回约她，玲玲说不方便。昨天她老公出差去了，玲玲答应了猴子，但为了避嫌她还带来了一个小姐妹。她开着车，接上猴子一起去了西溪"新开元"，说是这顿饭她请了。饭桌上，玲玲跟猴子讲了她这几年的情况，家境虽不富裕，老公赚钱也不算多，却是基本上每晚在家，很尽责任。说起当年和猴子的交往，玲玲像个长者似的责备猴子不成熟，没有责任心。

猴子在跟老吧客们讲这个事情时，三番五次提到玲玲说他不成熟，而玲玲还比他小八岁呢。

他的第二个玲玲李三没见过，也不晓得猴子是在哪里泡上的。只是后来听猴子自己说，那姑娘还只有十八岁，就已经被他睡大了肚子。

生下了小孩，姑娘的父亲从湖南赶来，跟猴子谈了一场让他极度恐慌，时刻准备拔脚就逃的话。

谈判的前一晚猴子把这事告诉了李三，想听听他的分析。

"这下你猴猴有苦头吃了。湖南人，吃辣椒的，脾气都大。我就从来不怎么敢招惹吃辣椒的女孩。'珍妮吧'的小希，那么性感、迷人的湘妹子，每每我站在她身后看着她……可到头来我也只是嘴上泡泡她而已。兄弟啊，湖南人惹不得的！"

他喝了口酒，接着说猴子："当然你是江西人，也吃辣椒。江西人对湖南人，谁怕谁？这是个问题，让我想想，让我想想……对了，当年湖南人毛委员发起秋收暴动，从湖南杀到江西，创建了红军队伍，人强马壮，星星之火可以燎原。江西人厉害呀！可是几年后，王明路线造孽，书上是这么说的，毛委员的，主要是江西老表的队伍，不得不再从江西杀回湖南。这一回，另一帮和毛委员作对的湖南人，反动派何健的湘军，在湘江边让老表们吃了大亏。不过这回又是王明路线犯错误，书上说要是让毛委员来指挥红军，损失肯定没这么大……反正还是湖南人更厉害一点。可怜的猴猴啊！"

才十八岁的女孩被他搞大了肚子，人家的爸妈带上刀来找他也是不见怪的。

那阵子猴子还在"酒平方"给人打工，酒吧里几乎每晚都有客人猜拳赌酒。

"人在江湖漂啊，哪能不挨刀呀？"

结果还好，猴子没挨刀。人家也没让他去湖南做上门女婿。孩子归猴子，那女孩的电话号码之类都当着她爸的面从他的手机上全部删掉，从此断绝一切来往，包括孩子和母亲之间。第二天，父亲带着女儿回湖南了，第二个玲玲从此消失。

听猴子讲故事听得多了，李三越来越觉得猴子很有讲故事的天分，而且很本真，不忌讳。他告诉李三为啥他三弟取名叫"兴钱"，是因为原本他妈生下两个儿子后就结扎了，可居然鬼使神差地又怀了孕，生下了老三。乡里来人罚钱，他爸妈起先不服，说我家这么穷，本来不想再生的，是你们卫生院的手术没做好，这才又怀上了，怎么还要罚我们？道理是这么说，还是被罚钱了。他爸很生气，索性给刚生下的三儿子取名叫一个"钱"字，好像指望这个儿子能把被罚去的钱成倍成倍地赚回来。不过，后来他妈又生了第四个孩子，"猴子"的妹妹，乡里倒不来罚钱了，因为毕竟还是有点理亏，是他们没把他妈的结扎

手术做好才造成的。

像这样讲故事，相当专业了，一般人做不到。李三接触过的许多人讲故事，讲着讲着就意识到了自己以及自己的亲人，就会有所忌讳，有所掩饰。而专业的讲故事，譬如一个好的小说家，可以做到讲故事就是讲故事，管它是自己的还是别人的故事，想讲就讲，越精彩越好。有些人永远也讲不好他们自己的故事，其中也包括那些专业态度不够清明的作家。

"炫吧"因为老板逃债关了门，猴子去"老树吧"做了一阵，后来又接盘了"酒平方"。那里也离家不远，和去泡"炫吧"一样，李三都是骑自行车去的。他进了酒吧，自行车就锁在门外。

这天晚上除了李三，吴进和冯韬也在。跟李三打过招呼后，他俩和猴子继续刚才的话题，就是鼓动猴子写酒吧的故事。李三颇有兴趣加入这个话题，说写故事的人，一是要会看，二是要会说。这两条，猴子都不缺，他很善于观察别人，譬如说到老虞，他说老虞总爱穿有很多口袋的裤子。

吴进和冯韬都笑了，说的确老虞就是这样，我们从没见过他穿别的式样的裤子。

至于会说嘛，猴子的口头讲述能力很不错了，只剩下书面表达的这一层。吴进和冯韬就鼓动猴子好好请一顿饭，拜李哥为师，学着怎样写故事。

猴子说他文化水平低，才念过初中，怎敢想这事？

吴进说："莫言才念了五年小学，你比他还多念几年呢。"

趁着酒兴，李三跟猴子说："今晚就给你上第一课，免费的，就是要你学会怎样把握住你要讲的故事的要点。举个例子，就是你跟我讲过的，你十三岁那年学木匠，跟着师傅到海南干活。在这个故事里，师傅对你怎样怎样，师兄对你怎样怎样，都不重要，你可以少讲一点。精彩的是在后面，你背着师傅，身无分文，偷着逃回江西。这个才是你的故事。没钱，怎么回家？这就是问题。有问题，要解决问题，才有故事。这一路不容易啊，首先是要渡海回到湛江，你怎样跟在大货车后面混充跟车的上了渡轮，让检票人员给你放行。到了湛江，你又如何问路人讨到两个馒头充饥。接着，你在湛江街头遇见一个老板模样的老表，也是要回江西老家的，你央求他带你回去，等到了上饶你姐姐家你一定会还他为你垫付的车费，等等。这些都是故事，都是你整个故事的必要组成部分。但这些都不算精彩，一般程度的叙述、描写就可以了，没有什么细节值得放大了写。精彩的是接下来，你为讨好这位老表，让他对你产生好感、信任，哪怕可怜你也行，你替他拎行李箱，拎两个，拎到一家饭馆里。他坐下吃午饭，你退出来，站在饭馆门外等着。这一笔很精彩！"

冯韬插话："这个还很有画面感，可以直接拍电影。"

吴进说："猴子自己就可以演主角。"

李三接着说："电影镜头可以两头切换，一会儿是站在饭馆门外的猴子，很饿也很馋了，一会儿是在里面吃饭的那老表，点了四个菜，很善待自己。吃着吃着，他不时地抬头看看门外的猴子，脸上的神情在发生着变化……不过我们这会儿讲的是猴子经历的真实故事。那老表在里面吃了一会儿，实在过意不去了，就把猴子叫进去一起吃饭。猴子呢，他得继续装得老实巴交的，继续博取对方的好感和信任，于是就只顾往嘴里扒饭，几乎不去碰那几个菜。这一笔也很棒。"

冯韬又点评道："这个也很视觉，根本不用讲什么话，谁都能看明白。"

"就这样，你猴子终于达到了目的，那老表替你垫了钱买了回江

西的车票，然后到了上饶，你姐姐怎么款待他，还了他的钱，等等，就讲故事而言都不重要了。整个故事里，你要着重把握好的，就是在饭馆的那个情节。"

其实，李三明白，当初猴子给他讲这个故事的时候，本能地知道这一点，不用他教的。他只是要猴子把这种本能保持下去，成为习惯。

"猴吧"的门是玻璃的，坐在里面可以看到外面。李三常坐的位置是吧台靠门这边的末端，一个反L形的底边处。用他的话说，坐在这里，整个酒吧的情况一目了然。但也有个坏处，就是他总是背对着门，看不见门外的情况。

所以就在这天晚上，就当着玻璃门内的灯光和那么多吧客的游移不定的目光，李三锁在门外的自行车竟然被人偷走了。

07

听胡桠说曹玫两个月前就回老家慈溪了。

"回去过端午节？"

"哪里呀，不回来了。她找了份工作，做编辑。"

胡桠还说，曹玫是一拿到离婚证当天就跑路的，好像生怕晚走一天就走不掉了。

她问李三："你没对她怎样吧？"

"绝对没有。"

看样子胡桠不太相信他，但没有再追问。不再问，意思好像是她已经认定了有这事，没必要再问了。

这让李三更恼火，不打一处来的气都朝胡桠出了："都滚吧！一群巫婆，一群文艺大妈，都滚远远的！"

当晚，他给曹玫打电话，虽然没想好要说什么。也不用想了，电话里说他打的是空号。

他反倒松了口气。

那几年城西的酒吧，好多家都是一个师傅带出来的徒弟们开的。师傅是"珍妮吧"的老板娘文文，她也是"醋吧"的主人。"醋吧"曲高和寡，没开多久便开不下去关门了，而"珍妮吧"至少有十年的历史，在当年的城西不仅最兴旺，还堪称"酒吧黄埔"。文文后来去过几趟云南就改做南红生意，不再做酒吧了。而那些曾给文文打过工的男女，后来有好几位自己开了酒吧。绰号叫"色狼"或简称"狼"的阿祥开了"炫吧"，猴子经历了一连串蹉跎做上了"酒平方"的老板，

喜云先是从阿斌手里盘下"夜太阳",后来又换了地方先后开了"云吧"和"栀子花",小希先是盘下了晓晓从猴子那里接手下来不久的"酒平方",后来又在老"珍妮吧"附近开了家"西城飞扬"……

一个师傅教出来的套路,最终成了丰潭路以西整个城西酒吧业的业态,就是每家酒吧都会招来几个吧女,任务是陪客人一起喝酒。假设某客人一晚上喝了六瓶"喜力",陪酒的吧女也喝了六瓶,客人就得为十二瓶"喜力"买单,在他一个人身上的营业额就翻了一倍,陪他的吧女就有了这笔营业额的提成。

问题来了,客人为何情愿多买一倍的单?

正如猴子说的,来他酒吧的客人八成是为泡妞而来。和吧女喝酒、调情,偶或还可能有更多收获。

许多女人,包括酒吧的女客,甚至是很有钱很有腔调的,都有可能在临醉状态爆发瞬间的求欢意愿,会主动抱住身边的客人尽情地亲吻,同时毫不反抗他把手伸进她的衣领。只是有一回,李三还得寸进尺想把手伸进胡桠的裤腰里,才被她一把打掉。他明白,那个瞬间已过。

早些年李三也曾泡过北京的酒吧、上海的酒吧,三里屯、新天地、宝莱纳、衡山路的那些,都没见过有陪酒的吧女。他们那里的漂亮女人都是客人带去的,或是没人带也可以自己去、结伴去,就像杭州南山路上曾经有过的"德纳",店家只提供一个环境和氛围很适合性幻想的场合,接下来男女客人之间有故事没故事,谁跟谁搭上,谁把谁泡走,都是你们自己的事。后来在城西也有类似的不带陪酒的酒吧,"大隐"是一家,威士忌吧,装修典雅,腔调高尚。"酒球会"也是一家,酒水跑量,价格门槛低,时常有音乐演出,客人很多,其中不少是留学生,很闹,很摇滚,有些人打扮得还很嬉皮。

有它们占着文化品位的大道,做小本生意的猴子们就只好走人性化的小路了。招来许多吧女陪酒，尽量多一点被李三当作泡吧最高境界的"醉生梦死，想入非非"的声色气息，还扩大了就业（有没有纳税很难说），甚至还充当了婚介平台。城西的几家酒吧至少有六七个吧女后来嫁给了泡她们的吧客。

一个有趣的现象是，常泡"大隐"或"酒球会"的客人比较整齐，年龄一般都在三四十岁，看上去有点身份，在公司或政府部门混得不错。而常泡"猴吧""憧憬""夜太阳""丑牛""云吧"之类的客人，年龄、文化、身份都相当混杂，二十岁的也有，六十岁的也有，打工仔也有，小老板也有，教授、作家也不少。

李三自然更喜欢"猴吧"这类三教九流俱全的小酒吧。这里信息量更大，更像一个社会。

2020 年下半年新冠疫情势头稍缓，某晚猴子从他现在居住的临平来良渚文化村看李三，和他一起泡"琥珀吧"。猴子早就不做酒吧了，娶了个临平人家的独生女，住着岳丈家的大房子，改行做装修了。

猴子说："我们这帮师兄妹，最成功的就数喜云了。当年她在'珍妮吧'做的时间最短，却是学到了老板娘的长处最多。"

李三说："恐怕原因就在于，喜云是你们当中唯一上过大学的人。"

后来，他觉得这么说不对。猴子他们的老板娘文也没上过大学，却是城西酒吧老板中最成功的一个。李三很佩服这个女人，一个从诸暨农村来杭州打工的村姑，当初在杭州没有任何人脉，全靠自己的精明加吃苦耐劳做成了老板。具体靠什么呢？李三记得曾在"猴吧"跟吧女佳丽说过，你们老板的那位"板娘"有三个长处很值得你们学习，一是她有想法，二是能坚持，三是该出手就出手。

李三后来又回味了一下，觉得这三条缺一不可，彼此间的关联简直太有逻辑了。没想法，你坚持个啥？反过来说，有想法，你不能坚持，

朝三暮四，想法就成了一摊糨糊。或者你既有想法也能坚持，却不能做到及时出手，那么你的想法就是被冷冻着的，你的坚持就等于是在傻等。当然他也清楚，佳丽这类女孩常常是今晚觉得他说得很有道理，明天就忘了。

此刻躺在"醒酒屋"床上的李三又想起了佳丽，她新来"猴吧"不久，家乡是桐庐，离杭州不远。昨晚佳丽告诉他，过些天叶子要回诸暨老家相亲。要是相中了，很可能就不回来上班了。

"你是想告诉我，叶子抛弃了我，以后我就只能爱你了？"

"叶子早就抛弃你了！"

"这倒是。她要男人要得迫不及待，有一回当着我的面就跟卢俊亲嘴亲得不要不要的。到头来，卢俊又不要她了。都这么始乱终弃的！"

"李哥真爱我吗？"

"你说呢？"

"你不会也始乱终弃吧？"

"不晓得。我俩还没'始乱'过呢。"

这个佳丽很有意思，她有时候问的话会让李三充满期待。和她这个年纪的别的女孩很不一样，佳丽既不表现出对李三上了年纪又有老婆有任何顾虑，也不对他某些时候过于明显的花言巧语表示怀疑。好像这都是蛮受用的，她真的享受到了一种被爱的感觉。他多大年纪，他有没有老婆，都和她的享受无碍，她只要有这种被爱的感觉就行，哪怕这种感觉转瞬即逝。享受纯粹的被爱，不带任何其他考量，没有任何实际的付出，只在她自认为被爱的感觉中美滋滋地生活着，或许在她这种情况的女孩里倒是最聪明的活法。

闲聊中，佳丽还邀请他什么时候去她家做客，说她爸能烧一手好菜，正宗的桐庐土菜。

李三说："你要让你爸妈和村里乡亲以为我是你男朋友我才肯去。"

"可以呀，就让他们当你是我男朋友吧。"

"那我可得好好打扮打扮自己了，把头发染染黑，脸上再扑点儿粉，免得让你爸妈觉得你怎么带回来一个这么老的老头。"

果然，有一天他跟着佳丽来到她家的村子。走过一座石桥，村道两旁排列着树荫浓密的老洋槐。果然有许多村民在路旁、门外看着他俩，指指戳戳地议论着什么。佳丽给他鼓气，说别理他们。他就一路跟着她，进了她家。

堂屋里一张巨大的餐桌上摆满了菜肴。约莫是她爸妈，还有另外七八个她家的亲戚，已经围坐在桌边。啥意思？他有点晕，不明白这是要做啥，眼睛直盯着佳丽看。可她并不理会他的纳闷，只顾笑盈盈地跟各位亲戚打招呼寒暄。这一刻，佳丽在他眼里无疑是世上最美丽动人的女孩，没有之一。他一冲动，不顾场合，把佳丽从一个亲戚面前一把拉开，抱住她一阵狂吻，吻得他自己差点透不上气来。

李三醒来了，很懊恼醒在这个节骨眼上。

窗外还是那几个每天打牌的人，叽叽哇哇争辩着刚才那把牌谁打得太臭或者不臭。

午饭前，他把阿沫给的下个月的房租和本月电费付给了房东，总共是九百七十块。还有昨晚在"猴吧"，他把赊欠的酒钱及当晚的消费总共一千零三十五块跟猴子一次结清。这么一来，这个月还只过了一天，口袋里的钱已经少了两千多。

今晚他不想再见到佳丽，没去"猴吧"，头一回去了喜云新开的"云吧"，在丰潭路和萍水街的路口那里。

酒吧的装潢总体还算有格调，尤其值得称道的是它的吧台，是厚厚的实木，一整块，六七米长的，其外沿完全按照树木的长势弯曲自如，

自然天成。不刷油漆，只涂了一层蜡，摸上去手感很好。他对喜云夸奖说，这肯定要算城西的最佳吧台了。

正说着，他看见了小蒙。

他问喜云："这位是……"

"新来的，叫小蒙。"

"我晓得她叫小蒙。"

喜云纳闷地看看他，又问小蒙："你以前见过我爸爸？"

小蒙说没有。

李三说："那就是梦里见过的吧。"

一点没错，梦里的那个，跟眼前的这个，很像很像。个子也是这么小的，只比原先"夜太阳"那个小旻略高一点，顶多一米五几。又是一颗小京生啊！但好像梦里那个比眼前这个漂亮许多，还稍微丰满一些。也可能是酒吧光线太暗造成视觉偏差的缘故吧。

喜云跟小蒙介绍："这是我爸爸，你叫他李老师。"

有些年了，那时喜云还在上大学，晚上到"珍妮吧"兼职做吧女。李三见着她的头一晚，她一开口就叫他"爸爸"，使得李三不能对她另有想法了。从那以后喜云就一直叫他"爸爸"，叫得很溜，到后来她弟弟阿鸿也叫他"爸爸"，甚至她的一个漂亮表妹也想叫他"爸爸"，终于被他制止了，说美女们给我留点念想吧。

"李老师喝什么？"小蒙问他。

他说要"喜力"，还要小蒙陪他一起喝。

"我酒量很差，只能喝一点点。"

"别怕，我不会劝酒，你慢慢地一小口一小口抿吧。"

他让小蒙坐在左手边，让他能一直拉着她的小手。被占着左手，不妨碍他喝酒、点烟。

裴裴、茜茜都是喜云在"夜太阳"的旧部，也都跟随喜云来新酒吧做了。见李三头一回来就跟小蒙这么亲热，都怪他喜新厌旧。

李三说裴裴："你都有新男朋友了，醋劲还这么大，真是'兔子不吃鸡，眼睛红分分'！"

裴裴说："男人，就算我嫁了别人，你也不该当着我的面跟小蒙这么手拉手的……像什么样子嘛！"

茜茜也说："李老师还从没跟我这么手拉手的。真是的，看不下去了！"

李三只得忍住笑跟小蒙商量："我俩先把手松开一会儿，免得她们醋吃大了，等我走了她们会把你修理得很惨。"

"云吧"还有一个李三没见过的吧女，喜云说她叫芮，剪着男孩那样的短发，一看就是很爱运动的。她总在吧台里面忙，几乎不到外面来。

还有喜云的弟弟阿鸿今晚也在，帮着芮递这递那。

喜云一并心，对众人讲了前些日子她爸妈吵架的故事。过端午节，应酬多，她那个当村书记的老爸每天喝得走路都摇摇晃晃。两口子吵架了，她妈一气之下说要和小姐妹去温州打工，说着就开始点行装。她爸急了，又放不下架子去认错，就对阿鸿说你怎么不去劝劝你妈？阿鸿懒洋洋回答说，她又不是我老婆。

众人都笑得不行。吧台里的阿鸿被他们笑得有点不好意思了。

喜云接着说："后来我爸把我妈的身份证藏了起来，终于让我妈没走成。"

裴裴问："再后来呢？"

"前天他俩又好了。"喜云说，"两口子还去看电影，还搞情调。"

酒吧里又来了一拨客人，裴裴、茜茜都去招呼他们。趁众人没注意，

李三又拉起小蒙的小手。

真小啊，这小手。可怎么……怕小蒙听了会不高兴，他几次话到嘴边又咽了回去，没问她为何她年纪轻轻的，手掌却这么粗糙。

小蒙问他："李老师真的在梦里见过我？"

"真的。我还晓得你老家是安徽霍邱。"

小蒙太惊讶了，说："李老师真神了！怎么会是这样？"

李三刚想搬出曹玫那套话来说就立刻收住了，改口说："别叫'李老师'，叫'李哥'。"

"这我不敢。"

"有啥不敢的？叫'李哥'！"

小蒙毕竟是有老公的，该放开时也放得很开。她笑眯眯地说："我还是叫你'老爷'吧。裴裴叫你'男人'，她是大娘，我做个小的。"

受此鼓舞，李三终于开口问她："你这手掌怎么这么粗糙？"

小蒙被问得几乎要哭了。

李三赶忙赔不是："算我没问。小蒙不生气。再说我喜欢你的小手，管它粗糙不粗糙的。"说着，他拉起她的小手亲了一下。

沉默片刻，小蒙镇定下来，解释说，她从小就帮父母做田里的活，她这双手什么都干。十几岁她外出打工，在苏州一家织布厂做挡车工，成天用手摸着机器上的布走来走去，日子长了就磨成了这样。

李三让她看了他自己的手，手背筋骨暴突，右手中指还有明显的老茧。他告诉她："我年轻时候下乡当知青，真正是种田的。后来又做过工人，再后来又做作家。我这双手让我很骄傲，它们种过田，修过汽车，写过文章，画过画……小蒙啊，我俩都有一双劳动的手！"

接着他俩为劳动的手干杯。

他这样说是为了让小蒙觉得和他有共同的身世，彼此彼此，不必自卑。可是没料到，她眼中只闪现了一下喜悦，几乎马上又垂下了眼皮，把脸转向了别处。

李三问她怎么了？

她不说。

"我说错了什么吗？"

她只摇摇头。

他不便再问了，只好跟她聊点别的，听她讲她老家村子里的事，她外婆怎样养鸡，她妈妈怎样晒菜干，她家乡的小磨麻油怎样怎样的香。她还告诉李三她有两个孩子，大的是女儿，八岁了；小的是儿子，也已经六岁半。

他很吃惊："你看上去也才二十出头，正是花季，怎会有那么大的孩子？"

"老爷别哄我了，我哪有那么年轻？已经二十七了。"

"那也很年轻啊！你结婚可真早。"

"是啊，十九岁我就当妈了。"她接着解释说，"我晓得自己长得丑，这么小的个子，才一米五二，嘴这么大，皮肤又黑……不过，正因为这样，晓得没人要我，反倒不挑不拣，早早把自己嫁了。"

说到这里，小蒙又忽然不言语了。

没话说，李三就容易犯困，禁不住打了个哈欠，长长地拖上一句《新大陆交响曲》里的调子。

在吧台里做事的芮说："李老师到底是有文化啊，连打哈欠都有歌唱性！"

芮其实不是正式的吧女。她从北京骑自行车到杭州，没钱了，跟喜云说好打两个月的工，然后带上工钱继续上路。但没说她最后要去哪里。

不知是没人在意还是怎么的，今晚"云吧"的电视机之一居然播放着央视新闻。李三一边跟小蒙闲聊着，一边有一搭没一搭地看电视。

屏幕上播出一幅来自网上的照片：在长春的东北虎园，一只老虎被捆绑在一块大木板上，然后有游客，包括孩子，骑上老虎拍照。

央视报道的角度放在保护野生动物上，追究这只虎是当地的野生东北虎还是马戏团带来的驯化虎。

李三却另有观感，心想真是虎落平阳哪！老虎被这样捆绑着，连小孩都敢骑它。英雄末路，总是很让人伤感。可是，曾经的英雄也是英雄，马戏团的驯化虎还是老虎。在我们的文化传统里，老虎是有很丰富而且大部分也是很尊贵的象征意义的，不然也不会有那么多讲到老虎的成语了。对老虎，怎么说我们都应该有一点敬畏才对。只因为它被绑在了那里，你就意淫，就敢骑它了，如此羞辱这兽中之王，真够小人的！一个不尊重老虎的社会，最终会没有老虎。最终只会剩下了狗，还都是彼此乱咬，只会虚张声势的草狗。往一个场子里扔一根骨头，评职称的或者提级别的，七八条狗就冲进去抢夺。沈院长们喜欢看这个场面，所以每次只扔一根骨头。

他还想起了最后见曹玫那回，她说他提前梦到了好多年以后的事。

实情是，2021年4月末，三只年轻的金钱豹逃出了杭州野生动物园。这件事在各种舆论场闹得沸沸扬扬，手机刷屏，报纸连篇累牍，一时间人心惶惶，许多杭州人谈"豹"色变。

政府方面高度重视，组织了大量专业的非专业的乃至志愿人员上山搜捕，还动了直升机，还扔出一百多只活鸡到山上，引诱豹子上钩。不几天，其中的两只豹子被捕获，重新关进了动物园的铁笼子。剩下一只还落草在野，失去踪迹，此后几个月都杳无音信。

晚上在良渚文化村的"村上吉"日式小酒馆泡吧，他和许星聊起这个话题："大家都说是豹子逃出了动物园，要让我说，豹子是回到了山岭上。你想象一下，豹子回到它的江湖，那是何等欢悦！它一定会大大地深呼吸一口，发出一声长长的嘶鸣，久久回荡在山谷间……兄弟呀，世上有比这更美更爽的事吗？要是能让我做主，我就关闭掉全世界所有的动物园，把所有的动物都放归自然，让它们全都回到自己的江湖上，回到让它们心情快乐的故乡！"

许星说："逃出笼子也罢，回到山野也罢，爽是蛮爽的，但只怕它在江湖上日子不好过，心情也快乐不了。"

"你担心啥？"

"在野外它有啥食物可吃？会不会活活饿死？从笼子里逃出来混江湖可不是那么好混的。"

"放心吧，杭州的生态好极了，植被丰厚，山里野兔之类很多。我小时候生活在九溪，那时候九溪的山里还有豹子，我哥哥就亲眼看到过当年一位疗养院的院长太太用猎枪打死了一头豹子，叫人从山上抬下来的场面……"

老板娘梦蝶在吧台里切三文鱼，好奇了，问："打死豹子的是个女的？"

"没错，那老太枪法很好。她和她老公年轻时都曾经是苏联特工，在东北为抗战工作。"李三又接着说，"我晓得杭州周边的山间各种动物很多。所以我不说豹子逃出笼子，说它是回到山野。它晓得山上有很多野兔，还有老角鹿。它一定晓得的！"

"我很怀疑它还能逮得住野兔。"许星说，"虽说是豹子，笼子里关久了，天性、本能都退化了。"

"这倒是呢……"

听许星这么说，李三想起他原先家住小和山那时，他的猫胡安每

回逃出去几天，被找回来时总带点伤，被别的猫抓破了耳朵或鼻子。阿沫说："看来它没能融入小区里那群流浪猫的队伍，也打不过它们。毕竟它是家养的，不是那群野蛮家伙的对手，结果就等于是被它们赶回家来了。"

去年，新冠疫情刚暴发，李三在一个群里看到有朋友讨论小说的"动机"话题，起因是郝青在群里发了一个视频，表现贵州黔灵山景区的猴子因为五天没游客投食了，经不起饥饿，成群结伙下山来堵在路上。他当即学着郝青惯用的阿历克斯的口头禅问了句"它们接下来干吗？"，郝青没搭理他。胡桠替郝青回答说："它们已经不会自己觅食，会到村里去讨。"过了好一会儿，郝青回来说："村口有戴红袖章的人堵着。"李三说："把守村口的人见了它们，除了逃跑，还能怎样？"这下子郝青来劲了："那就是鬼子进村了！花姑娘的有？"一个李三不认识的名叫艾玛的怼了一句郝青："你只晓得花姑娘！猴子们进了村应该首先是找吃的，揭锅盖，开冰箱，找来吸管喝牛奶。"看来郝青很不屑这个艾玛，只回她一个竖起中指的图标，也不晓得郝青是哪里弄来这个的。眼看火要熄了，李三再添一把柴："吃饱喝足，接下来干吗？"这回郝青笑了，说三哥哥你念念不忘阿历克斯。胡桠怼他俩："接下来老老实实在家待着，小心花姑娘带病毒！"

那些日子，很多朋友很紧张，甚至紧张得有点神经兮兮了，譬如有人把自家卫生间的地漏都用胶带纸封住，生怕楼下人家的病毒通过下水道传入他家。还有人一下子买了二十袋十公斤装的大米，打算好一年半载不出门了。李三的微信朋友圈里有的朋友对自己抵御病毒入侵的能力自信满满，认为自己有烟酒保佑，百毒不入，让他看了很受鼓舞；有的朋友忧心忡忡，不时地发布疫情近况及来自各地的悲情传闻，反复提醒亲友提高警惕；有的朋友乐观、积极地报道"利好消息"，赞扬医护人员的献身精神；竟也有朋友好像压根不知道有疫情这码事，依旧一如既往地在朋友圈发布诗歌、绘画、音乐视频，甚至是食材和菜肴的图片；还有人表示其实佛陀早在两千多年前就预言了这场疫情，并且给出了解药；还有人索性借此机会兜售白酒、口罩之类。

许星把李三拉回到眼下："这几天刷屏的是一群亚洲象逃出了西双版纳，长途跋涉往昆明进发。"

"我也看到了。不过，西双版纳可不是笼子。"

"对豹子来说不是，对大象来说或许就是了。你退了休，逃出了学校，豹子逃出了动物园，亚洲象逃出了西双版纳。都在逃出。农村孩子往城里逃，城里孩子往北上广深逃，有钱人往外国逃，人类还想往火星上逃……逃出，总是有道理的。只是逃出之后，又能怎样？"

是啊，又能怎样？这倒是个问题。

这才是个问题！

吧台里的梦蝶冷不丁插话说："那总是先逃出了再说。"

没错，从来的道理都是先逃出再说。正在逃的人或者动物应该不会因为提前问了"又能怎样"的问题就停下来不逃了。李三现在有点相信曹玫说的"未来图像"，还有他自己举一反三琢磨出来的"未来话语"，它们是孪生的兄妹或者姐弟。它们若有后代，应该就是"未来问题"了。

他对许星说："是啊，又能怎样？这是个关于未来的问题。可是兄弟啊，要紧的是要有未来！要是连未来本身有没有都成了问题，那就是问题的问题，对不知道的不知道。这么一来，问题就死掉了。"

问题死掉了，许星也觉得应该换换话题了，便说起了他的爷爷、奶奶，民国晚期的一对悲情鸳鸯。爷爷是县府的官员，酷爱京戏，听过一出新戏马上能背下乐谱，回家自己吟唱。而奶奶正好也是个京戏

迷，还很漂亮，虽然只是个村姑。他俩不知怎么就相识了，志趣相投，日久生情。爷爷休了原配去追奶奶，终于娶上了她，享受了短短一两年的幸福婚姻。1949年以后，因为爷爷的身份是"历史反革命"，奶奶跟着爷爷就没好日子过了。不过，有志趣就有活头。此后的几十年里，只要政治形势稍微缓和一点，爷爷和奶奶偶尔还会一个拉胡琴一个唱戏文，就这么自得其乐一番。

李三说："恐怕还不光是自得其乐，还是你爷爷、奶奶在回味当年恋爱和初婚的甜美。这让我想起郁达夫的一些故事，那么奋不顾身的爱，那么风雅多情的爱，那么只争朝夕见缝插针爱一把是一把的爱！你许星大概不曾有过这样的经历吧？"

许星笑笑说没有。说完，又认真说了一遍"没有"。

沉静了两分钟后，李三忽然说："那头豹子就算死在了山里，那也是它最好的归宿。"

许星愣了一下，赞同说："要紧的是，死之前它爽过了！"

梦蝶接上茬，竟然说了一个他俩都没想到的意思："那头豹子要是公的，要我说还应该再放一头母豹去山上，让它俩再生出小豹子。好事做到底嘛。"

接下来的话题就开始变色了，越扯越黄，还越扯越远。李三说起他曾在"云吧"看过的一个叫《生命故事》的电视节目，其中的一个故事讲某种鸟，年长的雄鸟羽毛呈深蓝色，年轻的则是灰绿色。它们筑巢不在树上而是就地，用无数根小枯枝搭建一个拱门形的短通道，就是鸟巢了。一只深蓝色雄鸟正搭着，另一只年轻雄鸟飞来近旁观摩、取经一番，然后飞回自己那个才歪歪斜斜地搭了个开头的巢，叼起一根小树枝插到这边，看看不对，又插到那边。还是不对，再重新调整。直到没信心了，再飞去长者那里学习一下，再又回来实践。而那边，长者已经完成了筑巢，接下来是求偶了。此时解说词告诉观众，年轻的雄鸟长相和雌鸟相近，于是那年长的雄鸟就把年轻的雄鸟当雌鸟了，叼来一根蓝色的棍棍和一片黄色的树叶，把这色彩强烈的组合在对方面前晃来晃去。年轻的雄鸟看了半天不知所云，毫无表示，最终惹恼了年长的雄鸟，它一气之下赶走了年轻雄鸟，把它刚搭到一半的巢狠狠地拆了。

那晚在"云吧"他一边和小蒙说话，一边让装装换了电视频道，换到《生命故事》，他一口气连看三集。第一集讲动物离开父母独立谋生的艰难和凶险，第二集讲它们要建立一个自己的家，第三集讲求偶的艺术。一个主题，串联起多种动物各自的故事，还时常掐断这条线的叙述，铺开另一条线的演进，让每一个故事交错进展。

除了讲鸟的那个，后面两个故事也很发噱。

第二个是表现海里的某种章鱼，体量小，而且不善伪装，因此常常成为比目鱼的牺牲品。比目鱼体量也不比章鱼大多少，不能吃掉整个章鱼，而是一次只偷袭掉章鱼的一根触手，这给章鱼带来无尽的烦恼。咋办？章鱼就去找掉落海底的椰子壳，半个半个的，找到两个就能把自己扣在壳里，等于是给自己弄来了装甲。这回它不怕比目鱼了。不仅不怕，它还向比目鱼发起了冲锋，让扣成球状的椰子壳在海底滚动向前，很像是一辆坦克开过来了。

第三个故事也发生在海底，主角是寄居蟹。它们原本都有自己的"房子"，就是各种贝壳类动物遗弃的壳。可是随着它们逐渐长大，原来的"房子"太小了，它们亟待"换房"。解说词就是这么说的，"换房"！可这要排队，要统筹一下，合理解决。于是一大群寄居蟹把它们各自收集到的各种大大小小的螺壳、贝壳集聚一处，按照先来后到和个头的大小，依次选择或互换适合它们各自的寄居壳，得到一个新家。

小蒙也和他一起看，还一起笑。

"我也要'换房'！"她说，"不是因为我个子变大了，是我的孩子在长大。早晚我要在杭州建一个家！"说最后这句时，小蒙脸上没了笑意，很严肃。

李三看看她，也止住了笑，说："我信！"

吧台上有一个洞，就是树干上自己长着的洞，能让李三把整只手伸进去。他也很喜欢这样做，像是这洞里有什么让他着迷的东西。洞是通的，他用另一只手从吧台下面可以摸到插在洞里的那只手的两根手指。

直到午夜过后，"云吧"里不剩几个客人了，小蒙又喝了不少酒，她才含泪告诉李三，半个月前她还在苏州，有一晚她老公终于跟她把话挑明，嫌她的手太粗糙，不让她摸他的下身。

"以前他都是很喜欢让我摸的。"

此时的小蒙，面颊绯红、目光迷离，身体呈发散状，像是丰满了许多。特别是她的大而稍稍前突的嘴，好像正在向你递送过来，让李三越看越觉得自己有点迷上她了。

"他不让摸就算了嘛。你们直接做爱不行吗？"

"可我就是喜欢摸他。男人那里硬硬的，会让我觉得很有力量。许多回，我觉得做人太累太烦，有点撑不下去了，就去摸他那里，就又能撑下去了。"

"哦……让你这么说着，我也要硬了。"

她用手轻轻碰一下他那里，笑着点点头，又像是赞许，又像是嘲弄。

老公不让摸的第二天，小蒙辞去了在织布厂的工作。老板是同村的老乡，好说话，当即跟她结清了工钱。当天下午两点多她就到了杭州，按照朋友的推荐赶来"云吧"应聘做服务员。上火车前她跟老公说，希望做服务员的工作能让她的摸了十年布的手慢慢变得柔嫩起来。

老公因为要考物业管理师，暂时先留在苏州，等考完了再说。孩子们在霍邱老家，跟着奶奶。至少是眼下，她独自一人在杭州城西，跟裴裴同住一个小区，离"云吧"很近。

午夜前，小蒙下班了。喜云解释说小蒙白天另有工作，所以她准许小蒙每晚十二点下班，虽然酒店打烊是凌晨两点。

李三把小蒙送出门外，弯下身抱了抱她，说："很喜欢和你手拉手喝酒。下回也这样好吗？"

小蒙喜滋滋说："那是必须的。"

她步行回家。李三一直看着她走远，看着她那样走路，因为知道他在背后看她，她便有意识地把饱满结实的小屁股一扭一扭……

08

离开"云吧",李三又转去"猴吧"喝了一场。虽说已过午夜,这里还很热闹。

猴子的外套敞着,里面穿着一件黑色的内衣,领口开得很低。吴进说猴子:"你又没乳沟,领口开得这么低是要显摆什么?"

王也说:"显摆他的金项链呗。"

"领口不这么低也可以显摆金项链的。他这是在显摆胸脯呢,可他又没有那沟沟,他那里顶多算是块洼地。"

猴子挑起一个新话题,要在座的每个人说说自己的初恋,众人都很有兴趣。但李三发现,对什么是"初恋",各人说法不一。有的说是第一次做爱,有的说是跟女孩亲嘴就算。他们问李三的初恋是怎样的?

他说:"我十一岁的时候迷上了我的班主任老师……"

他们笑死了,说这个不算。

"这位老师的相貌严重影响了我后来许多年对女性美丽的看法。她有一张胖胖的圆脸,五官端正、柔和,看上去非常和善。后来我念初中,又迷上了同班的一个女生,也是这样丰腴、柔和的长相,我觉得她非常漂亮。我一生写过的唯一一封情书就是写给她的。她没回我,也没让我拉一下她的手。你们说这不算初恋吗?"

他们又笑他了,特别是猴子,笑得那么不屑。

一个名叫阿琅的年轻吧客,猴子的小兄弟,此时也在"猴吧"泡。他胖了很多,自己辩解说是最近和女朋友闹了点不愉快的缘故。两人吵了一架，分手了，然后女朋友就网购一个飞机杯送他。

李三笑了，说："你女朋友这一招意味深长哪！"

阿琅说："等到飞机杯货送到，我俩又和好如初了。"

王也逗他："你是说飞机杯没用上？"

李三说："你记住，下回你女朋友要是再和你吵架，你可别再说分手这种话，动辄说分手很伤感情的，你应该笑眯眯地跟女朋友说：'我可是有飞机杯的哦！'你看她会怎样。"

阿琅听了，先是一愣，随后笑翻了，说："这下我可就抓住她一个梗了！"

这时候，一个陌生女人，三十多岁快四十岁的，走进了"猴吧"，坐到靠近吧台尽头的位置，问猴子要了一瓶老百威独饮。

没有人感觉异样。"猴吧"的生意虽以老客为主，却也偶有新面孔光顾，一回生二回熟。

可是喝着喝着，这女人突然蹿过几个位置，隔着冯韬要给王也的杯子添酒。冯韬来不及避让，胳膊被女人碰到，啤酒洒了一台面。

女人道过歉退回她的座位。冯韬和王也手忙脚乱收拾一番。

猴子在对李三解释他和玲玲为啥不领证先办酒，说玲玲村里很快会有拆迁补偿的核查、统计，要是领了证，玲玲就算是嫁出去了，村里会不认她的份儿，所以他俩打算先办酒，等玲玲拿到补偿款再领结婚证不迟。

李三说猴子要发一发了，你这边收进喜酒红包，玲玲那边拿到拆迁补偿……

不料，那女人又突然打断他，厉声责问他有啥好开心的？

李三先是一愣，然后反问她："姑娘你不开心吗？"

她缩回去了，咕哝说没有不开心。

几个老吧客又接上被她打断的话题。猴子说他和玲玲正筹划着买房的事，当然是要做按揭的，他俩差不多已经准备好了首付的二十万。

陌生女人又递烟又敬酒地跟王也套近乎，脸却始终紧绷着，很威风。

接下来的第三轮，她又换目标，直接骚扰坐得离她最近的冯韬，一把搂住他脖子，厉声问他笑什么？

冯韬暖男一个，又蒙又怕，脸都发白了。

好在没出什么事。但众人都清楚遇上了醉婆，她做动作或者说话每每都很突然，让人摸不着头脑，不晓得接下来她又会怎样。

冯韬要回去了，说是"996"给逼的。其实众人明白他是受了惊吓，心情已被搞坏。

他走后，郝青来了。

醉婆的第四轮针对猴子，先是跟他说了几句什么话，突然又要拿烟缸砸他。

王也终于忍不住对猴子说："十分钟后你要是还让她在这里闹，我就去隔壁了。"

郝青虽然刚进来，却马上看明白了是怎么回事，也要求猴子尽快把这女人请走。而此时，女人握着小拳头不停地轻捶着猴子，似乎和他很亲昵。

猴子赶紧和姗姗一起连推带拽把这女人往门外请，说不要她买单了，把她撂在吧台上的一百块钱放进她的手提包里。

女人颇觉委屈，大哭大叫，不明白她做错了什么，那对小拳头还在时不时地擂着猴子的胸口。

猴子火气越来越大，明知弄不动她，叫姗姗给110报警。

女人还没醉到连警察都不怕的地步，立刻安静下来了。猴子要帮她打车，她说自己家就住在附近，开始步行回家。

　　猴子给110打电话撤销了报警。

　　照理众人应该放松下来了，郝青却说："你们信不信，这女人还会回来。"

　　真让他说着了！没过二十分钟，女人果然回来了，问猴子要那一百块钱。众人都看在眼里，她刚才在路上肯定摔过跤，脸上很脏，还有一两处擦破了皮。但她醉得厉害，自己并不知道。猴子翻她的包，找到了那张钱。

　　女人要猴子再来两瓶老百威，把那张钱再塞还给猴子。

　　猴子不肯再卖酒给她，再次把钱塞进她包里。女人开始厉声尖叫，迫使猴子又一次给110报了警。

　　众吧客很佩服郝青有先见之明，他很笃定，说他看喝醉酒的人从来不会看错。他们为了保持酒后的兴奋和快感，总会三番五次回到酒吧来接着闹，因为他们要是稍一安静就会睡着了。

　　没过多久，来了三个警察。

　　此时的醉婆比刚才醉得更厉害了，对警察们一顿大吼，弄得他们一时不知所措。又是吓唬又是劝解地对峙了一阵，终究还是把她弄走了。是送她回家还是带她去派出所，吧客们不得而知。

　　李三有点像是自言自语地说："照理说，一位女士喝成这样，我们这些做男人的应该有人站出来，护送她回家。"

　　猴子坏笑着说："是啊，李哥就经常这样做，送喝多的女人回家。"

　　王也说："那不一样。这女人我们都不了解，来路不明，万一你送她回家，让她老公撞上了，你哪里说得清楚？"

　　隔了几天，李三在"猴吧"遇上王也，得知那女人前天晚上又来了，

显然是对猴子有意思。王也还和李三打赌，说猴子早晚会和这女人好上的，不然他输给李三两瓶"粉象"。

猴子一听，急了，说："王爷你输定了，我哪敢要这样的悍妇！"

接着猴子告诉李三，前天晚上柳老师在，这女人来了，起先和柳老师聊天，而他并不知道她在"猴吧"的前科，还一本正经和她聊起来。女人说她要出五六万把"猴吧"买下来。柳宾说五六万恐怕不够吧。女人问，那你说该多少？柳宾说起码得有十万。女人说十万就十万，我买了！接着这女人又请柳宾吃糖，柳宾说我晚上不吃东西。女人说我刚买的糖，你非吃不可。柳宾这才觉察出一点什么来，不吭声了。

王也说："你们注意到没有？她对姗姗、叶子她们没啥兴趣，被她骚扰的全是男的，还一个一个地轮转来，看看谁会是她的突破口。这说明她还不光是醉婆，还是花痴兮兮的。猴子你成了她的突破口，她轻易不会放过你！"

猴子简直要哭了，说："各位大哥你们行行好！你们先放过我，不要硬生生把我往火坑推！"

好在今晚玲玲不在，不然猴子会另有麻烦。

李三问姗姗："怎么不见玲玲？"

"她去'龙亨'做妈咪了。"

李三看看猴子。

"那里钱多。"猴子阴着脸说，"比我这里多好几倍。"

离开酒吧时已是清晨五点多了，李三步行走回醒酒屋。途经一家便利店，他买了一桶泡面。醒酒屋没开水，他让店家替他把面泡上，这样等他走到住处面就泡熟，可以吃了。

在离便利店不远处，李三看见有四个人坐着小板凳在街边打牌。这才清晨，六点还不到。他有些纳闷，很想知道他们是起个大早来打牌，还是索性就从昨晚打到现在？路过的时候，他想问问他们，但忍住了。两可，多解，尽量增大想象空间，那才是他的喜好。事情很确定，脑子就没啥用场派了。再说也没有实质性的差别，他们几个无论是从昨晚打到现在还是一大早起来就开战，都够热衷于此道的。

回到醒酒屋，李三吃了泡面，洗了澡，就上床了。

入睡之前，他迷糊了一阵，似梦非梦地眼看着许多人都在路上行走。一多半是男人，也有少许女的。各种各样的路，土路、石子路、水泥路、柏油路，甚至不是路的路。他们行色匆匆，有的成群结伙，有的踽踽独行。路还都走得很长、很远……

他还梦见了朱利安，在杭州跟着他过日子。看朱利安成天很忧郁的样子，他用夹生的英语加上比画问朱利安是不是想你的 Dady 了？朱利安没吭声，就在他身旁睡下了。等他醒来，是梦中的那一觉醒来，发现朱利安已经离开。他到处去找朱利安，感觉是走在了芝加哥的街道上，所有的商店招牌都是英文的，大部分他看不懂。他口渴了，看见有卖可口可乐的，是从没见过的绿色瓶装的，就买了一瓶，边喝边一路寻找朱利安。这饮料很难喝，可他还是把它全喝了。这一路挺热闹，有好多人三三两两地坐在路边打牌、下棋。这不是"陆西"了吗？

白天的世界，再诡异，再荒唐，再无厘头，总是可以解释的，哪怕只是用了我自己琢磨的道理说出个一二。真正不可理喻的只有做梦，你完全把握不了一个梦，它会往哪里去做，会做成什么样子。因为这时候你睡着了。"睡着了"的意思就是你已经放弃了对自己的控制，任由已经不听你话的大脑去自行其是。大脑是你的，也是它自己的。你一旦放松对它的控制，它就会按照它自己的想法去快活一下。我只是用它做成了我的想法，而它自己有啥想法我不晓得。这就好比我是一家公司的老板，只求我的员工把他该做的工作做好。至于他下班回

家后怎样，是在家自己做饭吃还是出去下馆子，我就管不着了。

太阳高照，人影缩在自己脚下。一个嘴唇干瘪的女人，邋里邋遢，走在一处水库大坝上。她快要被烤熟了。醒酒屋当然同时也是造梦屋。从山东走来杭州的一个女人低头看着她怀里的儿子很贪婪地吃奶，心想这团肉早晚也会像他爸离开村子出去游荡。

又有一个女人，年轻女人，好像就是那晚在"猴吧"见过的那个，一张本来蛮漂亮的脸被她自己的醉后狂野弄丑了。她夜晚沿着古墩路由南往北走，一会儿漂亮了，一会儿又难看了，容貌变幻无常，个子也伸缩不定。光线暗的时候显得高些，亮堂起来就变矮了。她对柳宾说要花十万块把"猴吧"买下。喜云说她叫小蒙，可看上去她更像是潇潇。潇潇是谁？她真要买下"猴吧"？

在湖北黄冈或是安徽霍邱的一个什么村子，村外有一个很大的水库，有大坝拦着。一个三十多岁的男人在这里看护大坝，住在机房旁的一座小平房里。他从军队退伍后就干这个，一个月拿五百块。挣钱虽少，家里很穷，这男人却是长相很帅，又当过兵，在外面见过一点世面。村里乃至邻村的不少女孩都曾为他献过身，偷偷跑到大坝上来和他私通，却都因为他家实在太穷，在村里连个像样的房子都没有，女方的父母决不肯嫁女儿给他。这男人是潇潇她爸。

潇潇说她妈是贵州人，但说不清是贵州哪里的。有一个夏天，一个嘴唇干瘪、快要烤熟的女人走过大坝，遇见了管水库的男人。她问他讨水喝，他从水库里吊上一铁桶水递给她。喝完了水，女人说走不动了，想在他的小平房歇歇。他就这样把她留下了，给她吃的，和她睡觉。没彩礼，也没办酒，他白捡了个老婆。潇潇说她从没见过外公外婆，她妈也从没回过贵州老家。这么说那女人就不是小蒙她妈了。小蒙每次回老家都会去看看外婆。她从家乡带来送给他的土鸡蛋就是她外婆养的鸡生下的。

也是因为穷，营养不良，她妈没有奶水，她的哥哥和姐姐都先后夭折了。生下潇潇后，村里人教她妈多吃花生米发奶，潇潇这才活了下来。后来又有了她弟弟。潇潇说弟弟眼下在浙大做工。

故事讲到这里，作家柳宾来了。李三和柳宾聊天，让潇潇把故事暂停。她有点意犹未尽。他对她说你慢慢讲，今晚就讲这些吧，过一两天我还会来听你往下讲的。好故事不怕长，《一千零一夜》的故事讲了快有三年。当然我们不能讲一千零一夜，那样我俩肯定会生出小孩来的。我们顶多讲一百零一夜，那也够长了，只怕你没有那么多故事可讲。

潇潇不服，说你还只听了一点皮毛呢。

几天后果然潇潇又把故事往下讲了。两年前，父亲死了。她当时在宁波跟着一个年龄大她很多的男人，没有赶回家去给她爸送终，这让她一直心存愧疚。后来在她爸的坟前，她想哭，却怎么也哭不出来。她觉得她其实一点都不爱她爸。自小她爸就不待见她，常打她。有一回她带弟弟乘坐木盆在浸满水的稻田里玩。弟弟硬是要抓青蛙，把自己晃出了盆外落入水田。她爸赶来把弟弟抱回盆里，却一把拽起她，像扔稻秧似的把她扔回田里。

潇潇说这还不是她不爱她爸的主要原因。主要还是因为她爸酗酒，很过分，经常半夜三更醉倒在回家路上，经常是她妈带上她黑灯瞎火地到处去找她爸。找着了，她娘儿俩费好大劲才把他弄回家。接下来还得给这个吐得满身都是污秽的男人洗脸、擦身……

更糟糕的是她爸有外遇。他长得帅，附近村里有个小嫂儿喜欢他，他俩勾搭上了。她妈知道后，要找那女人去说理。但她妈只会说贵州话，不得不带上八岁的女儿去给她做翻译。潇潇说，就因为这样，她八岁

就懂了许多男女之间的事。

李三说："举个例子说说你懂了什么。"

"才八岁，我就晓得男人和女人是怎么做爱的。"

"怎么做的？你说详细点。"

"这……李哥坏！"

她讲的这段故事，有几处含糊其辞。尽管他特意追问了一下，她还是没说她爸是因为什么死的。

十三岁那年，她开始帮着母亲在一家工厂的食堂干活。食堂的主管，一个四十多岁的男人，每回遇见她，只要周边没别人，都会捏一把她的已经微微隆起的胸脯。有一回被她母亲撞见了，忍住了没吭声。可是天长日久，终于有忍不住的一天。那天傍晚前，母亲拉着她的手，一起离开了那家工厂。

她爸说她不能待在家吃闲饭，应该学点手艺，让她学理发，还正式拜了一个师傅。可那师傅什么也没教她，只让她干些洗头、洗毛巾之类的下手活。三个月后她不干了，回家后被她爸臭骂一顿，接着就把她送去了城里。还是学理发，跟着一个远房表姐干。在表姐那里她结识了几个一起干活的小姐妹，后来她就跟着其中一个小来浙江混了。那年她十六岁。

很快，她就和一个比她年长许多的男人在一起了。那男人撒了谎，在潇潇跟了他三年后才坦白他有家室，不可能娶她。

他俩分手后，她在网上认识了现在的老公，只半年就和他结婚了，那年她二十岁。又过了半年，他们的女儿出生了。这孩子现在由爷爷、奶奶带着。为了和老公在一起，她辞掉了在宁波的工作来杭州了。可他俩过在一起老吵架，老公就跑到厦门去做事。他俩说好分居一年，各自都有点时间思考思考。

潇潇没有说她在宁波做什么工作。李三能猜出个大概，甚至还能猜出她老公因为什么常和她吵架。潇潇说才二十三四岁的她就跟四个男人有过交集，第一个是她爸，接下来是那个食堂主管，然后是骗去了她最好的豆蔻年华的宁波男人，第四个是她现在的老公，很可能也靠不住。

"李哥你说，我对你们男人怎么还能心存幻想呢？可能也包括你李哥。"

他中午醒来时已经记不清这个潇潇或者叫小蒙长什么样了，也记不得他有没有在梦里对她做了什么。

09

在"温州人快餐"吃了午饭，李三开车去下沙了。

下午的课，因为学生刘菲的文章讲的是中国式餐饮，李三在分析过结构和细节层面的"小"处后，着重讲了对这个题材加深认识的"大"的背景。他说："中国人之所以热衷于餐饮，在这方面成为世界之最，根本的原因在于我们的历史记忆中的饥饿经历。这个历史记忆并不遥远，我这代人都经历过，我们还在。

"西方人也曾有过饥饿的遭遇，但那都是局部的、短暂的、偶或有之的。而在中国历史上，经常发生的情况是人比可吃的东西多。闹饥荒可谓中国历史的第一主题。另一个主题农民造反多半也是因为闹饥荒引发的。吃不饱，那就有什么吃什么，直至人吃人。《水浒传》里孙二娘卖人肉包子，并非她这人特别变态，实乃人肉比猪肉便宜。我年轻时下乡当知青，就曾经历过终日饥肠辘辘，见着什么都想吃的那种体验。

"由饥饿勾起馋欲是很顺理成章的。譬如，我非常喜欢吃猪肝，原因是我小时候一度贫血，中国人相信吃啥补啥，贫血就要补肝。我妈就买猪肝来，猪肝炒菠菜给我吃。但每次都是菠菜很多，猪肝却只有很少很小的几块，因此我从没吃畅、吃爽。这反倒更刺激我了，所以长大后我一直对猪肝保持着没吃够的馋欲。我的一位曾在电视台做频道总监的同学，每回请我吃饭，从不点高档海鲜，而是都会点一个爆炒猪肝，还挖苦我说你有猪肝吃就够了，吃海鲜有点浪费。"

学生们笑了一阵。

"为啥美国人不讲究吃喝？因为美国人的历史记忆里从来没有饥饿这条。美国从来都是农产品过剩，吃不完，卖不掉，怎么办？这曾经是19至20世纪美国经济的一大难题。我读过一本很薄的小册子——《我们身边的经济学》，居然还是20世纪的名著之一，其中一篇题目就叫《少种玉米多反抗》，说的就是美国农产品太多因而太廉价了，美国农民应该学会怎样对付粮商。

"跟中国人相比，美国人从吃喝上节省下来的时间、精力，他们拿去干什么了呢？他们在玩！美国人无疑是这个世界上最贪玩的一群人。他们的饮食很简单，按我们中国人的标准说甚至很简陋，但为此他们节省下很多的闲暇。他们不在玩，你说在做啥？美国人有许多许多竞技项目都是他们独有的，譬如骑公牛比赛，大脚车越野赛，还有我在芝加哥观看过的撞车比赛……就这样，有饥饿记忆的中国人痴迷于食物，没有饥饿记忆的美国人痴迷于玩耍。这就是两种不同的文化，一个很乐惠，一个很爽快。"

李三又再次拿自己说事："我小时候还很馋肉松。这东西不用肉票，但很贵，母亲轻易不舍得买。怎么才能吃到肉松呢？就是我生病了，母亲会给我吃稀饭，就着肉松。所以，有过一两回，我就装病，为的是有肉松吃。可是吃了肉松，我得躺在床上，装得像个病人。刚入夜，窗外响起一声口哨，我明白这是小伙伴们要玩一场大游戏了。可我不能去加入他们，不然我装病的骗局就会被戳穿。那个时候，心里那个痒痒啊！多纠结，在吃和玩之间！

"而且这也是所有高等动物最基本的两种日常行为模式，进食和玩耍。譬如非洲草原上的狮子，它们首先要做的就是捕食。没有食物它们会饿死，至少是没有体力去玩耍。而当捕猎成功，狮子们饱餐一顿，稍事歇息，它们就开始玩耍了。进食是不得已的生存需求，玩耍才是

生命的快乐所在！

　　"当然，如今不愁吃喝的中国人，把食物做得很精美，还对此津津乐道，譬如《舌尖上的中国》这类影视作品，等于是把美食以及对美食的渲染也当作娱乐当作玩耍，让它超越了食物或进食的原始意义，上升到一种境界，进食和玩耍合一的境界了。"

　　今天是本学期最后一次给这届写作班上课，从下周起学生们要复习迎考。李三教的这门课不考试，因此上完今天的课他就算完成了本学期的教学任务。

　　离下课还有点时间，他对在座的五个女生说："最后一次给你们上课，接下来就聊聊你们的将来吧。今天我就是你们的爸爸，就说说我对女儿会说的话。我对你们的第一个建议是，毕业后要是工作，不必太挑剔职业。以你们现在的能力，恐怕不会有多好的职位在等着你们。横竖差不多，找着一份做着就是。在这个阶段，你可以获得的最重要的人生感受，就是你开始自食其力了，因而也是你真正独立了。这是真正形成你的人格的开端，自食其力。"

　　有学生问他："这个阶段最要紧的该做什么？"

　　"尽早找着老公，争取在二十八岁之前把孩子生了。"

　　李三对他的每一届学生都这么说，人生好比一部电视剧，过去了好多集，故事还不往前走，我们都会说这个电视剧太闷、太难看了。比作你的人生，就是太贫乏、太苍白。前面的故事一直拖着不了掉，你就没有后面的故事。许多年过去了，你还在原地踏步。有些女孩子，把爱情看得至高无上，十年八年没完没了地谈恋爱，到了三十好几还是单身。她们以为有了爱情就是幸福了。她们错了！人的幸福，是经历多多，故事多多，滋味多多，而不是单单有一份爱情。

　　"我之所以建议你们抓紧完成人生的这个阶段，还有个很实际的考量。一般而论，在这个阶段，你才工作不久，又没啥特别的本事或者特别的背景，老板不会重用你。没有好的机会轮到你，公事平淡，你就赶紧去做掉你的私事。但不要以为我这是在提倡庸庸碌碌。我并不想看到我的女儿只是做做家务，抱抱孩子，伺候伺候老公，就那样把自己的前程放弃了。我说的这个阶段其实是你们的蛰伏期，是你们在学习、积累、等待。因此，我的第二个建议是，除了找老公、生小孩，你们还应该在这个阶段学习技能，积累经验，做好捕捉机会的所有准备。

"只有这样，到了三十出头，有一天老板觉得你已经学到一些本事了，可以让你一试身手了，你的机会就来了。不然，当老板要你做大事情了，你却告诉老板你要请假去生孩子，那你就歇菜去吧！"

上完课，下午四点，李三被当作学院的"统战对象"，和其他五六位非中共党员的同事，被邀请到下沙的一家档次不低的茶楼开茶话会。

入座后，李三对沈院长说："'统战对象'这个字眼让我有些紧张，建议领导改一改，以后称我为'联谊对象'。"

沈院长对此表示理解，把他的意见记了下来。

说是茶话会，其实很松散，没有主题，爱聊什么聊什么。除李三和赵一行外都是女人，杭州话说的"小嫂儿"，还都有了孩子，自然最关心孩子的成长和教育。

小孔有一个五六岁大的儿子。她问李三："要不要给孩子报个什么班，学大提琴或者别的什么？"

"你儿子很想学吗？"

"是啊，这阵子天天跟我念叨这事。"

"那就让他学。但最好是当个好玩的事去学，先别指望他将来做

了马友友第二。将来果然做成了，那可太好了！让你喜出望外。做不成，你就当他是玩儿，反正他不玩这个也得玩点别的。先玩着，玩得开心，玩得优雅，增添了他作为男人的气质和魅力，将来讨老婆或许能为他加分，不也蛮好吗？我大女婿瑞恩小时候也学过大提琴。他眼下在一家制造业公司做物流调度，但他的业余爱好就是音乐，确切说是重金属摇滚乐，他是乐队的贝斯手。当年他泡上我家田桑，音乐帮了他大忙，因为田桑正好也是个重金属乐迷。能靠音乐泡上老婆，多划算！说真的，让你儿子做成马友友太难了，但凭他会拉大提琴泡上一个漂亮姑娘应该不会很难。这样想想，让他学大提琴就很值了。"

小嫂儿们要他说说育儿经验，他概括了三条：孩子的健康第一，这条天经地义。然后好好玩耍，玩出乐趣和智慧，这条排第二。尽早形成独立自强的性格和能力排第三。有了这三条，做父母的就不用愁了。

同事们都晓得李三的两个女儿都已长大，还都结婚成家，所以他可以站着说话不腰疼，却又都想听听对他来说已经"不腰疼"的育儿之道。他这些年也曾回应过不少朋友在这方面向他请教，很乐意把自己的经验跟朋友分享。他还很不谦虚地跟朋友们说："'不腰疼'的话才是道理。你还'腰疼'，说明你的事情还没做好。那你就先做着，先闭上嘴，别拿你的还不成熟甚至可能会是失败的道理去搅扰别人。"

赵一行说："李老师讲的前两条，我相信在座的各位都没有异议。只有第三条，让孩子尽早独立自主，不仅做父母的在观念上会有分歧，在实际操作上也难度很大。具体应该怎么做？'尽早'是早到孩子几岁？'独立'又独立到什么程度？都是问题啊。"

"那我就多讲讲这条吧。"李三说，"事实上也是这条最难做到，我相信中国的父母们在这条上犯错最多，最终对孩子的伤害最大。

举个例子说，在我经常泡的一家城西酒吧，某晚来了个新客人，一个二十岁都恐怕不到的男孩。众人都不晓得他的底细，只听他嗓门老大，说话很拽，不住地在跟人吹嘘着什么，还像个大佬似的请这个喝，请那个喝。一小时后，又走进来一个中年男人，不由分说，照着那男孩哐哐两记耳光，责骂他不学好，竟然泡吧喝酒！男孩立刻怂了，在父亲的打骂下落荒而逃。他没有买单，酒吧老板自认倒霉。可是没过几天他又来了，虽然不如前回嚣张，临走时却说没钱买单。先后两笔账加起来有七百块，他只好把八成新的助动车作价一千块抵债，找还三百块。那老板常住在店里，第二天一大早就有人敲门。老板开了门，看见那男孩和他父亲站在他面前，立刻明白接下来会怎样。那位父亲一边当着老板的面打骂儿子，一边结清了账，把助动车赎了回去……你们觉得我讲这个故事有啥意思？"

徐雯说："有这样的父亲，这个儿子好不了。"

李三说："我再讲一个正面的例子。我的一个朋友文文，几年前是开酒吧的，蛮有钱，跟老公也够恩爱。她家最大的麻烦是正处在青春期的儿子，被父母认为很叛逆。请注意，我说的是文文和老公认为儿子很叛逆，我倒觉得蛮正常的。文文曾万般苦恼地对我讲她这个儿子，因为父亲总是限制他自由，规定他几点到几点必须做作业，几点到几点要看什么书，几点到几点才能玩游戏。儿子由此对父亲心生憎恶，愈演愈烈，竟发展到父子吵架，两人都想冲进厨房拿菜刀了！一个是老公，一个是儿子，文文夹在当中，惊恐而无措。她问我该怎么办？

"我批评文文说，你们这样管儿子不对，让他觉得在自己家里都没有自由。一个没有自由的人，不可能有真正的自尊，而一个没有自尊的人，他肯定不会自强。我建议他们夫妇从现在起把儿子当男子汉看，是真正的男子汉而不再是一个小男孩。我说，你们跟儿子谈一谈，

跟儿子讲，你是男子汉了，是这个家的未来，要挑大梁的。啥叫男子汉？就是肩膀硬，挑得起大梁，对人对己都负得起责任。所以从明天起，我们不再管着你了，几点到几点该怎样怎样，你自己看着办，你自己想好了怎样做得像个男子汉。我建议文文不妨照我说的试试。

"几个月后，有一晚我光顾她的'珍妮吧'，文文没头没脑对我说，李哥，很灵，很灵呢！我哪里还记得这事？问她什么很灵？她告诉我她儿子当上外语课代表了，学业大有长进，跟父亲的关系也大为改善。文文为此很感谢我，连着几年春节前都要从她家乡拿几个腌猪头来送我。眼下她儿子在亚利桑那大学就读。有一天，忙生意的文文忽然想起来早该给儿子寄钱了，赶紧打电话给儿子表示抱歉。哪曾料到，在电话那头，儿子不紧不慢地说，'妈妈你急什么，我还有一百块呢。你不晓得，一百美金在这里很经花的。'文文很感慨，说儿子真的变了。

"我想，到此为止，无论她儿子将来有什么出息，这孩子的独立自强已经确立，或者说他已经是个男子汉了。进而，到此为止，做父母的主要责任已经尽到，剩下来的只是继续出钱让他完成学业，顶多在他娶妻或创业之初再给他一点资助，而这对文文的家庭来说都不算什么大事。"

茶楼室内禁烟，李三说他先到外面过把瘾。

抽着烟，他看了一下手机，看到夏河西约他，等阎赋下了课一起吃晚饭。

回到室内，李三喝口茶，继续刚才的话题："再拿我家田桑来说，她不是一个天资很高的女孩，也从来没有念过什么名校。我最喜欢田桑的一点，不是她成绩好或者有什么才艺，而是她从小就能独立处事。她上小学的第一天，我牵着她的小手，领她来到距离我家仅六七百米远的学校门口。从那天下午放学起，她就再也不需要我或者她母亲接送了。八岁那年，她念二年级。有一天家里没人，她又忘了带钥匙，下午放学回来进不了家。她该怎么办呢？打电话？打给谁？那时候谁有手机啊？所以还得靠她自己。她来到小区门外的杂货店，跟老板商量说我常来你这里买醋买酱油，你认识我的，我把书包押在你这里，你借两角钱给我。两角钱，在当年正好是田桑坐公交车到她母亲单位的车费。到了那里，等她母亲下班了，她俩一起回家，再把田桑的书包从杂货店赎回来，事情就这么解决了。

"十六岁那年，她拿到了身份证。那天傍晚回到家，她把身份证往餐桌上一放，对我说：'爸爸，我是成年人了！'你们听听，就这腔调！"

同事们会心地笑了。

"那年她高考完了，过完暑假去成都念书。我问她要不要我送你去成都？因为我的好几个同学的儿子也是那一年考上了大学，他们一个个地都把儿子送到不同的城市去。对此我也应该有所表示吧？没想到这话就被田桑逮住钻了空子。她说：'要送我去成都可是爸爸你自己说的。这样吧，你不必送了，只把你去成都来回路费的一半给我做零花钱吧。'我当然乐得这样，田桑就自己去了。

"大学毕业后她去了美国读研。起先那半年应该是不太适应，难处很多的。可是她每回和我通电话，说的尽是让她欢喜、得意的事情，看美术馆啦，听音乐会啦……有一回，我终于忍不住问她，'你总是报喜不报忧，难道你就没碰上什么麻烦事吗？'田桑在电话那头说，'爸爸，我跟你报忧有啥意思？难不成你飞来美国帮我解决麻烦？'

"田桑在美国，什么事都不跟我商量就自行其是，包括嫁老公、生孩子、买房子、换工作等等。事后想来，那都是她自己的事，她当然有权做主。何况她也没做错什么，依我看还都做得蛮好。前些天我

跟夏河西两口子说，我们都会老去，逐渐地 out 了，而孩子们面向未来，正朝着他们自己的人生目标步步为营，独立自主，勇于实践，我们的孩子完全值得我们信任！

"而据我所知，在美国的几十万中国留学生，有三分之一不能完成学业，让爸妈的钱打了水漂。其中一个很大原因，就是他们出国前没能养成独立处事的意识和能力，在美国混不下去。我小女儿薇妮眼下还在华盛顿一所大学念大三，是和几个中国留学生合租的公寓，房租相对便宜。其中有个男生，上海人，身在中国的父母对他很不放心，每天要打好几个电话指点他这样，要求他那样。这孩子被父母弄得很烦，索性不接电话了。他父母去过华盛顿看儿子，晓得我家薇妮的号码，就打电话让薇妮传话，几乎每天要薇妮去招呼他们的儿子该起床了，该吃饭了，该怎样怎样了，很快就把薇妮也弄烦了。又因薇妮曾托他父母回国后把一个小邮包寄给她母亲阿沫，这对夫妇也有了阿沫的号码，于是又打电话要阿沫劝说薇妮继续为他俩传话。这对上海夫妻倒蛮会支使人的。阿沫只得告诉他俩，薇妮一向很自行其是，她没法像他俩那样去操控远在地球那第一面的孩子。

"就在前天，阿沫得知事情愈演愈烈，那上海男生变得越来越不正常了。那天他在他的房间里把电视机开到最大音量，薇妮劝说不成，一赌气也把她的电视机开到最响。男孩恼了，拿了一把刀威胁薇妮。她报了警，男孩被警察带走了。警方告知薇妮，她可以起诉，也可以原谅他而放弃起诉。男孩吓坏了，他父母这几天老打电话给阿沫，希望阿沫对薇妮施加影响放过他们的儿子。阿沫告诉我，其实薇妮自己的意思也是不起诉。想想这孩子其实也蛮可怜的……

"所以我说，从小孩做起，收拾好自己的一摊子，学会自己对付自己遇上的问题，有这种能力会让他们终身受益。可如今，中国的许多家长好高骛远，不去培养孩子学会对付他遇上的近在眼前的麻烦，却已经早早地在那里规划好孩子的未来，要做科学家，要做艺术家……"

小孔说："我倒没指望儿子将来做科学家、艺术家，只是觉得他能考上名校，将来会有个好职业。"

"你儿子才五岁，要讲职业，至少是二十年以后的事了。二十年以后什么是好职业，你怎么晓得？没准到那时最好的职业是做厨师。做农民可能也是个好职业。二十年以后的事天晓得会怎样，你却从现在开始就在为他操心，是不是有点太着急了？为何我们中国人都这么情不自禁地把自己浸淫在计划思维里，都热衷于为孩子计划好他们的未来？也不想想，孩子的未来是你能计划出来的吗？讲起来我们都懂，世界是在不停地变化着的。我们也明白，一个人的成就除了他自己勤奋，还得生逢其时，'时势造英雄'，对吧？未来的那个时势也是你能计划得了的？要我说，名校、文凭、你的计划等等都靠不住，唯一靠得住的是他养成了独立自主的意识和能力。他能独立处事、处世，一句话，他能把握自己的命运，这比任何名校的文凭都重要得多！因为独立自主的人同时也具备了把握机会的能力。当机会来临，他无须等待什么人给他指点就自作主张，'啊呜'一口了！而一个从小就样样要听父母的孩子，他养成了凡事由别人替他拿主意的习性，你让他如何去应对在未来那么漫长的一生中一波又一波的风云变幻？

"还有，一个真正独立自主的孩子除了善于把握机会，他还善于发现自己的错误。他会有很强的自省能力和知错就改的纠错能力。田桑到了美国，学的是投资理财，硕士毕业后还考出了上岗证，到一家保险公司上班，具体要做的就是吸纳客户，委托她做他们的投资理财顾问。她本来就是学这个的，似乎应该一直这么做下去。可是她很快

发现，她的职业和她的性格严重冲突。她晓得自己的性格中有很矜持的一面，不喜欢和陌生人随便搭讪，而继续做理财顾问她就必须尽力扩大她的客户群，这让她感到很苦恼。怎么办？田桑一边工作一边自学会计，又考出了会计证，然后跳槽到一家制造业公司做财务。这些都是田桑后来才告诉我的，事先什么都没跟我说就自说自话改行了。她解释说，在公司做财务，她只需要跟几个人打交道就行了，可以让她避免去跟许许多多陌生人搭讪，刻意交结，逢人便兜售她的理财方案。能这样顺利、快捷地改行，靠的就是她的独立自主。

"反观我们这样一种乌托邦式的由父母和学校做计划、孩子被迫接受的教育，误导了千千万万个孩子。他们本来可以有一个哪怕平平常常却因自食其力而自得其乐的人生，就像今天的田桑，没有大出息，却活得很阳光。因为很本色，所以很滋味。"

同事们听他这样讲，有的默默无语，有的明显有不同意见，只是没有说出来。

李三却偏是想挑起争辩，对同事们的沉默不依不饶："我约莫，在座的各位嘴上也一定赞同孩子要独立。但我相信你们想到的独立恐怕还仅仅是指经济上独立，流行的说法叫'财务自由'。你们都是希望自己的孩子将来能赚大钱，所以从现在起你们就希望孩子能一路念名校，将来考上北大、清华，毕业后到挣钱很多的岗位上就职，对吧？

"可我理解的独立还有另外一层意思，甚至是更重要也更难做到的一层，叫作'自得其乐'。我几年前写的旅美日记中写到田桑，对她的赞许其实就是八个字：自食其力，自得其乐。我以为，人生的全部也就是这八个字！

"你可千万别以为自得其乐很容易做到。真正的自得其乐是很诚实无欺的，不仅需要你有相当的精神能力，还需要你阻挡掉许多诱惑。

你不能见着当官的羡慕当官，见着有钱人羡慕发财，见着演艺界大腕羡慕人家有多少多少粉丝。田桑之所以能做到自食其力而后自得其乐，就是她没有多大的雄心壮志，很乐于过她的小家庭生活，对她的父亲是作家，对她的同学、熟人有怎样怎样的成就，一概不为所动，只专注于认真过好自己的生活，从中获取完全是属于她自己的那份人生感受，真正的有滋有味。

"这个道理说起来很简单，可就是有那么多人甚至是大多数人可能也包括在座的各位都做不好。一经攀比，一经诱惑，你的人生就走样了。我刚才说田桑因为很本色，所以很有滋味。但愿在座各位不要反过来，因为很扭曲，所以很焦虑。"

沈院长为避免争论，宣布时间不早了，散了吧，各位包涵，今天不请饭了。

10

　　其实李三自己更喜欢的话题不是跟这些同事聊儿女，而是最好能带点荤腥的。接下来他和另外两个同事夏河西、阎赋一起吃饭时的闲扯会更让他津津乐道。

　　他们二位都是副教授，各有各的课，难得每周三下午他俩和李三都会来学校，因此几乎都会在下课后相约去学校南门外小街的一家名叫"炊事班"的饭馆一起吃晚饭，三人轮流做东。这学期已到考试阶段，晚上的公选课都没有了，他们可以从从容容地聊天。

　　阎赋告诉李三，学校修订绩效考核方案大致敲定了，李三和另外两位教授被确认为创作型人才，实行免考核、拿年薪的办法。

　　有一会儿扯到李三曾经认真假想并说给王也、冯韬等许多朋友听的他考虑移民美国的打算。他告诉河西和阎赋，在离芝加哥约莫四十分钟车程的高速公路两旁，全是一个挨一个的小农场，种的几乎全是玉米。2009 年初秋他路过那里，瑞恩告诉他花三十几万美元就可以买下这样一个农场，连带全部土地和住宅，还有场院、机房、粮仓和几部拖拉机。说是小农场，也至少有五六十公顷土地。李三和王也、姜韬的谋划是，他去买下那样一个农场，他的住房和画室都有了，土地则继续让前任农场主的雇工耕作，其收益能够扯平成本再养活自己就行。那阵子王也和冯韬也常说起他们想移民。他俩有钱，可以投资移民，李三就鼓动他俩买农场。王也是做软件的，冯韬是计算机工程师，都说他们不想做什么农场主。只是投资了项目，怕没钱再买房子了。李三说这好办，我划两块地给你俩，造房子的钱你俩自己出，美国那种轻质建材的房子造价应该很便宜的。他俩都说这样安排不错，说你李哥只是少种了七八亩地的玉米，我俩只需把这些地的玉米收成折算成钱给你就是了，咱哥仨还能做个伴儿。李三还认真问过田桑在伊利诺伊州这样做在法律上是否可行？田桑说她不知道，但想想看也没啥道理不可以。田桑的原话是"你在住宅区种玉米不行，在玉米地里盖房子应该没人管你"。李三约莫玉米地里盖的房子不能再转手卖了，不过如此。

他还相信，在美国当个农场主并不很难，因为农业的一切都标准化了，从种子到肥料再到收割的时机、设备、储运，都有专业的公司和熟练的农业工人替你打理，你就傻子过年看邻居吧。你也不用担心农产品卖不掉，伊利诺伊的芝加哥就是全球最大的期货市场。你要是不放心，觉得眼下的价格你还是有利可图的，玉米还没种下你就可以卖了。遇上天灾怎么办？找保险公司嘛。所以李三说他想做美国的农场主是有点认真的，只不过到现在他还没攒到那三四十万美元。

今晚在"炊事班"说起这话，是因为夏河西上个月刚从哈佛大学访学回来，议论起在美国的生活，其中说到美国人洗衣服都不晾晒，就在洗衣机里直接烘干了。这样做的原因是许多地方有立法，不许在户外晾晒衣物，尤其是内衣内裤，那样有碍观瞻。

阎赋对此不以为然，说洗了衣裳不让晾晒，这样的立法不近情理。

话题一时转到别处去了。夏河西说："我留意到这几天央视新闻每天都在说电信诈骗的事，林林总总，无奇不有，无所不能，有的简直还像是一场智力竞赛，上当受骗成了大概率事件。"

阎赋说："印象中上当受骗的主要是女人，不知道这里面有个什么道理，为啥女人更容易受骗？"

夏河西说："大概是骗子们觉得男人的心思太活络，不太好把握。

对付比较死心眼的女人应该容易一些。"

阎赋说："你小心哦，你这种言论涉嫌性别歧视了。"

李三说："许多年前我写过一篇文章，题目叫《痴心与花心》，记得一开头就说，假设这个世界上只有一个女人和一个男人，他俩的名字可以分别叫作'痴心'和'花心'，意思就跟河西说的差不多。'痴心'的意思，往好听的说是理想主义，说不好听的，是教条主义。作为反衬的男人，他们叫'花心'，往不好听说，是机会主义，往好听的说是现实主义。顺便插一句，在中国，读《孙子兵法》的，我敢肯定基本上都是男人。不管读过没读过《孙子兵法》，男人本性上更容易接受现实，随遇而安，看上去获利更多。可是很吊诡，女人的教条主义却也有支撑信念，坚定不移的优势，因此到头来名字叫作'痴心'的这一群，终究还是历史过程的胜利者。历史过程不断淘汰'花心'，只让'痴心'去愚公移山。在西方，自19世纪中叶以来，女人们以自己所憧憬的文明理想改造男人，成果之大，足以令男人不堪回首。即便是再自大狂的男人，他其实也就是一堆陶土，不知不觉中已经被塑造了……哦，扯远了。河西刚才没往下说，在哈佛你跟什么人讨论传承中国传统文化的话题是吧？"

"是的，主要是讨论在今日中国，我们的古代传统中究竟哪一部分真正被传承下来，成为民众社会精神意识的文化基点？"

"这个问题问得好，我们究竟传承下来了什么？"李三喝了一口王老吉，接着说，"要让我回答这个问题，我就说我们继承下来并且身体力行的，是《孙子兵法》而非儒、佛、道的什么什么。孔子是个幽灵，只被我们拿来做做学问，装装门面。佛家讲戒淫欲，皇帝们就从来不听劝，后宫佳丽不嫌多。老百姓也好这口，一遇盛世，有饭吃了，人口就暴涨。多生育跟多做爱肯定是成正比的。所以说，中国人真要做起来，《孙子兵法》最实惠。一个'知己知彼'，一个'兵不厌诈'，让中国的许多人觉得牢牢把握好这两条就足够对付整个世界了。"

夏河西说："真是这样呢。我们看这些年的国产电视剧，最热门的就是两种套路，就是'宫斗'和'谍战'，都是把'知己知彼'和'兵不厌诈'演绎得有板有眼，有时还惊心动魄，广大人民群众喜闻乐见。"

阎赋说："'宫斗'和'谍战'都是说从前的故事。当下的故事则由各类骗子演绎着，他们无一不是娴熟于'知己知彼'和'兵不厌诈'的高手。"

李三说："我们还可以分析得更细致一些。平日里，那些网络大鳄无孔不入地收集我们的隐私。你下载一个 APP，甚至只是想看一下网商推荐的某种红酒的价格，按了它的二维码，它都要向你索取你的'头像''昵称''地区''性别'等等，不然就不让你晓得这瓶红酒卖多少钱。做生意有这样做的吗？有的应用软件甚至还要求看你手机里储存着的照片……说不定这里面还有你女朋友的裸照呢。他们像是有窥阴癖，什么都想看，管它有用没用，越多越好地收集我们的隐私，这算平日做功课，'知己知彼'是也。等到哪天他们攒够了我们的隐私，照他们的话说是有了大数据，我们在他们面前等于是赤膊赤卵了，他们就开始'兵不厌诈'，忽悠大众上当，让你做了 P2P 爆雷的难民。前些年流行一句话，最怕流氓有文化。而今我可是最怕商人读《孙子兵法》！"

"是啊，据说那些成功的企业家，没有一个不读《孙子兵法》的。"

"他们成功了，赚了钱，要装装门面了，才听于丹讲《论语》。"

"男人们就这么耍着玩着，结果这个世界的财富最终还是流落到女人们的手上。我读过几本美国史学家布尔斯廷的书，忘了是其中的哪一本，说美国的私人财富最终都流向了形形色色的基金会，而这些

基金会的掌门人，十有八九是女人。作者好像没有具体解释这个现象何以生成，我就自己解释说，女人通常比男人长寿，所以这个世界最终还是富婆们的天下。"

聊着聊着，话题又转回到美国人不让晾晒衣物上来。阎赋一根筋，还是坚持认为洗了衣服，晾晒比烘干好。

由此又说起李三假想中的要在美国买农场、种玉米和盖房子的话题。李三说他就是喜欢做白日梦，遐想他不曾做过甚至明晓得不可能做成的事。

夏河西也做梦了，仿佛已经得到李三许诺划给他盖房子的地了，说他要盖的房子是中国式的瓦房。

李三说："那你得从中国把砖瓦运去，还得从中国雇几个泥水匠去，因为美国没有你要的砖瓦，也没有会盖中国式瓦房的工匠。这么一来，兄弟，你这个房子花费就大了。"

又因为阎赋说他要是哪天去了美国生活，他是要想个办法晾晒衣服的，李三又调侃他："那你就只好生活在玉米地里了，我也划一块地让你盖房吧。约莫在玉米地里晾晒衣物肯定没人管你。到时候你再娶个美国女人，把她的内衣内裤也晾晒出来，五颜六色的，就在玉米地的边上。你坐在那里，看着那些在微风中轻轻晃动的内衣内裤，开始幻想连连……"

说到这，李三忽然意识到这是个很好的小说情景。他告诉河西和阎赋他会写一个小说，就叫《玉米地》。感谢阎赋一再坚持这个话题，不然他就当个闲话说说，放过它了。

不过，他又说："那得等到我当了美国的农场主再写，不然许多美国农场的生活细节我不晓得，写不了。一个小说，哪怕只是短篇小说，总得有万把字，不能光写阎赋在玉米地边上欣赏他老婆的内衣内裤这么一个情景，对吧？"

十年来，好脾气的阎赋一直是李三和夏河西的调侃对象，只因他至今还没讨上老婆。

十年前他们差不多先后来到刚成立未久的人文学院，那时学院的男教师中只有李三和阎赋还是单身。李三是刚离了婚，阎赋则是"童子鸡"，所以当阎赋表示要和李三共勉，看谁先讨上老婆，李三说还是你先吧，我二婚的，不急。

过了几年，李三偶遇阿沫，只一个来月就跟她闪婚，把阎赋撇下了。照夏河西的话说，从那时起阎赋没了竞赛的对手，就索性慢慢挑，慢慢地让自己挑花了眼。李三则每每奚落他，说你还好意思跟我PK谁先讨上老婆呢，兄弟，跟老哥学着点吧。

除了学院初建时招聘来几个男博士，几年后要增加新专业，还招聘来一群女硕士。有一天李三应邀加入这群未婚男女同事的饭局。吃喝之间，他既沾沾自喜也因为他们的再三请求，对这些嗷嗷待哺的年轻男女讲了不久前他和阿沫闪婚的故事。

上世纪90年代李三有过一个女友，分手许多年后前女友找上他，请他帮忙把她介绍给某电视台的总监，让她做成了一票不小的广告生意。为答谢李三，前女友请他吃饭。那天他正好从外地回杭州，就带着行李箱直接去了在河坊街那里的一家餐馆。他迟到了几分钟，走进餐厅，发现另有两个女人作陪，前女友说都是她的小姐妹。李三心想她是为了避免和我单独相处而有意这样安排。在长方形的餐桌边，他坐在一个陌生女子的身边，对面是前女友和另一个陌生女子。前女友向他介绍了她俩，出于礼貌他和她俩寒暄了几句，并没有更多的在意。

饭后，见她们并不急着回家，李三提议到南山路的"德纳"酒吧去坐坐。她们欣然应允，四个人打一辆车去了。

在"德纳"二楼，壁炉前的由一大两小三张沙发和茶几组成的单元，李三坐一张单人沙发，直接面对吃饭时坐在他身边的阿沫。此时前女友和另一女人正聊着什么重要的事情，完全顾不得他和阿沫了，他俩就只好聊他俩的。

吃饭那会儿，阿沫坐他身旁，他不能老是侧过脸去看她，那样很不礼貌，因此对她的模样没有留意到什么。可这会儿，他俩面对面聊起话来，李三看出她虽然有点年纪却很漂亮，很让他心里"咯噔"了一下。

阿沫年轻时做过幼儿园老师，会弹钢琴，由此就和李三聊起肖邦来。

李三笑了，说："你撞到我枪口上了。"

见她一脸疑惑不解，他告诉她："我是'超发'呢！"

她仍不明白，问"超发"怎么讲？

李三说："就是超级发烧友的简称。我写过《唱片经典》，有几千张古典音乐唱片，而且多半是经典版本。你跟我谈肖邦，岂不是撞到我枪口上了吗！"

在两三个小时的闲聊中，李三了解到她也是单身，有一个十七岁的女儿。因为不好随便打听女人的年纪，他只能在心里做了一下简单的算术：她要是二十五岁生孩子，女儿十七，她应该四十二，比他小八岁。

"后来我才晓得，我的久经沙场、阅人无数的眼力，竟然欺骗了我。她其实没那么年轻。"他对同事们说。

和阿沫的初识很偶然却很让他动心，他几乎在刹那间就想好了要娶她。那晚分手前他俩各自要了对方的手机号码，然后各自回家。在出租车里，他给她发去第一条短信："我喜欢上你了，很想和你做朋友、做情人……能走多远就多远！"

后来他晓得，这条短信在阿沫的手机里保存了很久。

第二天，李三单独约她。她推说有事不能赴约。他想想倒也是，女人总得有点矜持。

第三天，他再次约她。阿沫答应了。

他俩又来到"德纳"二楼，坐在靠窗的一张桌前，喝着艾丁格啤酒。随便聊了半个来小时之后，李三单刀直入地问她："嫁给我好吗？"

看她脸上很复杂的神态，李三约莫出来的意思是他早晚会向她求婚，这个并不出她意外，但她没料到会来得这么快，从初识到此刻还不到五十个小时。这让她有点惊讶，一时不知如何应对。她或许更希望和他再多玩玩追和逃的游戏，那样会有更多的情趣和刺激。又或许，她也曾经历过的，当今很多男人跟女人玩了很多年游戏都不肯开口求婚，而他，还没跟她玩过就求婚了，让她感到不适？

李三不能催她，就把话扯到别处去了，给她一点时间考虑考虑。

但没超过一刻钟，他又把话扯了回来，对她说："反正我俩都是单身，一起生活不好吗？"

这回她有回应了，说你要给我一点时间，处理掉一些事。

他一听，有门了，这就等于是她答应嫁给我了。

此后的几天，他俩来往频繁，天天做爱，"老房子着火"了。有时是在他家同居，有时是去她那里。他第一次见她母亲时，居然听到她女儿薇妮对外婆悄悄议论说："外婆，生米做成饭了。"

就在他俩热恋的那阵子，他前妻尹芬回杭州来了，就住在他那时住的公寓里。那所大房子的一半是她的财产，他俩离婚时暂时没卖掉。有一天下午他俩聊天，尹芬说她在北京都听说了他这几年到处"相亲"的事，沸沸扬扬的，问他有啥苗头没有？他如实相告，最近刚好上一个，

他会娶她。尹芬看他讲得认真，就说我想帮你看看，参谋参谋，你能不能约她出来让我见见？

他的第一反应，觉得尹芬太过分了："你想人家会乐意吗？这等于是让我的前妻来审查她，哪个女人受得了？"

尹芬觉得他说得对，不再提了。

但他很快回头一想，万一阿沫愿意和尹芬见见，他相信她俩彼此会有好感。那就太好了！对他日后诸事会很有利，他不妨冒冒这个险。于是打电话给阿沫，小心翼翼地跟她讲了尹芬的提议。没想到，阿沫居然答应了，还很爽气。

他们三人就在他家的马路对面一家咖啡馆碰面了。果然如他所料，她俩彼此颇有好感，交谈十分友好。尹芬仿佛是把他郑重地交代给了阿沫，从此可以彻底放心了。

这个会面的直接好处，几天后就见出了分晓。当他打电话告诉远在美国的田桑他有了女朋友，打算和她结婚时，田桑说她母亲已经告诉她了，说你爸爸已经找到一个很好的女人，从此有人替你照顾你爸爸，你可以放心了。田桑祝福他和阿沫幸福、快乐。

他想，如果不是尹芬这样跟田桑讲，是我跟田桑讲阿沫怎么怎么好，田桑或许嘴上不说，心里不免会想你当然要讲你老婆好喽。现在，从她母亲的嘴里讲出来这个话，田桑自然会信，这就给日后阿沫和田桑相处，田桑和薇妮相处，打下了很好的基础。所有经历再婚的男女可能最头痛的前后两个家庭重组的困窘，被他一举突破。

此后阿沫和尹芬一直相处得不错。尹芬每回来杭州，若是上午到达，因李三还在睡觉，总是阿沫开车去接站。

还有过一两回，他开着车，载上尹芬和阿沫，一起去富阳看房子，一起去良渚文化村看房子，被朋友撞见，戏说他带着大老婆和小老婆……

2019 年 5 月的某晚，在良渚文化村的"琥珀"酒吧，阿沫和尹芬一左一右坐在李三身旁陪他泡吧。这番情景被好几个吧友看在眼里。

喝着芝加哥产的"鹅岛"，尹芬告诉李三，田桑而今喝啤酒、喝咖啡，都喝带果味的，她觉得很可笑。李三说田桑上大学那几年，放暑假、寒假回来，要我带她泡吧，都是喝威士忌呢。她现在明显退步了。

因为说起田桑，李三想她和外孙们了，就打去视频电话。画面中的田桑怀里抱着她的小女儿英格丽，跟父亲解释说她们刚起床。李三笑了，说刚才你妈说你那三个孩子，每天都是最小的英格丽最先起床，而老二摩根则是最晚起床的。果然，和田桑说了一阵之后，老大朱利安出现了，跟他说了一句什么。李三把手机的摄像头转向尹芬那边，朱利安又跟外婆打了招呼……

在那天的饭局上对年轻同事们讲故事时李三还不曾梦到过这方面的未来图像，没说到这事。他只是说尹芬这人很大气，这是江湖上许多人都晓得的。而阿沫，没念过多少书，却是比很多知书者更达理。李三有个话她起初不爱听，但他还是常跟朋友们说，阿沫这人不算很聪明。他还拿手比画着说她就这么一点儿聪明，可全都用对地方了。

尹芬见过阿沫一两天后就回嘉兴去陪她母亲过年了。李三开始催促阿沫早点跟他登记结婚。他的理由是，要是还不结婚，你会不好意思常住我家里，于是我俩不得不每天花掉许多打车的钱你来我往。横竖你是要做我老婆的，我们节省点钱吧。

而阿沫那头还在拖延的理由之一，是她小舅告诫她慢慢来，多了解了解，再"咕嘟咕嘟"。

阿沫娘家祖籍胶东。在胶东话里，"咕嘟咕嘟"的意思是慢慢地炖着，就像文火炖鸭。

李三对她说："你我都晓得，许多男女'咕嘟咕嘟'了许多年，貌似'咕嘟'熟了，可婚后还不照样是天天吵架，然后离了，然后抱怨说看错人了？依我看，婚姻本身就是没完没了的'咕嘟咕嘟'，一直要'咕嘟'到老死。难道你跟我结了婚，我俩就不再'咕嘟咕嘟'啦？"

他的话道理十足，没法反驳，阿沫这才果断地和他登记结婚。那是3月里，在他俩初识一个月零七天后。

讲完自己的故事，李三又开始拿阎赋说事了："在座的都晓得我教的公选课是'电影语言'，为此我看过无数的美国西部片。那种电影里通常都会有一个很嚣张的家伙，手里拿着左轮枪不停地玩耍，貌似十分匪气又霸气。告诉你吧，阎赋兄弟，一旦打起来，最先被灭掉的就是这号人！真正的狠角，坐在角落里，帽檐压得低低的，你还没看清楚他的脸，也不晓得他到底带了枪没有，他那支枪就已经打响了。兄弟啊，拔枪就打！高手都是这样。我只用了五十个钟头就把阿沫拿下了，阎赋兄弟不服气？那你就听听我的道理，为啥要拔枪就打？这里面传递的信息是你铁了心，是告诉对方你讨老婆只认她了，是给对方极大的鼓舞。反之，你犹犹豫豫，貌似你很成熟，三思而后行。可你不要忘了，就在你这么反复盘算的时候，人家那头也在从从容容地算计着你。你这个毛病不行，你那个地方有点缺陷，你要是身高再高两公分就好了……兄弟啊，我们没有一个人是经得起这样挑剔的。"

说着，他转向那些尚未婚嫁的女同事们，看出她们对此话题很有兴趣，且大有责怪男人拿着枪玩耍引而不发的意思，于是他话锋一转，点拨起她们来："姑娘们，你们应该晓得，拔枪就打，只代表他一个男人对你炽热的爱，他的刚毅果决的态度，并不意味着他还是个神枪手。他们毕竟还嫩，枪法不行，有点打偏了，比方说你想喝奶茶他却请你喝咖啡，你怎么办？"

他站起身，一个个地看看她们，仿佛在征询她们的意见，为此又问了一遍："怎么办？"

张瑜瑜说："李老师别卖关子了，你直说怎么办吧？"

李三坐下，喝一口酒，慢吞吞说："他打得有点偏，你迎上去一点嘛！"

这下热闹了，感觉是饭桌上那些盘子、杯子都蹦蹦跳跳了好一会儿。

"拔枪就打"和"迎上去一点"，很快成了学院同事彼此打趣的一对说辞。

11

中午起来，李三到龙坞镇上吃了沙县小吃。还是老一套，飘香拌面加一碗小馄饨。

吃完回到画室，他想小睡片刻。

刚躺下，陶丽来微信说她就在龙坞："李哥要是方便，我想去看看你。"

他当然欢迎她来，告诉她具体的位置，又到园区门外去接上了她。

"你来龙坞做啥？"

"工作呀。一上午跑了六家饭馆。"

"业绩如何？"

"才卖掉三箱'喜力'。这里的人消费不高，'喜力'卖不动。"

陶丽是头一回来他画室。进了门，她四顾一番，说："李哥你这里太脏了，起码有半个月没打扫了吧？"

说着她找来扫帚，替他打扫电脑桌附近落在地面的烟灰、纸屑。

李三夺下她手中的扫帚往边上一扔，连抱带推把她弄进休息间按到小床上，迅速脱掉两人的衣裤，一头扎到她的身上。

一做完，她哭了。

"怎么……"

"没事。我就想哭一会儿。"

床太小了，李三没法和她并排躺下，就拿来一张矮凳坐在床头边，给她盖上一条薄被，看着她红润的脸上淌下几颗泪珠滴落在枕头上。

"李哥……"

"说嘛。"

"我要回家了。"

"回家？回哪里？"

"回贵州。"

他一时还没意识到陶丽说的回贵州是什么意思，问她："回去多少日子再回来？"

"也可能……很可能，不回来了。"

这话其实陶丽早就跟他说过，早晚她要回老家陪伴女儿。

今天她头一回跟李三讲了她的身世：还不到两岁她爸妈就离婚了，他俩谁都不想要她，就让她跟着奶奶过。妈妈又嫁人了，是听奶奶说的，嫁到了湖北，很远很远，奶奶也不知道具体是哪里，所以她还不到两岁就再也没见过妈妈。

爸爸也再婚了，虽说他的新家就在镇上，却从来不许她去看他。爸爸每年也会回村里来看望奶奶两三回，每回也会带些糖果来给她。也就是这些了。

十三岁那年过年，她想爸爸了，瞒着奶奶跑去二十里外的镇上。走了老半天路，来到镇上一路打听，好不容易找到爸爸家。可爸爸没让她进门，只在门外塞给她两个豆沙窝，要她趁热吃了，赶紧回村里去。

天很冷，她原路回家，一手拿着一个豆沙窝……

十九岁那年，奶奶死了。无依无靠的她，被爸爸逼着，嫁给了村里一个比她大二十多岁的男人。陶丽说那男人对她还不错，从不打她、骂她。两年后，她生下了女儿。又过了两年，老公遇上车祸，死了。

把女儿托付给了婆婆，陶丽离开了让她伤透了心的家乡去县城打工，后来又去了贵阳，再后来又到了杭州。她说她打工的目的只有一个，等赚到了钱，回老家县城开个小店，把女儿接过来跟她一起过。

"我不能再让女儿像我那样没爹没妈地长大。"

"明白了。"

李三想不出还有别的什么话可说。

"其实我也有过另一个想法，就是能在杭州找到一个合适的人。"

"你长得蛮好，应该能找到。你对自己要有信心，在杭州找个男人，把女儿接来，你还是可以陪伴她的嘛。"

"是找到过一个，他说他愿意娶我。"

"后来呢？"

"他只想要我，不想要我女儿。"

"明白了。"他第二次这么说。

他走出外间来坐到沙发上，远远看着画室那头画架上的尚未完成的画作。陶丽还在里间穿戴、洗漱。画面上是一大片湖水中停泊着几条白色的帆船。湖岸被他大大简化了，他把注意力用在了画出湖水波纹的长长的线条，彼此交错，还用了不同颜色。在他的记忆里，好像从来没有哪个油画家用了那么长的线条来画水纹的。为此他颇有些得意。

陶丽出来了，坐到他身旁。

"啥时候走？"

"倒也没那么急，至少还得待个把月吧。"

"你走之前，再和我做做？"

"那是一定的。"

她走后，李三去上卫生间，看到他给的那沓钱被陶丽留在了洗脸池上。

外面开始下雨了，下得还不小。杭州的雨天总是让他情绪低迷，吧嗒吧嗒的雨声就像在给他催眠。他再次上床，想接上被陶丽打断的午睡。

这已经不是在那栋瓦房二楼的画室了。那个画室已经被别人出价更高占去，李三不得不搬到近旁一栋旧厂房的一楼。园区的黄总答应租金不变，还附加一些好处，说是要免费给他做一个很大的书橱。现在的这间，虽然面积也不小，也是没有柱子的大通间，也有一个带卫生间的休息室，却只有一面有窗，还被只间隔两米远的另一栋楼遮挡，光线很差。

傍晚前他起来了，发现画室的地面很湿，结成了一层水膜，有些地方还出现了水珠。

他用了几大张有点被弄皱的宣纸擦拭地板，想尽量吸掉一些水渍。

用掉了四五张宣纸，被擦过的地方还只是那么一小块，他就不免心疼起宣纸来，觉得这样做太浪费了，再说效果也并不怎么明显。

他越来越沉不住气了，打电话给阿沫，要她把家中原来用过的那个柜式空调拿来除湿。

阿沫说那不行，那东西存放在开化乡下，前天刚去过，拿回来一些书，卡车再跑一趟得好几百块钱。

他问："那我怎么办？就在这水里泡下去吗？"

"这都是黄梅天的缘故，这几天别处也都这样湿漉漉的。"

"要说黄梅天，这才刚开始呢，不是一两天熬得过去的，你总得给我想些办法。"

阿沫有点不耐烦了："你一个大男人，自己就不能想想办法吗？"

他一听这话，火比她更大："你就不管我啦？就这样把我撂在这么个水窟窿里，到处湿漉漉的，不光是我那些画要遭殃，人待久了也会生病，没准我的感冒就是这样弄出来的。要是画发霉了，你就不要指望我再做什么事情了！"

阿沫也更火了，说："你不能这样威胁我！"

"你胡说，我才感到威胁了呢。我在这里孤零零一人，要钱没钱，要叫人也叫不动，我怎么对付得了这满地的水珠？"

阿沫说："你就不能把休息间的空调开着除湿吗？能除多少是多少嘛。"

休息间的空调才一匹，要对付近百平米的偌大一个画室，简直是痴人说梦。李三觉得和她说话白费力，就把电话挂了。

潮湿依旧，还在加重。窗外，几个工人在做台阶，就这么点活，争吵了一下午。里里外外都是烦恼。有一阵子，李三不想待在这儿了。

可是去哪里呢？朋友们都在各忙各的事。大热天的，他一个人出去逛马路？

再说，就算今天他眼不见为净，那明天呢？后天呢？难不成这个画室他不要了？

没办法，死马当活马医吧，他去把休息室的空调开了，调到除湿的状态。

其实阿沫要他这样做，并非认真给他出主意，不过是没话说了胡乱搪塞他一下。没想到这做法还果然奏效了，到他出去吃晚饭的时候，画室地面上的水痕好像缩小了一点面积，特别是靠近休息室门口的那地方，完全干了。

坐在店堂里等着上面的时候，李三又给阿沫打电话，告诉她开了空调除湿情况已有好转，要她别再担心了，也多少有点向她道歉的意思。

十多年前他和尹芬离了婚，直到遇见阿莉，有整整四年过着单身生活，甚至在跟尹芬离婚前他早就像个单身汉那样过活了，因为尹芬许多年不在杭州工作，把家撂给了他，什么事都得他自己打理，虽然打理得不怎么样，日子好歹也过下来了。而今，有了阿沫，他的自我料理能力明显衰退，对她依赖日甚。

到午夜，地上几乎全干了，连卫生间的地面也很干爽。李三打算睡觉时关了空调，看看明天起来后是什么情况，会不会返潮。

可是空调一关，不一会儿就闷热难当，他只好又把空调开了。

龙坞这里把李三的心情搞坏了。还不仅是因为潮湿，一下大雨他就得为画室担忧，更糟糕的是画室所在这一区域已经被圈进了一家名为"近江美术"的学校。据黄总说，这类美术培训学校的学生来自五湖四海，都是专为报考中国美院或美院附中而来，男男女女有好多。

有时候李三在作画，学生们下了课，就在他窗外围观。只隔着一层窗纱，他听见先后有好几个学生窃窃私语议论说他是校长。大概他们看他年纪大，又是在学校里面有一间单独的工作室，应该就是校长了。

这天下午他画着画，一个女生隔着窗纱叫他一声"爷爷"，问他是不是学校的老师？

他说不是。见她疑惑，他解释说："我是自己花钱租了这间屋子做画室的。"

女孩的脸紧贴着窗纱。她说她是从温州来的，从小喜爱画画，现在也想学油画。

他问她现在在画什么？

"画水粉。"

"老师教你什么你就学好什么，因为你们的目的都是为了考上美院。"

她说："我班上的许多同学其实一点也不喜欢画画，只是因为其他方面成绩太差，估计考不上大学，想想考美院要容易一些，所以来

127

这里学画画了。"

李三吃了一惊:"考美院不是竞争更激烈吗?"

"只有几所最好的美院竞争激烈,其他很多,包括普通高校的美术专业,还是比较容易考取的。"

他想起几个月前转塘一家银行的行长曾告诉他,转塘、龙坞这一带,像"近江美术"这样的大大小小的美术学校有上千家之多。哪怕每家只有几十个学生,加起来也得好几万哪!其中的许多孩子根本不爱画画,却为混一张文凭就让父母每年为他们掏六七万学费。

女孩又说:"早几年大家都知道考美院或者美术专业容易考上,就有越来越多的孩子往这条道上走了。结果,听说明年的竞争会激烈得多,到时候恐怕许多家长花的钱就打水漂了。"

算算账吧,李三想,往少里说,就算是两万学生,每人掏六万块,十二个亿啊!这还只是转塘、龙坞这一带。真是不小的产业哪!那么多孩子,花那么多钱学画画,而让李三很郁闷的是,全社会并没有几个人肯花钱买画。这是个什么奇葩产业?

这个产业倒是连带着让黄总这类人发财了。他承包下这家废弃的工厂,稍做装修、整理,然后一间间分头出租。需求量大,房子紧俏,房租上涨,顺带着也造成李三眼下不得不面对的境况,即他的画室现在是在人家的学校里面。

好多天他都在为这事犯愁。既然这里是一所学校,校方想当然地在唯一的外出通道口安上了一个校门,每晚十点半锁门,以防学生夜晚外出。学校当然要为学生安全着想,讲起来蛮有道理的。可是这么一来李三也被锁进去了。已经有过两回,他晚上十一点离开时,不得不请学校的看门人为他打开大铁门上的那扇小门。这人是个女的,四十多岁的样子,态度蛮和蔼的。可李三想,我要是离开得更晚,她睡下了，我都不晓得可以在哪里找到她。这也就是说他不能离开得更晚了，否则过了十一点他就出不去了，他的行动自由受到严重限制。这个画室是他花钱租的，照理说他想要工作到什么时候进出都是他可以做主的。他有时画画或写作正在兴头上，断断不愿停歇下来。

几天前李三对王也说过他的新苦恼，说要解决这个麻烦唯有要求那家学校给他配一把钥匙。

王也说这不好，万一学校或者学生出点什么事你说不清楚。

李三觉得他提醒得很对。

那就只有一条路了，他得尽早撤离。

但阿沫已经把房租付到了明年4月，要是他自己提早退出，恐怕园区不会退还房租的余额。阿沫心疼钱，李三也是。本来若光是潮湿这一条，他已经答应她最坏打算坚持到明年4月。可现在，他的工作时间和行动自由受限制了，这个情况比房屋漏水更为严重。

所以下午他一到龙坞，先找黄总谈他打算提前退租的事。他已经不想再提房子漏水的事，也不想再提黄总早就答应要为这间屋子做书橱而久久未能兑现的事。说那些已经说得他和阿沫自己都很烦了，黄总那边照样无动于衷。中国的许多商人就是这样的，你把自己说烦了关他什么事？李三只说最可能让黄总觉得理亏的："你等于是把我弄在人家单位里了，一切要听人家的作息安排，这对我来说太不公平了，所以我要提前退租。最好是学校把我这间也租去，我另找别处，大家井水不犯河水。"

没想到黄总很爽气地答应了，说他租给谁不用李三操心，现在的租金比原先的高多了，李三只需找好了新地方搬出就是，他会把房租余额如数退还。

没到二分钟就谈成了。李三立刻把这个情况打电话告诉了阿沫，

让她从现在起抓紧寻找新画室。

他俩都不曾料到，换新画室的事居然让他俩有一搭没一搭地奔波了一年多，这里那里到处去看房子，和人家谈条件，富阳也跑了，萧山也跑了，余杭也跑了，旧厂房、商业园区、朋友闲置着的别墅、村庄农舍甚至 loft 公寓房，形形色色的房子都去看过，不下于十五六处，结果还是没有着落，要么租金太高，要么地方太远，要么房子的格局不适合做画室……

某晚在"猴吧"，几位吧友问起李三找画室事怎么样了，提醒他应该去各个"文创园"想想办法。真是哪壶不开提哪壶，刺激得他忍不住对杭州的所谓"文创"和"文创园"云云狠狠地数落了一顿。

"我懂点儿文化，但不懂'文创'，也不晓得那么多'文创园'究竟创出了哪些名堂。它们当初都以文化为名征地、贷款、获取政府支持、减税、免税、前两三年免交房租等等，而今却都是只要商人不要文人。你们不信就去那些'文创园'看看，是不是被一帮阿狗阿猫、各路拆白党占据着？卖书画，卖假文物，拍广告片，做营销策划，等等，这也算'文创'？有的还什么都不做，只做了二房东，很想把他们通过关系从'文创办'低价弄来的房子高价租给我这样的人。我的一个朋友，名字就不讲了，在转塘那里的什么园区有一块地盘，租期是十年，同意把他的已经空置了四年的工作室转让给我。可是一谈价钱，他不仅是要止损，还要我把他空置的那四年的房租也补偿给他……就这样，你们还要我去找'文创园'？"

李三越说越来气，索性就朝他面前这几个吧友发飙了："本来我今晚在这里喝酒，很开心的，你们他妈的偏要往我伤口上撒盐！我求你们帮我找画室了吗？没有吧？我租不到画室关你们屁事！帮不上忙就是帮不上，不要明晓得帮不上还在这里给我瞎出主意，好像这么一来就算帮上了，我就应该欠你情了。你们就这样看我是吗？"

他撂下只喝了一口的整瓶"喜力"，扬长而去。

可是过了不几天，一个朋友引荐李三去城东的某个"文创办"探讨探讨租画室的事，他又屁颠颠跑去了。老远地跑了一趟，结果是个空屁，让他又一次提醒自己记住教训：大部分的所谓朋友其实都是他的毒药。

除了画室，这一年多来李三和阿沫还得另找新家，因为"浪漫和山"的房东要卖房子，他们不能再住了。新家是天目山路和荆长大道路口的"人和家园"，然后是搬画室、搬家，再然后是适应新环境，总之是为又一个重新开始而忙碌。

当今的世界看起来也正经历着一场大变局。

也可能是一阵神经病。

全世界都在重新安顿自己。李三也只能认了。

12

很多客人注意到"猴吧"门外辅道和主道隔离带的树木都移走了。

李三问猴子是怎么回事。

猴子笑着说："政府缺钱，要把这些树都卖掉。"

他觉得猴子这话不正经，继续追问他为啥。

猴子又说："因为你们这帮客人经常在那些树下撒尿，把树养得很茁壮，政府就看中这些树了，等于是你们为国家做了贡献。"

李三还是不当真，猴子只好说了正经的："那些大树遮挡了这边的店铺，各家店主抱怨生意受影响，政府就派人来把这些大树移走，答应过几天再补种一批小树。"即使说正经的，猴子也没忘了再幽默一把，"这些小树约莫很快又让你们给养大了，然后再移走去卖。政府晓得，这地方的树长得特别快，应该多加利用。总是大树比小树卖钱多吧？所以说你们给国家做贡献了。"

李三笑了，说："那也有你的一份嘛。啤酒总是你卖给我们的吧？"

接着猴子说要谢谢李哥。

"谢啥？"

"李哥没忘几个月前你要玲玲买个野生甲鱼给我补补的事吧？"

"没忘。怎么，她真给你补了？"

"补了！两斤多的一只野生甲鱼让我一顿吃光。托李哥的福啊！"

"那就好。这阵子你更骚了吧？"

"骚不动了。"

"怎么的，白补了？"

"就吃过那么一只，哪里管得了这么多日子？"

在厨房里忙着的玲玲居然老远就听见了这话，大声斥责道："猴子你没良心！我不是又给你吃了猪蹄吗？"

李三打圆场说："玲玲是对的，猪蹄也很补。再说啦，补得太多也不好。玲玲你长个心眼，别给猴子留库存。道理你懂的。"

两个月前就说要回老家相亲的叶子，今晚还在上班，过来陪李三喝酒。李三问她为何还不回诸暨去相亲？

叶子说心里很不情愿父母安排给她相亲这种做法。

姗姗说："叶子应该还在等卢俊回心转意。"

叶子默认了，稍后又抱怨卢俊老躲着她。

这会儿卢俊也在"猴吧"，就在叶子的视野之内，已经有点喝多了，将一件外套蒙着头趴在吧台上睡觉。

李三早些日子曾经给姗姗做过婚恋分析，叶子说今晚她很希望李哥也替她做做。

李三就给她列举了她和男人相处的四种可能：一种是，她有幸嫁了一个好男人，而且还蛮有钱的。要是能那样，什么话都不必说了。

"但那几乎就是空中楼阁，让脑子里有点儿美好的东西想想罢了。"

他看到叶子撇了一下嘴，表示不服。不理她，继续分析。

"第二种情形是最常见的，就是你嫁了个看上去一般般的男人，这样的男人满大街都是。他们没啥名堂，倒是能天天待在家守着你，天天要和你做爱。看样子你也是很喜欢多做爱的，那就嫁了吧，虽然那个做老公的除了是你老公别的他什么都不是。"

"我才不要天天做爱呢！不嫌累吗？"

"不做爱做什么呢？你们这样的人家，应该没有能力经常到外面

去消费，大部分时候只好当宅男、宅女。你让他一天到晚看着你穿着薄薄的睡衣睡裤甚至索性啥都不穿在他面前走来走去，这么好看的屁股一扭一扭，波波一颤一颤……你这不是害人吗？！"

"他看多了会看厌的。"

"换作我，我就看不厌。"

叶子朝姗姗看了一眼，那眼神好像在说她已经对李哥的甜言蜜语免疫了。

"第三种，你去找个对你不错的男人给他做情人。做情人要比做老婆容易多了。这跟第二种情形正好相反，这男人除了不能做你老公之外什么都能为你做。"

"我可不做二奶！"

"那好吧，那就剩下第四种情况了，你就一直单身下去，其间有一搭没一搭地找个男人解解渴。"

见叶子很抵触，他最后问："难道你觉得还有第五种可能吗？"

"李哥坏！"

"我怎么坏了？"

"你今晚就没有一句好话说我。"

"我说看你看不厌，那还不是好话？"

"仅有的一句好话还是废话。"叶子暗暗地在他腰上掐了他一把，"是不是有了佳丽，你就巴不得我早点回诸暨不再回来了？"

李三笑了，很得意他这个年纪还能让叶子这类女孩吃醋，哪怕是假装的。

"叶子你不讲理，明明是你见了卢俊变了心，在佳丽还没来之前就移情别恋了，还怪我，真是的！"

他还觉得自己能用她们的口气说话，还蛮像也蛮自在的，非常得意。

"这里的所有人，肯定要算我最不想你回诸暨的，比姗姗还不想！"

姗姗听到了，过来劝和说："李哥你要知道，叶子虽然迷卢俊，可要是几天没看到李哥，她就浑身不自在，脾气也不好了。"

"我有吗？"叶子抗议她这么说。

"旁观者清。"姗姗说完就走开去应酬客人了。

李三悄悄问叶子："你有吗？"

叶子点点头。

他有点激动了，盯住问："那就是很想很想我喽？"

她又点点头，答非所问："莫名其妙！"

"是想我想得莫名其妙？"

她再次答非所问："我命苦啊！"

他不屈不挠，步步紧逼："是想李哥想得心苦吧？"

叶子抬头看他一眼，有点泪汪汪的。

"好吧，我替你明说了吧。你爱上卢俊，只因他是单身，你有嫁人的机会。可你还是莫名其妙地老是在想李哥，几天没见就丢了魂儿似的……"

"李老师太自以为是了吧？"

"可是李哥有老婆，年纪又比你大一倍还多，你嫁他无望，所以就觉得是自己命苦了……"

"李哥非要把我说哭了才高兴是不？"

李三终于止住了，搂了搂她肩膀："其实啊，你一点没错，没啥莫名其妙的。无论什么事情我们每个人都可以想象一下自己最想得到的那份。我就有好多回闭上眼睛想象我怎样和迷人的叶子在一起生活。一个人的脑子除了用来考虑怎样做事之外，最好的用处就是多想想让

你觉得快乐的人和快乐的事。所以叶子就在心里好好想着你李哥吧。至于实际上你要怎样做，你希望卢俊会娶你……"

"我没那样想。"

"你曾经那样想过，但落空了。"

叶子不吭声了。李三接着说："其实卢俊躲着你是对的，恰恰是他头脑清醒的表现。你叶子要找男人，要么找个很有实力的……当然这人不是我，我没啥实力。有实力的男人年纪可能比你大很多，但他可以不在乎你地位低，不怕你会拖累他，只要你能让他迷你、迷得不要不要的就行了。要么，你找个和你差不多的，谁也不嫌谁低，就像猴子的第一个玲玲那样，小两口辛辛苦苦靠自己打拼，日子过得清贫一些，那也行，自得其乐就是了。今晚是你要我给你做分析的，我必须知无不言，明明白白告诉你切不可找卢俊那样的男人。虽然他有文化，人也长得帅，可他无钱无势，自身还处在努力往上走的阶段，肯定没有能力也没有信心提升你了。他若娶了你，你会拖累他，会让他再往下降。这是很现实的，人都想往高处走。"李三喝了口酒，看了叶子一眼，觉得他还可以把话说得更透，"还有更现实的，你已经有孩子了，要是嫁给卢俊必定还要再跟他生一个。你晓得吗，在杭州都是些什么人能养得起两个孩子的？我身边的朋友，养两个孩子的，年收入起码都在百万以上。起码起码！"

他这么说着的时候，留意到吧台那头冯韬正在跟吴进议论金庸和古龙。冯韬说他年轻的时候更喜欢金庸，随着年龄增大，而今想来古龙小说更有意思。吴进表示赞同，说金庸小说的语言很粗糙，是概念化的，口号式的，这类句子比比皆是，远远比不了古龙的语言有滋味有嚼头。

顺着这话题，冯韬问李三，他正在写的小说《公猪案》是讲什么的？

"长篇小说，头绪很多。简单讲，就是杀戮与生殖并行不悖，共同组成了三个世代的历史循环。"

叶子还在消化李三刚才的话，默默地发呆，让他可以腾出嘴来跟吴进和冯韬聊上几句。他对他俩说了他的一个有意识的写法，就是不做任何对人物形象和环境的静态描写。传统的小说肯定少不了这两种描写。

"譬如我要是写'猴吧'的故事，环境如何实在无关紧要，读者也没兴趣晓得猴子这里的吧凳是木头的还是金属支架的。我这个小说里凡有描写都是动态的，这会让小说的叙述节奏加快并且动力十足。"

李三这么说，其实是即兴式的，说之前并没有多想什么。但既然说出口了，他便回味着，这里面其实包含着一个小说史乃至文化史的问题，就是为什么现在的读者对人物形象和环境的描写无所谓了，而为什么传统的小说要在乎这些？

他想，他的上一部小说是 1995 年写的，至今快到二十年了。在这近二十年里，或者再往前说，自从动态的影像传播普及以来，人们已经接触到越来越多的影像画面。甚至要是相信曹玫的说法，还有"逆向传输"的"未来图像"之类也已经早早地积攒在我们的潜意识的影像库里。人们对种种直观形象的经验已经很丰富了，因此你就很难再用文字描写的、多少有点隔靴搔痒的东西去打动他们。从前的小说读者没去过这里那里，没见识过这个那个，你在小说里把它们细腻而生动地描写出来，这个描写是有价值的。可如今他们在形形色色的电影、电视剧、纪录片里把什么都见识过了，你再去用文字描写给他们看，既多此一举，又不免苍白。

他问吴进和冯韬："你们想想，如今的人类，每天浸淫在形形色色的大量图像中，和前人比起来，在思维方式上，在注意力的集中上，

会有哪些变化？"

吴进说他认为至少有一个很重大的变化，就是影像的泛滥，降低了人们的阅读兴趣。他认为这不是好事。

李三说："一百多年前，人们想看到什么，就得去那里走一走，亲历一下。而今人们待在一个地方，譬如你叶子，恐怕连上海都没去过……"

"李哥说错了，我还真去过上海。"

"非洲你总没去过吧？"

"李哥去过？"

"不好意思，我也没去过非洲。我要说的是，譬如叶子这样的女孩，去过的地方很少，却可能见识过非洲草原的狮子、南极的企鹅、大堡礁的鲨鱼，甚至太空中的星球。她看着这些东西，看过不止一遍两遍，渐渐就觉得没啥稀奇了，就像你听李哥夸你，说怎样怎样地迷你，听得很麻木了。可是你想过没有，那些原本是不该你看到的东西，你却像一百年前的上帝那样都看了个仔细。世界的陌生，世界的神秘，对一个陌生世界的敬畏，都在她心目中渐渐淡薄。接下来她会怎样呢？对世界没有神秘感和敬畏心的一个女孩，或者是一个男孩，她或他的心灵的构成会是什么情形的呢？"

叶子不高兴他这样说她，又悄悄拍了他一下。

吴进说："现在的许多年轻人，你跟他讲哪怕再荒唐、再令人发指的事情，他都会说一句'这很正常'，然后就继续看手机了。"

冯韬是个坚定的"影像派"，他说："有些表现自然界的纪录片还是很让人长见识的，文字还真的无法抗衡影像。"

他接着就说起他看过的国家地理频道的一部纪录片，讲北美响尾蛇自己从不挖洞做窝，总是寄居别的动物的巢穴，这是解说词告诉我们的。某日，在一只陆龟的洞里，一条大蛇钻了进来。解说词又及时告知观众陆龟明知响尾蛇不会攻击冷血动物，但画面上的那只陆龟还是惊恐地缩进了龟头。它虽然早已习惯了响尾蛇的不请自来，但这回太过分了，那蛇竟大大咧咧地占着陆龟的"床位"不肯让开。我们都晓得乌龟的四肢除了站立和爬行没有别的用处，它有啥办法能把响尾蛇弄开呢？纪录片此时没有解说词，精彩就精彩在这里！它只让观众看到了这样的画面：陆龟蹲下身，用自己的龟壳抵住响尾蛇，一点一点地拱呀拱，终于把响尾蛇从洞穴中央的位置拱到边上去了。

李三说他以前也经常看国家地理频道，有一部纪录片讲四条小狼头一回学着合伙捕猎。它们遇见了一头獾。解说词告诉观众，单独一条小狼是对付不了成年獾的。但这四条小狼合作得不错，对獾形成围攻，那獾就只能逃跑，最终逃进了它的洞里。小狼们站在那洞口，一个个撑直了前腿，扬起脖子拖长着声调嚎叫了一阵。看到这样的画面，很精彩了吧？观众会"咯噔"一下，心里必定有点什么感觉，需要点它一下。要是就这么完了，观众一定很不过瘾。好在这片子很及时地来了句解说词："虽然小狼们一无所获，它们却很有成就感！"

吴进说："所以啊，文字语言还是有它的用武之地。"

看得出来，叶子对这种话题一点兴趣都没有。她忍了又忍，眼睛时不时地往吧台的那头瞟。那头是刚醒来的卢俊在跟姗姗聊天，看上去很愉悦，叶子在这边越来越坐不住了。

冯韬又说起，因李三帮忙牵线，他和他的几个阿里巴巴的"童鞋"能在马路对面李三所在学校三本学院的校园里停车。而今不光是停车了，他们还常去那里的食堂吃饭，因此有学生上了帖子说："停车、吃饭都可以，可不许再泡我们的学妹了！"

李三笑着问："实话说，你们泡了没有？"

"反正我没泡。"

"那就是说，你们还是泡了人家的学妹。"

吴进打岔，和李三聊起写日记的话题。他说："有人写日记，是为了记住过往之事，譬如鲁迅，他的日记大多数看着就像流水账，昨天买了什么，今天有哪个朋友拎着一坛老酒来访，等等。另有人写日记是为自我观照，自我反省，譬如蒋介石，经常利用写日记这种灯下独吟的时机检讨自己。"

李三明白他的言下之意是问自己为何目的写日记。

这话一下子不容易回答。李三先扯了一会儿郁达夫写日记，给自己多一点时间考虑考虑怎样对付吴进。再说叶子还在陪他，显然不喜欢吴进插进来扯淡。

叶子对吴进说："你还是多陪陪姗姗吧，她告诉我你很喜欢她。"

吴进稍稍窘迫一下，转过脸去看了看远在吧台那头的姗姗。正好姗姗也在直勾勾地看着他。在众人面前吴进装作不懂姗姗的那眼神是什么意思，继续说日记这个话题。叶子终于忍不住了，转到卢俊身边去。

李三一边看着叶子跟卢俊带点别扭的亲近，一边对吴进说："我读了郁达夫的全部日记，觉得他的日记比他的小说好看，特别是他在追王映霞的那些日子的日记，非常精彩。"

"那就是《日记九种》了。郁达夫自己也晓得精彩，所以就急不可耐在1927年的当年就出版了。"吴进又感叹一句，"一个人生前就出版自己的日记，有点牛。"

"我也是还活着就出版了我的旅美日记。"

"这么说来，你们写日记都是为了出版，为了给人看？"

"说'为了'不够准确，应该是'不妨'，是写着写着，觉得既然把日记写成了跟第一人称小说差不多，那就不妨让人看看，还能挣点小钱花花。"

李三接着说："其实，我写日记的目的之一也是记流水账。"

他想起网上曾有陌生人在他的博客下跟帖评论他，三十年前才华横溢的作家，如今成了斤斤计较的账房先生。这话有点刺痛他。起先他给自己辩护，想的是我写日记有时会记些小账，对将来而言，可以看作当代生活史的史料，无可厚非。可是想着想着，他又觉得那个陌生人没说错，他眼下就是这样的境况。在中国，做一个像他这样的作家，无能主旋律写作又无缘商业化写作，日子肯定不会好过。偶尔，他也写过一两本还算有点销路的书，譬如《唱片经典》，却已经十年没有再版，他也十年没有进账一分钱了，因为盗版书从来没有断过货。所以六年前他开始画画了。除了画画，他现在还写点小文章，帮人家策划策划电视剧，还会在社会上讲讲课，去电视台做做嘉宾什么的，都能拿点小钱，聚少成多。为了省钱，他喝酒也降低了档次，至少有一年多不喝"喜力"改喝"青岛"了。

来自学校的收入太少，不顶事，其他的收入又不稳定，有一搭没一搭的。为确保薇妮留学不至于做了"希望工程的孩子"——这是薇妮对他的带点幽默的警告，他把在"南都德加"的房子卖了。从那时起他和阿沫就一直租房子住，已经搬了三次家。

那么，"人们不禁要问"，为啥你偏要花那么多钱把孩子送到美国去念书？

如果这话是一位大学校长或者是一位教育部门的官员问的，他可是早就想好了怎么回答：我家薇妮，没有一所中国大学会收她，连三本都进不去，因为她通不过中国的高考，因为她没有上过专为高考而设、成天操练怎样考试的正规高中。薇妮的高中念的是职业学校，是阿沫嫁过来之前的安排。跟母亲来到新家庭后，薇妮的想法有了变化。

李三自己的女儿，薇妮的姐姐田桑，在美国念了硕士。有一天吃晚饭，薇妮头也不抬，避开他目光说："爸爸，我想上大学。"声音很小，却让他感觉分量很重。他无法拒绝薇妮的这个要求，也不想让两个女儿在受教育方面差别太大。但是他很清楚，薇妮在中国上不了大学。他会对那位校长或教育部门的官员说，我家薇妮，是被你们赶到美国去的。

这会儿，他对吴进解释说："不要小看流水账，这里面有许多时代信息，有社会生活的种种记录。我读过一本香港人写的书，叫《银元时代的上海》，里面讲的全是一个大洋可以买什么买什么，很有价值。还有法国人布罗代尔，'年鉴派'历史学家，此人牛就牛在他手头有大量的'流水账'，具体说就是15世纪热那亚和阿姆斯特丹商人之间生意来往的账单、票据，都是第一手的历史材料，非常靠硬。话说回来，我不会记得像鲁迅日记那么琐碎，不会把每吃一碗面花几块钱全都写进去，除非同一家店的这碗面忽然涨价了。涨价就是一条时代信息，记录下来是有意义的。"

王也和冯韬也加入进来，聊起白俄罗斯女作家阿列克谢耶维奇写1986年切尔诺贝利核电站爆炸事故的书获诺奖的事，聊起非虚构写作。

李三说："非虚构的这类书在中国的未来将很有价值，因为在今日中国，媒体和大众读物的叙事真实性不能令人信服，至少是很不充分，时代生活的日常表达或多或少被忽视、被遮蔽、被扭曲，进而导致年轻一代的阅读兴趣日益趋从奇幻、诡异、虚妄。在此情形下，朴朴实实的非虚构叙事，记录下其本身就是五光十色的社会和人事，有其重要的文献意义和'反潮流'的精神价值。"

冯韬说："李老师的日记就是非虚构写作的一种，记录着一个个活生生的人和一桩桩在我们身边发生的很鲜活的事。你完全不必隐藏什么，无论是谁的无论什么事，你都应该写出来。"

"我什么都写了，但发表在博客上却不能什么都说。包括在座的各位，你们都曾跟我打过招呼说这个不要写，那个不能公开，我总是说好吧我不给你公开。但你管不了我写了什么。我都写进去了，只是在挂上博客公开发表时拿省略号来表示。记得有一回王也还责备我，说我那阵子的日记中叉叉和省略号太多了。那阵子他自己没啥事情怕暴露，就很想看到别人的。我拿叉叉和省略号说事他看了不过瘾。后来，他老婆怀上了孩子，他高兴得跟什么似的，还请我们吃饭，却不让我把这么好的好事捅出来，弄得我很不过瘾。"

王也用发嗲来消解尴尬："李哥哎，此一时彼一时嘛。"

"我的态度是，张三李四王五赵六被我写进日记，这是我的权利，谁也管不着。只是当我把日记发表出来，在这个时代，毕竟不是鲁迅、郁达夫的时代，我不得不考虑一下张三李四王五赵六们的意愿。有些朋友是体制内的，甚至有官职，肯定不愿意让人知道他昨晚在哪里吃饭、泡吧、唱卡拉 OK 等等。对此，我就在发表日记时把这位朋友隐去不提，或者是打个叉叉。但偶尔也有忘了打叉叉的时候，不小心发出去了，很得罪人呢。另有一类朋友，对此无所谓，李老师爱写不写，横竖我也没做什么坏事见不得人。还有第三类人，其实是希望被我写又被'曝光'的。最搞笑的是严理，那晚在'酒球会'抱怨我日记里老不写他。我说这阵子我没有碰见你呀，怎么写？你们猜猜严理有多会撒娇！他居然说：'你就不能说说你想我了吗？'"

还有猴子，曾多次当众表示他的故事李哥尽管写，还说让李哥多写写，我就成了名人了！

13

大概一个月前，猴子和玲玲没领证却办了酒，老虞、王也、冯韬、吴进和郝青他们都送了红包。李三那天牙痛没去。可是这一个月来，这对新人经常吵架，大部分原因是猴子招蜂引蝶或者是玲玲怀疑他招蜂引蝶。李三不得不两头劝和，这头跟猴子说："你差不多算个'二婚头'了，娶了人家黄花闺女，杭州边上的安吉人，家境比你这个江西佬好得不要太多，你想你有多划算嘛，还不好好伺候她？起码也该好好哄着她吧？"

而在玲玲那头，李三则是说："你自己说的，猴子干活很好，一直由着你还要还。他每天就那么点产量，全供给你了。所以依我看，怪猴子招蜂引蝶，多半是你自己在疑神疑鬼。"

劝不劝都一样，他俩爱照做，架照吵。

有一晚猴子不在店里，由他三弟料理生意。李三问"猴弟"："你哥去哪里了？"

"不晓得。"

王也说他有线索，然后把手机递给李三看，那上面有猴子几小时前发的一条微信，说他老婆跟别人跑了，只给他留下十七块钱。"猴子"还说了许多很悲愤的话："给她睡了，给她玩了，到头来人财两空……"

此时没有人知道猴子在哪里，打他手机也不接。王也很担心。

冯韬却觉得事情另有蹊跷，因为猴子在发那条微信时居然还有心情附上一幅照片，拍的是餐桌上的三四盘菜。

李三猜测说，肯定是夫妻俩吵架了，这会儿猴子正满世界找"母猴"。

王也的电话猴子不接。他要"猴弟"打,猴子也不接。王也问"猴弟":"你哥不会为这事找根鞋带上吊吧?"

"猴弟"从鼻孔里哼出一声。

李三说:"猴子不会做那种事。只怕他找到人家那里去讨回老婆,跟人家打起来,会吃亏的。"

王也还不甘心,又给玲玲打电话问猴子的下落。玲玲接了电话,告诉王也,猴子带着三千块钱到义乌会同学去了。

"啊?"

居然,被猴子这么要了,诸吧友松了一口气的欣慰感大大超过了愤怒。

李三感慨地说:"从前夫妻吵架,都是女的跑回娘家去诉苦。而今变成男人离家出走去找同学讨安慰。时代真是变了啊!"

谁都明白,猴子跟玲玲之间,横着他和第二个玲玲生的女儿。

昨晚,猴子已经陪王也喝了半瓶黑方,有点微醺了,开始对众人诉起苦来,说反复无常的玲玲终究还是不肯接受他的女儿。

此前也是听猴子说的,玲玲似乎有些松口了。猴子想把母亲和女儿从老家接来杭州,让女儿上幼儿园,本来玲玲已经勉强同意了。但自从祖孙俩来了之后,玲玲就搬出去和小姐妹住,一直对婆婆避而不见,连一顿饭都不曾吃过。猴子为了讨好玲玲,做出一个重大让步,把玲玲写给他的九万块钱的借条当着她的面撕了。这本是他俩购房首付款的一半。他俩至今没有正式登记结婚,而玲玲在预购合同上只填写了她一个人的名字,这等于从法律上讲该房产没猴子的份,万一他俩分手猴子搭上的九万块钱都白搭了,因此玲玲就以借条的方式给猴子吃颗定心丸。现在猴子把借条撕了,以此表示对玲玲高度信任,决意同舟共济。

可是玲玲对猴子说了句很诚实的话："我是很爱你的，但我做不来'二妈'。"

老吧客们都觉得猴子这个婚姻若继续这样下去会有无穷无尽的烦恼，尽管上了床他俩还照样做爱。

玲玲的家境原本就比猴子的好很多，又因娘家被征地她最近拿到分给她的二十五万，加之她在夜总会做妈咪，收入远比做酒吧老板的猴子高得多。玲玲面对猴子已经有一种明显的优越感，这是老吧客们都看在眼里的，虽然玲玲有时也真的对猴子很动情，会当着众人的面和他亲亲热热搂抱在一起。

猴子说他现在既怕和玲玲这样生活下去，又怕和她分手。看得出来，无论出于何种考虑，他其实对玲玲还是很依恋的，尽管玲玲让他夹在一边是母亲和女儿一边是钱多、波大、性爱上正能量满满的老婆中间左右为难，李三还是相信他会继续忍耐下去。

李三对老吧客们说："当我们觉得他很傻的时候，很可能实际上我们没他聪明。"

猴子心里明白，时间是他最可靠的盟友。时间会让玲玲的优越感渐渐被销蚀，一点一点地化为乌有。有一回玲玲不知怎么说起她已经二十七岁了，猴子得意起来，说再过三年你就三十岁了，"女人三十豆腐渣"，而那时候我生意做大了，男人家，正当年，艳遇会很多，所以你现在开始要拍我马屁哦！

那会儿，李三看得出来，玲玲也觉得猴子说的有点道理。

公平地说，他俩的不和，也不能全怪玲玲势利。的确是猴子太骚了，就像玲玲常说的，猴子别的都好，就是管不住鸡巴。他对于出轨、偷腥有一种情不自禁的向往，哪怕是在梦中。某晚，他很开心地告诉老吧客们他昨晚做了个花梦，然后梦遗了。

吴进臭他："梦遗是对未婚男人而言的，你有老婆的人，这叫滑精。"

更糟糕的情况，是猴子偷腥，被玲玲抓了个现行。

周二晚因为客人不多，生意不忙，猴子用手机"摇"来一位女郎，二人在吧台上喝酒、调情，其乐融融。老吧客"霍哥"这两年难得来，却是猴子夫妇的老朋友了，见此情状觉得应该制止，就给玲玲打电话叫她过来，但没提猴子泡妞，只说好久没见她，想碰碰面。玲玲此时正好下班了，爽气地答应了"霍哥"。猴子一听说玲玲要来，赶紧挽着已经半醉的女孩去附近一家简易旅馆开房安顿她。

女孩和衣躺到床上，猴子进了卫生间洗澡。

玲玲这边，她来到"猴吧"见老公不在，又听哪个吧客或吧女说漏了嘴，猜想猴子一定就在附近的旅馆。她先去了北面的"汉庭"打听不着，又折回到南面的一家小旅馆，对柜台上的老板形容了一下猴子的长相，说是这位客人的充电器落在她店里了，她拿来还他。因猴子和那女孩刚来不久，老板还记得很清楚，就告诉玲玲是208房间，让她自己上去。

到了楼上，玲玲敲了好一会儿门，猴子不得不硬着头皮从浴室出来开门。他原以为自己并没和那女孩做过什么，顶多是遭玲玲一顿臭骂罢了。没料想，开门进屋后玲玲一把掀开床上的被子，那女孩竟是一丝不挂。

猴子辩解说是女孩趁他在洗澡自己脱掉的。

怒火中烧的玲玲哪肯相信猴子的鬼话，先是用了一左一右两记"勾拳"（猴子自己说是"勾拳"）把猴子打倒在地，接着就去打那女孩，猛扇她的耳光。

猴子说他本想躺在地上装死一会儿让玲玲心软下来，不料旅馆老板听到楼上的打闹声赶紧上楼来，见此情状当即拨打110报警。猴子

这下慌了，急忙起来求旅馆老板撤销报案。

那女孩也跟玲玲一再认错，央求玲玲放过她，说自己大学毕业刚找到工作，很不容易，很怕这事传到公司让老板和同事们知道。

玲玲心一软就放女孩走了。在街边，女孩临走前对玲玲说，姐，你放心，我没碰过你老公。然后又指着猴子说，他骗我说他没老婆……

猴子跟李三说这事的时候，脸上还带着好大一块乌青，却已经像是在说别人的风流趣事了，还比画着玲玲那一左一右的两记勾拳，接着做出挨打后的痛苦表情。

李三说："猴猴啊，要是做演员，我看你比华少演得好。"

王也对李三说："你我在这上面的本事都远不如猴子。闹出这样的事，没出三天，玲玲居然又被他请去'花中城'吃饭了。"

猴子一得意，泄露了一个秘密：在"花中城"的餐桌上，他送了玲玲一个花万把块钱买的金手镯。刚才玲玲来微信，要他今晚打烊后去她那里。

"这么说，猴猴今晚又有女人睡了？"

"李哥哎，我已经半个月没碰过女人了。真漫长啊！"

第二天，猴子告诉李三，玲玲叫他去是把金手镯还给他，压根没让他进门。

他和李三面面相觑，端起酒瓶碰了一下，各喝一口。

"猴猴节哀。"

"李哥保重。"

再又过了几天，玲玲来"猴吧"玩，有一会儿悄悄跟李三说，她真的舍不得离开猴子："再要找到像他这么骚，骚到能让我真想跟他爽死算了的男人，恐怕不容易了。"

说这话的时候，玲玲看上去很忧伤，完全没有了她平日脸上那种随时准备爆发大笑的嘻哈神态。

他俩最终还是分手了，过程拖得很长，这期间还偶尔上床做爱。照猴子的说法，主要是他为玲玲提供性服务，因为她还没找到下一个男人。

甚至，有一两回，看起来玲玲和猴子又好了，又住到了一起。昨晚玲玲就是在荷花苑等着猴子下班回家的，猴子一时没到家，她还着急地打电话问李三。

今晚在"猴吧"，玲玲一反常态，一句都没揭猴子曾经出轨的疮疤，反倒是抱怨猴子做那事太频繁，都老夫老妻了，一周还要做七次甚至九次，让她很吃不消。

她说这话的时候猴子就坐在她对面，一句反驳都没有，看来是真的。

王也和李三轮番以玩笑话来劝和。王也说："猴子对你兴趣不减，说明你吸引力大。"

玲玲显得很开心，喝了很多酒，讲了很多黄话。猴子则有些难为情，装得很木讷，毕竟这些日子他扮演了一个失恋的怨男角色，不好意思马上又把角色变回去。

过了没几天，他俩又大吵了一场。

李三说他："你总说你是农民出身，我看你倒是越来越像个酸不拉叽的文人了，一会儿多愁善感，一会儿自作多情。明明人家已经不是你的女人了，你还偏要让大家觉得她还是你的。"

猴子苦笑说他太爱面子，怕失去玲玲朋友们会笑话他。

"所以说你不是农民，你是知识分子嘛。"

王也用胳膊捅捅李三，意思是要他别再这么说猴子了，人家怪可怜的。

接下来李三不那么尖锐了，改为正面劝解："猴猴啊，不说你了，就说我吧。我这辈子吃过很美味的美食，也睡过很美妙的美女。但我心里明白，那都是偶遇，是人生途中偶尔撞上的大运，还可以想成是上帝一不小心让我得着了一份本来他老人家并不打算给我的恩惠。那都是人生最美的体验，令人陶醉，值得久久回味。可是猴猴啊，你千万不能把那种情形当作常态，巴望三天两头去陶醉陶醉。譬如我曾经在伊犁的那拉提草原吃过一回羊羔的面颊肉，我以为那是生长在大地上的最好吃的东西。可要是我巴望每天能吃到这东西，你们会怎么看我？是不是觉得我脑子进水了？"

费了那么多好意和口舌，其实在这件事情上李三他们压根没看懂猴子，虽然李三也曾提醒过自己和几位吧友，当我们觉得猴子很傻的时候，很可能实际上我们没他聪明。

果然，他和玲玲藕断丝连是另有羁绊。

几个月后，猴子某晚表现得很轻佻，有一会儿还和佳丽一边唱着"两只小蜜蜂"，一边手舞足蹈，身子一踮一踮地好像他真的要飞起来了。他不但不让李三买单，还送李三一瓶"粉象"，解释说，玲玲买房子让他出的那九万块钱，玲玲母亲还给他了，还多给了他几千块钱的利息。

猴子说着，可能是最后伤感了一下，说这样一来玲玲就真的和他了断了。

两天后，他不得不把母亲和女儿送回了江西老家。

女儿只在幼儿园待了三天。

李三说："我曾多次为你能把女儿接来杭州上幼儿园感到高兴，多次把这事写进了我的日记，没想到竟是这样的结局。"

猴子告诉他和王也，母亲临走时对他说："你和老婆怎么相处我管不了，我这头，只要我还活着，一定养大你的女儿！"

说这个话的时候猴子几乎崩溃。

李三和王也都深深地感到他女儿的成长前景黯淡。

王也、冯韬他们，猴子办酒那回都送了红包。知道猴子和玲玲又离了，他们一致要求猴子退还红包。猴子赖唧唧说："等我下回再讨老婆再办酒，不收各位的红包就是了。"

14

这半年"猴吧"老是出事。有些事虽然不是猴子的错，并非他惹起，却发生在"猴吧"，他也脱不了干系。

有一晚，一个陌生人拎着四大瓶啤酒进来，问猴子要了开瓶器，然后自斟自饮。

这也算了，猴子怕惹事，没有制止他。可那人几杯啤酒落肚，开始逐一骚扰其他客人，逢人便说我老婆死了，那意思是你们都要对我好一点。

当时李三和冯韬正聊着阿里巴巴上市的事，那人过来问李三要烟抽，李三说你自己拿吧。他拿了烟，点上了，却还不肯走开，好像李三还应该有更多表示。

猴子赶紧过来把他拉开，说你喝自己带来的酒也就算了，不要再打扰我的客人。

这话说得有些晚了，众人都眼睁睁看着本来明显还想再喝几瓶的林宇和郑奇就是因为不堪那人的骚扰而提前离去。

还好，那人倒听劝，后来坐到几个不嫌他打扰的客人那桌上去和他们聊了。

见此情景，冯韬一走，李三也赶紧逃到了隔壁"夜太阳"。这里除了郝青还有另一个常客老靳也在。

李三和郝青聊天，没怎么注意，不知何时那人又转到了这边来，开始骚扰老靳，直到把已经有七八分醉意的老靳惹火了，一把将他拖出门外，拖回到猴子这里。

猴子急了，说老靳："我好不容易把他哄走，你怎么又把他弄回来了？"

老靳问："他不是你朋友吗？"

猴子说今晚之前从没见过此人。

老靳一听更火了，又把那人拖出"猴吧"，逼他在台阶上跪下。

他也真听话，果然跪下了，看着老靳对他舞弄着各种拳击动作，在那里足足跪了五六分钟。

老靳又回到"夜太阳"喝酒。那人还跪在门外，直到跪累了才走。

后来众吧友凑在一起议论此事。猴子说："看他那身打扮，肯定是个农民工，还肯定是头一回泡吧。"

王也对那人倒有点同情，说："他眼里看到的都是你们住着好房子，开着车，泡着吧，连带还泡着妞，心里不免会有气。都是爹娘生的，凭啥你们能泡吧我就不能？"王也希望猴子对这类人容忍一些，"没准他将来混出个什么名堂来了，对他第一次泡吧是在你这里泡印象深刻，就真的成了你的吧客了。"

李三不完全同意王也，却也不想和他争论，便跟众人讲了一个约莫二十年前的泡吧故事："那时的文一路和教工路路口，山水宾馆的马路对面，有一家名称很俗气的'玫瑰酒吧'。场地不小，空荡荡的。老板人称'马儿'，是浙工大的一名年轻教师。他的一位同事去美国访学，把本来就没啥生意的酒吧撂给他料理。马儿人不错，也能侃，我常去他家泡吧，喝'小胖瓶'青岛。

"有一晚，来了个陌生客人，三十出头，光脚穿拖鞋，衬衫袖子卷起在胳膊上，还一高一低的。他对我们说他从没泡过酒吧，今晚偶然路过，就想进来喝一瓶。在问了马儿我喝的'小胖瓶'什么价格之后，他掏出十块钱要了一瓶。一边喝，一边不停地啧啧赞叹这啤酒好喝！

这之前我从没觉得'小胖瓶'怎么样，只不过马儿这里没有"喜力"卖，我将就了。可当看到这人喝得这么幸福，我受到了感染，忽然就喝出了这款青啤味道还真是不错。

"眼看一瓶快喝完了，马儿问他要不要再来一瓶？他说他只有十块钱，喝完了这瓶就走。可是很显然他放慢了节奏，剩下的那两口被拉开了很长的间隔。马儿说，看你这么喜欢，我送你一瓶。他就又喝了一瓶，嘴唇间不住地咂咂发声……

"他走后，我对马儿说，这个人是你将来的客人。等他哪天发了财，他肯定喜欢泡吧。"李三转向王也说，"你看，我二十年前说的话，意思跟你差不多吧？可是你晓得马儿是怎么看的？他摇摇头说不一定。再说以我时下这么冷清的生意恐怕等不到他发财的那天了。

"后来我和马儿又多次回忆起这个只出现过一次的客人，都觉得一个人头一回泡吧喝啤酒竟会喝出那样灿烂的喜悦，让我俩很开眼，虽然严格说那人还不算吧客。马儿说，他只为好奇和啤酒而来，匆匆喝完就走，一点儿没有要'泡'的意思。他肯定不是想来酒吧聊天的。他要是晓得'小胖瓶'在超市只卖三块多，他的十块钱能喝三瓶，应该不会再来酒吧喝了。"

讲完这个故事，李三说："这个才是农民工，有他朴实、可爱的一面。被老靳修理的那个，自带酒水，讨了便宜还戾气十足，依我看就是个本地产的泼皮。你们信不信，这人白天除了打牌赌钱什么正事都不干。猴猴，我怎么觉得，这半年来，光顾你这里的泼皮越来越多了？"

那位老靳也够烦人的，以至于许多年在城西泡吧下来，那么多酒吧女郎没有一个喜欢他的。他当兵出身，金华人，据说生意做得蛮大，个子矮矮、实敦敦的，面相很女性，眉清目秀。他来城西泡吧，无论是当年的"珍妮吧"还是眼下的"猴吧"，没有一回不是在别处已经喝了七八分,说话大舌头了才来的。许多年了,他每回在酒吧遇见李三,都很想和李三聊一会儿,却一回都没聊上,就是因为他这时已经只能挥舞臂膀哇哇发声,说不出完整意思的话了。

就在他修理了那个被猴子认为是"农民工吧客"的几个月后,他自己也被人修理了。

那晚在"猴吧",起先客人只有两个,李三和老虞,都在很认真地在看央视五套的"纹枰论道"。李三说黑棋形势好过白棋,老虞也这样认为。

继续看棋,李三闲扯道:"我记不得是哪部欧洲电影了,里面一个酒鬼说人们来酒吧喝酒有三个理由,一是庆贺好事,二是忘掉坏事,三是好事坏事都没有的时候,就弄出点什么事来。"

老虞说:"李老师可别乌鸦嘴哦。"

英国人史蒂文来了,带来一只不大的蛋糕,对吧女们说了几句英语。佳丽念过一年大学,这几句英语听得懂,她告诉李三和老虞今天是史蒂文的生日。

蛋糕还没分完,老靳来了,一进来就吆三喝四,好像这里的每个人都是给他打工的。大家都很熟悉这是老靳的一贯做派,十多年如一日,见怪不怪,都尽量不吭声,任他在那里嗓门老大地自说自话。

只有史蒂文例外,照样在对吧女们咕噜咕噜地说着英语。他虽然来中国工作十几年了,除了"你好""谢谢"之类完全不会中文,更不懂在中国碰上老靳这种人应该避让一下。

老靳就开始骂他:"我就不信你不会讲中文!你是不肯讲,是看不起我们,摆你英国佬的臭架子。现在我们中国可不是随你们欺负的年月了!"

他忘了还有鸦片战争,只想到了八国联军。"那里面有你们英国

佬吧？你们就是狗熊！有本事单挑啊，一对一跟我们打。你们不敢，就弄来个八国联军，靠人多来欺负我们，杀人放火，强奸妇女……那群强盗里面说不定就有你爸，那你就是强盗、强奸犯的儿子，你要为你爸还债……佳丽怎么说？应该是他爷爷？横竖都一样，都是他们一家的。他们史家没一个好东西！他还在这里跟我摆他的臭架子。知道吗，你在我们中国的土地上摆你的臭架子！你不肯讲中文，那你来中国做啥？你应该滚回英国去！"

诸如此类的，他对史蒂文一会儿数落，一会儿羞辱，居然骂了史蒂文一个多钟头。

史蒂文虽然听不懂老靳的话，却肯定知道老靳在骂他。听不懂倒有个好处，就是可以装糊涂，自行其是不受干扰，一会儿亲一下蓉蓉，一会儿又抱住小薇。李三曾听宋芳说史蒂文有多骚，某晚他俩并排坐吧台边，史蒂文悄悄伸手摸她大腿。摸着摸着他自己就泄了。不过宋芳说男人怎样迷她怎样想上她这类话大部分时候不能当真。

时间一长，认真看棋赛的老虞反倒忍不住了，要求老靳说话小点声。这就引火烧身了，老靳开始骂老虞，两人差点打起来。

李三最烦这种场面，撂下才喝了一口的整杯伏特加，转到隔壁的"慢吧"去了。

自从喜云卖掉了"夜太阳"，新店主将其更名为"慢吧"重新开张，头一晚李三来捧过场之后就再也不曾来过，原因是嫌"慢吧"的装修风格太冷。今晚事出无奈，总得有个地方让他躲一躲老靳。既来之则安之，他跟老板小孙一聊天，知道他是青岛人。还有他老婆小琳，今晚也在店里帮他。

这里还有一个吧女，小孙说她叫潇潇。

李三咯噔了一下，很吃惊地盯住她看了好一会儿，一点没意识到自己这样子很没礼貌。她真迷人呢！那对看似带点深蓝色的眼睛似乎不太愿意多看人。看你一眼，眼帘就垂下了，让你感觉她看你的那一眼十分珍贵。李三还觉得这女人的身材更是惹火。不是腿长、腰细的那种，不能用"苗条""梨形"这样的词来形容。李三虽然觉得他在哪里见过这美女，但毕竟还不熟，不然他或许会告诉潇潇，你身材好就好在一扭腰、一迈步，都仿佛在跟一个透明人做爱。

没等李三跟她搭上几句话，隔壁的史蒂文就转到这边来，约莫是终于受不了老靳对他的辱骂，装糊涂实在装不下去。

不料，老靳也很快转来"慢吧"，毕竟两家酒吧之间只有不到十步路。他还没骂够，继续对史蒂文恶言恶语。

李三只能再次逃走，匆匆喝掉第二瓶"喜力"，又恋恋不舍地再看潇潇一眼。她还是低垂着眼，没有看他。

"猴吧"这边，老虞还在看棋。棋盘上双方正在收官。

十几分钟后，李三听到外面有打架的声音。

阿康从隔壁过来告诉李三和老虞，史蒂文终于被老靳惹火了，一巴掌把老靳打倒在地，按在地上扇了一顿，就在当初他修理了"农民工吧客"的那块地方。

果然出事了。老虞带点责备地看了李三一眼。

直到几年后，猴子卖掉了"猴吧"，他告诉李三，老靳自从那一晚挨了打，再也没有光顾过"猴吧"。

李三对此有些伤感，边想边说："其实，我觉得老靳人不坏，甚至我还觉得他对我是蛮有善意的，虽然他一开口就哇啦哇啦地好像我们都是他的马仔，可我觉得他那是见着我们很高兴，很有老兄弟久违了的意思。只不过他醉意太重，舌头打结，已经不能正常表达，吃相就难看了。依我看，要怪只怪他前面的饭局已经喝得太多，来酒吧时

已经二糊滴答，不然，看他的样子，每回见着都很想和我聊聊天，这么多年下来，我该听他讲多少故事啊！我相信老靳这个人是有故事的，一点不会比你猴子少。"

猴子说："是啊，我们都不太看得懂老靳。"

李三说："等你看懂了就看不到了。作弄人啊！"

喜云卖掉了她花费很多心血做出了牌子的"夜太阳"，改换到别处去另开新酒吧。李三相信喜云一定是觉得她的"夜太阳"紧挨着已经越来越乱糟糟、需要频繁报警的"猴吧"，越来越没有安全感。

甚至，老鼠也不放过猴子。

每到凌晨，客人不多了，李三总能听到老鼠乱窜，声响很大，猴子则无奈地摇摇头。这一年多他为了对付老鼠花了很大力气，能想到的办法都用过了。

李三还曾给猴子出过一个主意，要他在可能被老鼠咬的电线上抹上辣椒油，把老鼠辣得龇牙咧嘴，看它们以后还敢咬电线不敢。这一招他是跟田桑学的，田桑的儿子朱利安三岁时还吃手指，确切说是右手的大拇指。她想让儿子戒掉，办法就是在他这个大拇指上抹一点辣椒酱，让他觉得手指太难吃了。猴子是江西人，能吃辣，李三说我就不信你店里的老鼠也是江西籍的！

猴子告诉他，这里连着的几家店铺地下和墙脚都是通的，老鼠可以自由来往，所以很难对付。

李三说就算本来是不通的，老鼠也有本事把它们挖通。

这么聊着，李三来劲了，开始洋洋洒洒地夸奖起老鼠的本事来。

"有一部美国电影，名字就叫《老鼠》，讲的是纽约人怎样对付鼠患。电影一开头用了三段字幕由远而近讲老鼠的厉害。第一段字幕说，在中世纪，老鼠消灭了欧洲的一半人口。"他跟猴子解释说，"14

世纪欧洲爆发'黑死病'，也就是鼠疫，造成欧洲人口锐减百分之四十多。第二条关于老鼠的字幕说，在日本广岛原子弹爆炸之后，老鼠是最先回到当地栖息的生物。你想，它们连核辐射都不怕，还怕你猴子那两下子？第三条说，几十年来，纽约人对付老鼠，总是居于下风。老鼠有多么厉害，你看了这三段文字应该明白个大概了。"

李三接着发挥说："老鼠改变了世界历史进程和人类生活水平，甚至可以说居功至伟。刚才说了，老鼠把14世纪的欧洲人口灭掉了一半，也等于是劳动力少了一半，田就没人种了。种植业萎缩，取而代之的是不需要大量劳动力的畜牧业，为活下来的欧洲人提供食物。大片大片的农田因无人耕种而荒芜了，变成了草场，于是牛羊成群取代了麦浪滚滚。这么一来，欧洲人就有肉吃了，他们的营养大大改善，遗传中的优秀基因得到强化，世界历史的走向也因此发生了改变。在那之前，吃肉的蒙古人所向披靡，一路打到欧洲腹地多瑙河边，因为他们比吃谷物的其他人类身体强壮。但吃肉的蒙古人也有麻烦，他们必须不断扩张，因为吃肉所需的土地远比吃谷物所需的土地广大得多。如果说一亩地种庄稼至少可以养活一个人，那么这点土地上养的牛羊肯定不够一个人吃的。要不是人口锐减，他们欧洲人凭啥有肉吃？

"在中国，千百年来人口增长的压力持续不断。人多地少，当然就别指望主食吃肉了。我们汉人能吃到的肉，除了捕鱼、打猎那点微不足道的收获，主要就是猪肉。猪是圈养的，不需要占用多少土地。可就算这样，汉人的肉食还是十分有限。我小时候杭州市民每人每月只能吃到半斤猪肉。同样重量的牛肉，而今恐怕还不够我那个才六七岁的外孙吃一顿的。

"除了其他方面的原因，也是因为汉人主要是吃谷物和蔬菜，我

们身上也有的优秀基因得不到营养的支持，很难发扬光大，身体更是远不如吃肉的蒙古人强壮，宋朝就被灭掉了。我们后来又打败了蒙古人，并不是因为汉人有肉吃身体变强了，而是我们吃谷物养活了更多的人。我们靠人多，十个对付他一个，这才打败了他。再后来，我们打败日本鬼子也是靠我们中国人多，四万万对付他一百多万……"

说得再多也没用，老鼠还是老鼠。到后来，只要是到了最后只剩李三一个客人面对一个猴子——这是凌晨两三点之后"猴吧"常有的情形，老鼠就肆无忌惮地走来走去，而且都长得那么肥硕。

李三总结说："没有女人怕你猴子，老鼠都看在眼里，所以它们也不怕你。"

15

"猴吧"乱象频出的那些日子，李三泡吧更多是去"云吧"。

他对吧友们还有另一个解释，说我以前喜欢泡"猴吧"，原因之一是猴子跟我讲故事。而今猴子热衷于打牌，我每次去他都在楼上，连打个照面都难，所以我觉得还不如来喜云这里，宁肯成本高些。泡"猴吧"他只需从醒酒屋步行几百米，而到喜云这里来要打车，虽说只是起步价，来回也得二十多块了。

一进"云吧"，裴裴和茜茜就学他的声调呼唤"小蒙啊……"

小蒙就飞快地从吧台里跑出来，跳起来抱住李三脖子，叫一声"老爷"，亲他一下。

今晚和他一起来泡"云吧"的还有郝青。茜茜见了郝青，心情很好，马上过去陪他。

裴裴回了一趟河南老家，几天前回来了，今晚容光焕发，跟李三打过招呼后便一个人躲在包间里打了个把钟头电话。李三对小蒙和阿慎说："电话里的对方必定是个男人，你们信不信？"

打完电话，裴裴从包间出来，开始讲她这几天在家乡的故事。她早就告诉过李三，她家乡的规矩很重，嫁出去的女儿春节不得回娘家过，所以她都是夏天或秋天才回家看她妈。不过，这回在老家的二十天里，她只在娘家住了两晚。

阿慎问："其他时候你住哪里？"

"开房呗！"

在娘家过的那两天，她带她妈去了县城玩。她妈八年前曾患中风，

后来只能拄着拐很艰难地走几步，所以八年没有出过村子了。这回裴裴回家，要她妈扔开拐杖走路，试了几次，居然成了，被裴裴带去县城她大姨家。要上三楼，她表弟说要背老人家上楼，裴裴不让，硬要她妈自己走，最终还是走上去了。

尽了孝，立了功，裴裴便撂下她妈住大姨家，自己出去浪了。她告诉众人，主要是和一个她初中的同学私会，就是刚才和她说了那么长时间电话的那人，他在广州做生意。那男生曾是她少女时代暗恋的对象，后来天各一方，再也没有碰见过。今年忽然有了缘分，她到家那天就是这男人开车来接她的。

"车刚开出不多时，他用手摸了一下我的头，问一句你还好吗？我忽然就哭了。"

临到该回杭州了，裴裴本来已经买好了车票，可那男人央求她去广州和他再会会，她竟然立马退了车票改飞广州，又和他不受打扰地私会了两天。

李三恭喜她："你这可是久旱逢春雨了。"

"哪里呀，索性是大水漫灌了！"

茜茜骂她真不害羞。

裴裴更来劲了，话也说得更疯，说她很清楚不可能和那男人结婚，顶多就是借个种，生个二孩。她已经有个儿子，很大了，不成器，让她很头痛，所以她只想要个女儿。

小蒙问："要是又生了儿子你咋办？"

裴裴说得斩钉截铁："送孤儿院去！"

后来她们又在郝青的挑动下把玩笑开到李三身上，说裴裴要跟他借种，而且要生龙凤胎，女儿归她，儿子归李三，这样既公平，也补了各自的缺。

裴裴是个非常漂亮的女人，不仅丰满，还一脸喜气，李三只用一句歌词"在希望的田野上"就概括了她。他想起几天前在一家朋友开的餐厅见到一位客服经理，是个很漂亮尤其很喜气的姑娘，他忍不住夸了她。同在饭局上的阿培见此情形就说，年轻时我喜欢看上去比较忧郁的女孩，而今也像你这样喜欢喜气的了，这是什么原因？李三试着解释说，年轻时我们都希望自己比较深刻，感觉上忧郁是带点儿深刻的。而今我们不缺深刻了，转而喜欢喜气，喜欢简单的美。阿培说你这个解释蛮有意思。

　　只要有裴裴在，话题难免会带点色，还主要跟大波有关。茜茜告诉李三，裴裴回来后的这几天，老是碰翻酒瓶或是撞上了什么，都是拿她的大波碰的，感觉好像它们挺碍事，没地方搁。

　　李三问裴裴是这样吗？她承认确有此事。李三就说："大波碰翻了啤酒可不好，多碰我几下倒无妨。"

　　"云吧"的女孩们都知道裴裴差点嫁给李三的往事。在遇见阿沫之前的那几年，李三单身，所有想给他介绍女人的朋友都记住了他的叮嘱："我缺老婆，不缺女朋友。"

　　其中一个朋友给他介绍的是个杭州的大龄姑娘，硕士毕业，长相不好看也不难看，身材很不错，尤其李三很在意的臀部不小，三十好几还未婚。当然李三已经是四十六七岁了，人家比他小很多。再说她是做工业设计的，估计是财务自由了，让李三觉得讨她做老婆经济上应该没啥压力。所以，介绍人安排他俩见过面之后，他跟她单独约会有五次之多，每次都是他请她泡吧。

　　每一次，这大女孩都在跟李三讲同一个故事，但是每次都不讲完。尽管李三本人就是小说家，读过的意识流小说也不算少了，却始终没听懂她讲的是个什么故事。人物的身份说变就变，事情的因果不明不

白，他的感觉好比在看电视连续剧，看了四五集了，还没弄清楚这是在打鬼子呢还是在打老蒋。

到了第五次，李三终于看出来，若是他不能听明白她讲的这个故事，就免开尊口向她求婚。

他不得不放弃了。

总结一下教训，李三提醒自己以后再也不要找学历很高的女人了。她们除了学会各自的专业，还学会了另外一些足以用来对付他的东西，虽然这些东西不是大学教的。如果他不能把她们灌醉，弄上床一气拿下，依着她们的爱好，和他冷水泡茶式地慢慢谈着，长长久久地情调情调，就会让他把讨老婆的初衷变成了泡情人的现实，请她吃喝，陪她们玩耍，要紧事情还遥遥无期。

正确的选择是他应该找一个文化偏低没啥学历的女人，二婚的，有孩子，不要求再和他生一个，不至于让他到了七十岁还在为养大孩子吭哧吭哧地努力干活。没文化的女人更本真，更懂得一场婚姻的不易，更在意日常生活的本身，对那种酸酸甜甜的浪漫情调要求不高，不会跟他讲他连听五遍也没听懂的故事……

接下来他就在"珍妮吧"遇见了裴裴。

裴裴当时在一处大型家居市场做营业员，那晚是来老东家文文这里玩。李三第一眼就迷上了她的喜气和美丽，和她交换了手机号码。后来她又回到酒吧来上班，他俩几乎天天晚上可以见面，也一再抓紧机会多多做爱。有一晚，李三建议她把一对沉重的乳房搁到吧台上让自己歇歇力，从此这就成了她的习惯动作。只要不是天气冷，裴裴还喜欢穿领口很低的衣裳。李三对她那道深深的乳沟大加赞赏，感叹道："沟有多深，山有多高！"

在和裴裴频繁交往了两个月后，某晚李三把她约到"珍妮吧"来，当着被她视为亲姐姐的老东家的面表示要娶她，还把他带在身上的户口本和身份证出示给她俩看。文文很乐意做这个红娘，提议他俩在她的酒吧一直待到天亮后人家上班，她陪他俩去办登记。"珍妮吧"离西湖区的婚姻服务中心顶多七八百米。

裴裴起先很是欢喜，和李三说了许多不让文文听到的私房话，甚至说她想好了日后在床上会怎样对付他，还问他爱吃什么菜，好像她已经在打算着要给他做饭。

好不容易挨到早晨六点多，用文文的话说，裴裴忽然"掉链子"了，推说婚姻大事要事先征求父母意见，不能这样说结就结。

事后文文跟李三分析说："裴裴没啥文化，嫁给你会有压力。"

李三说："她错了。我什么都缺，就是不缺文化。嫁给我她就有文化了！"

后来李三反省自己，觉得问题还是出在自己有架子，太骄傲，经不起人家一次拒绝。要是脸皮厚些，一次不成，两次、三次，大概率裴裴是挡不住他进攻的。有文化的人毛病就是多呢，他也不例外。

成不了夫妻，他俩倒一直是很好的朋友，什么话都可以说。当着阿沫的面，裴裴也会拿出一副姨太太的腔调来弹压茜茜、阿慎这些女孩，说你们也就是一群丫鬟，好生伺候着老爷，别心生非分之想，小心太太们都盯着呢。在裴裴编的这出戏里，她自认是三姨太，把二姨太的位置留给了老东家文文。不过有时候她又变了套路，把李三说成是她前夫。

正说着文文，李三就收到了文文发来很少加标点的短信："呵呵哥，文文想你了在版纳。"

李三回复她："又在泡帅哥啦？"

她回话："喝茶茶在澜沧江边，太美了这里，很多朋友各种行业

的一起喝来吧呵呵。"后来她又转到微信上，问李三是否在泡吧。

李三没有回答是否在泡吧，发微信瞎编说："郝青说你是个萝卜坑。"

文文的回复很来劲："个萝卜，叫裴裴用大波顶晕他！"

李三把这条念给郝青听了。

郝青说："裴裴还是先把你前夫顶晕吧。"

闹了一阵，有点安静下来。李三照习惯坐到面前吧台上有个洞的位置，而小蒙也照旧坐到他的左手边。

他问小蒙："你晚上是来做兼职，那就是说你白天也有工作。做什么呢？"

"在一个小区做保洁员。"她告诉李三，两份工作加起来她每天工作十二小时，每月只休息四天，全部薪水六千多块。

"太辛苦了！你那么瘦弱，吃得消吗？"

"没办法，我得拼……只能拼！"

"要在杭州买房子？"李三看看她。"你真这么想？"

"是，必须的！"

"杭州的房价都快摸着天了，你何苦……实话说我也买不起。"

"老爷你跟我不一样，你的孩子都出息了。我的孩子还小，还刚开始上学。我不想让他们跟我一样没出息。我要让他们在杭州上学，然后再上大学，像老爷你那样，上过大学！"

李三再度认真看着她，想起了转塘的那个按摩女。那女人也有两个孩子，也是要让孩子来杭州上学，还说不然孩子会被社会拒绝，就像丢在野地里那样。她们都是一个念想，为此不惜让自己毁于没有节制的劳作。那些孩子知道他们的父母有多难吗？李三并不赞成小蒙的想法，心想她其实并不懂教育，尤其不懂大学教育。但他嘴上没有说什么，而今的大学是怎么回事恐怕他也很难跟小蒙说得清楚。再说他也不想泼她的冷水。他只是很心疼小蒙，以她这样瘦弱的身体，她自己说还不到九十斤，每天做两份工作，睡觉不足六小时，时间一长怎能扛得住？他在情感上认了小蒙是他的情人，至少是他的亲人，舍不得拿重话来说她。换作别的吧女，他早就会斥责一句"你找死啊！"。

小蒙好像看出来李三的想法，捏了捏他的手，轻声说："老爷别担心，我会照顾好自己。"接着她就换了话题，"我老公也来杭州了，和我在同一个小区上班。他做保安，不过以后他要往'管家'那个位置去争取。"

"这样好。小夫妻一定要在一起过，这可是最聪明的生活之道啊！实在郁闷了，什么好事都没遇上，亲热一把，心情就会好些。"

她带点淫笑说："我懂的。"

"那，他现在让你摸了吗？"

"让摸了。"

"可你这手还是有点粗糙的。"

"那也让摸了。"见李三有点疑惑，她解释说，"他心里明白，不让摸，我干活就没劲。"

"你个小骚货！"

李三笑了。其实这一瞬间，他忽然妒忌了一下那位老公，凭啥他能娶着小蒙这么好的女人？

"可是小蒙啊，我对你有点生气。"

"老爷生啥气啊？"

"过'六一'节那回，我给你两个孩子发红包，你偏是不领取。你这种态度，以后也别叫我'老爷'了。"

"老爷我错了，下回一定改。"

可是到了中秋节，李三又发了红包给小蒙，她还是不领取，然后见着李三，又认错，又说下回改。这样几回下来，李三终于明白小蒙是不会收他的红包的，但也不会跟他讲什么堂而皇之的道理。横竖她一认错，李三就拿她没啥办法。

不过李三送她孩子的书，《少年百科全书》之类，小蒙倒是收下了。

李三则是一次次地收下小蒙从老家带回来的土鸡蛋和土菜干，还有芝麻油。

16

放暑假前，李三被叫去学院开会。

办公室发的通知没有说清楚，结果是让李三来回开车八十公里去参加了一个主要讲科研经费报销事宜的会。什么可以报销，什么情况可以打什么样的擦边球，什么项目应该用什么说法去巧立名目，还有多开几张发票啦，把固定资产说成办公消耗啦，等等，说穿了都是些揩油、蹭饭、雁过拔毛、"打绿豆儿"的小把戏。可惜呀，无论巧立什么名目，李三都没有一分钱可报销。

这个话题议论完了，接着是管教学的副院长赵一行讲了极简短的几句话，其中说到中文系需要"维稳"，让李三吃了一惊。

会议完了，他忍不住问赵一行中文系出了什么事？

赵一行说有多达六十多个学生提出要转专业。

沈院长打断他，说学院不会让那么多人转得成的。

李三说："想转又转不成的学生，必定心情不好。"

赵一行又说："今年中文系行情大跌，学院计划招生九十名，却只有二十多名考生报了志愿，等于是中文系这一届连一个班都凑不齐。中文系的老师人心浮动，有的已经离开，有的正在打主意挪腾自己到学校的其他院系或部门去。"

沈院长再次打断他，说李老师不常来，很想听听你对学院的办学前途有什么想法。

"有报道说，今年高考有超过一百万学生弃考，占全部考生的十分之一强。"李三半认真半开玩笑地说，"我们要想办法从外国去弄

来更多留学生以填补流失掉的百分之十才好。"

赵一行说："开发潜力比较大的是非洲。但非洲人太穷。"

小孔插话："其实出来留学的非洲孩子家里都是蛮有钱的。"

李三说："约莫非洲的高官，还有那些最富有的酋长们的孩子，一般都是去欧洲留学的。往下是县长的孩子，来中国上北大、清华。我们学校就更往下了，只能多招些乡长、村长的孩子。"

沈院长问他："你的写作班情况怎样？"

"要我说实话吗？"

"那当然，李老师放心说。"

"一届不如一届啊！"李三说，"前面的几届学生，他们听得进我的话，不像现在这些学生偏要瞎写什么小说，他们写的都是散文，还有少数影评、读后感之类的议论文。写得好的，我都推荐给报纸、杂志，已经累计发表了七十多篇。尤其是那几届，从来没有人逃课，偶尔有事都跟我请假。可是这两届，没有一次我给他们上课是没有人逃课的，学生从来没有到齐过。"

看沈院长的表情，她其实是早就知道而今的学生们是这样的，这会儿却还是表现得有些惊讶。

赵一行打岔说："学校正在组建一个新学院，叫国际教育学院。"

李三也不想再说正经的了，打趣说："这个学院有点牛，可以简称'国教'呢！"他还权当沈、赵二位是校领导，建议把中文系并到"国教"去，"既然中国学生不想学中文了，那就让外国学生多学点吧。"

下午，他给写作班上了本学期最后一次课。

只有五个女生来上课，而且其中四人都没交文章，所以他一进门她们便提议今天主要想听李老师聊聊人生的话题。

不过第一节课她们还是提了几个写作上的问题，怎样考虑人物关系，以及"悬念"怎么理解。

他告诉她们，人物关系背后是角色关系，这是更重要的。有的小说，人物之间没啥关系，可能是临时凑在了一起。但他们之间必有角色关系。首先，角色不能重复。你们读过《战争与和平》吧？那里面有那么多角色，没有一个是重复的；其次，角色之间互相对比、衬托，是角色的核心功能；再次，特定的角色担负着某种特别的功能。在《堂吉诃德》里，堂吉诃德是骑士、封建领主，潘丘是他的仆从，这是他俩之间的人物关系。另一方面，他俩又是彼此的"话搭子"。这一点在影视作品中尤其重要，不然就只能让堂吉诃德老是自言自语了。

说到"悬念"，他对学生们引述了悬念电影大师希区柯克曾经对法国大导演特吕弗说过的一段话：像我们现在这样，正在闲聊的时候，假设桌子下面有一枚炸弹。起初什么事也没有发生。然后，忽然间"轰"地炸响了。观众吓了一跳。现在，换成一个悬念的情境：观众知道桌子下面有炸弹，还知道炸弹在某一设定的钟点会爆炸。壁炉上面还有一口钟，指针指出还剩十五分钟了。然后，我们这样聊天就变得有趣了，因为观众已进入剧情，会很想警告剧中人："你俩不要再聊这些鸡毛蒜皮的小事了，桌子下面有一个炸弹就要爆炸了！"在第一种情形中，我们可以给观众十五秒钟的惊吓效果。但在第二种情形下，我们为观众提供了十五分钟的悬念。

李三说："从希区柯克这段话我们可以得出结论，悬念是为观众设置而非剧中人物的。人物不知情，而观众知情，因此为人物的处境着急，这才是悬念的成功。小说也是这样，让读者感到意外不算悬念。悬念悬念，要'悬'起来才好，也就是让读者的那份惦念一直惦记着，直到作者最终把结果或明明白白或通过暗示交代出来。"

从第二节课开始，李三和学生们闲聊人生。

先是有学生汤薇问："李老师，你认为一个人赚多少钱才算赚够了？"

李三说："这样的问题没法具体回答，只能说笼统的，就是当你赚到的钱足够你满足基本需求，另外还能支持你去实现你对美好事物的向往，在我看来这就够了。几年前我曾读到过一篇文章，说的是一对四十几岁的德国夫妇，他俩经过仔细算账，认为现有的积蓄已经足够他俩过自己想要的生活而且足够过到一百岁，他俩就提前退休，出门旅行去了。"

不过，他提醒学生："算这样的账在德国可行，在中国却麻烦很大，因为中国的未来有很多不确定性，你根本无从判断你已经赚到的钱将来的购买力究竟如何。"

与此相关，汤薇又问了第二个问题，她毕业后是争取留在大城市，还是回到家乡的小县城去？

李三说："大城市的好处是机会多，上升的空间大。但依我看，你们都是很平常的孩子，学的东西也都是很普通的，我也没有看出你们哪个有什么特别的才干。所以，大城市的机会多、空间大，暂时对你们来说没啥意义。你在大城市安家，即使有父母的有限资助，大概率也只能做房奴，而且一做就得做上几十年。做了房奴，大城市的文化、音乐厅、美术馆、酒吧等等，都跟你没关系，因为你没有钱去消费。

"看清了这一点，你还真不如回到你家乡的小城去。那里空气新鲜、不堵车、每天花在上班路上的时间很少，这些都构成幸福生活的指数。尤其是，那是你的家乡，留存着你的许多记忆，你在那里有亲友圈，有小学、中学的同学，说不定还有暗恋过你或者被你暗恋过的男生，因此你很'接地气'。我小时候生活在杭州的九溪，钱塘江边，大学毕业后我去富阳工作，在富春江边。这是同一条江，让我很快就接地气了。你们若是回到家乡，接了地气，勤奋上十年，或许会有所成就，地气换来了底气。到那时，有了底气，你可以昂首阔步，再回到大城市来找你的机会，拓展你的空间，那样不好吗？"

接着，由徐亚芳起了头，女生们要求李老师和她们聊聊婚恋话题，而这也是她们最感兴趣的。

他先问她们有男朋友没有，她们都笑而不答，却反问他应该找什么样的男人？

他笑着告诉她们："十几年前，我大女儿田桑也曾像你们这样反问我同样的问题。"

那年夏天，念完大一的田桑从成都回家来过暑假。有一个下午父女俩聊天，李三问她找男朋友了没有？

她说还没有。

田桑从小学五年级开始基本上是跟着李三长大的，因为她母亲是个事业心很强的女人，那时已经满中国东奔西颠了。在那些岁月里，父女俩早已养成一种默契，就是彼此坦言，有啥说啥。

当田桑那天下午告诉李三她还没有男朋友，他相信这是真的。本来这个话题就没啥可说的了，但他从女儿的眼神里看出来，即使还没有男朋友，她也希望提前从他这里得到一些说轻了叫提示说重了是教诲。于是他鼓励田桑说，下学期你就念大二了，可以找男朋友了，我和你妈妈就是大二时好上的。

一听这话，田桑就顺杆子上了，问他什么样的男人才算好，可以交朋友？

这么大的问题，李三一时很难回答。

"我从不回避田桑的问题，"李三此时对学生们说，"就像我也从不回避你们一样。"

考虑一阵之后，他对女儿说，好男人主要是两条，一是有责任感，二是生动有趣。

田桑一有机会就要揶揄父亲一句：爸，你这不是在说你自己吗？

李三说，你严肃点，我说正经的呢。

后面这条容易说，他就先说后面这条。其实你找的男人是否生动有趣，本不关我的事，那是他能够吸引你的一个卖点。一个男人闷得很，三棍子打不出一个屁来，不用我说，这样的男人你李田桑也不会喜欢。

他还想再发挥几句，先端起放在讲台上的保温杯喝了一口咖啡："事实上，全世界的女孩都喜欢说话风趣、侃侃而谈的男人。结果，她们当中的许多人都上了当，成为男人噱头的牺牲品。你们是不是也想到过这层？所以有时候反倒会对噱头很好的男生加倍警惕？"

女生们笑了，看上去还都有点体会。

"可是啊，放眼望去，古往今来的女孩们终究还是着迷于男人的风趣、风雅甚至风流，为此前赴后继，像飞蛾扑火一样地情不自禁。女孩是飞蛾，男人的噱头是火焰。火是极乐，火也是陷阱。再往深里说，难以抗拒的异性吸引天然地来自对方的精彩表现。什么是精彩表现？就是遗传密码中要它那样做的指令，雄猴是撅起它通红的屁股，山羊是跟兄弟打一架来显示它的强壮，鸟类是展开它绚丽的尾翼，我们男生则主要是通过语言表达向你们女孩展现他的机智、幽默、绵绵情意、体贴入微等等。这其实都是生物最本质、本能的真爱表达，绝非我们一般讲讲的'噱头'能笼而统之的。"

下课了，李三让学生们消化一下，自己去办公室抽几口烟。他注意到他办公桌上的烟灰缸，那里面斜搁着一支他上周三在这里抽的烟。其实是忘了抽的烟，很完整地燃烧殆尽。平常人们总觉得烟灰这类东西很脆弱，没想到整整一周了，它还那么斜挺着，完整无损。他用手机拍了照片。

回来接着说责任这条。

"能负责任，说来就复杂了，因为一个人有方方面面的很多责任要负。譬如我，给你们当老师有当老师的责任，作为我妈的儿子我有常去看她、陪她聊天的责任，对老婆我得尽到老公的责任。"

那个下午他对女儿说，你爸没有赚到很多钱，在养家糊口方面尽到的责任不算很充分。现在有些男人很会赚钱，这应该看成优点。他一年赚了一百万，不算少了，蛮好。但假如他自己就花掉了九十九万，剩下的不够养家糊口了，要讲责任感他就不够格。这样的男人你不能要。

"还有更要紧的，是能够对自己负得起责任。那个下午我还对田桑说，一个男人的底线是自己能承担起自己所作所为的后果，无论怎样都要打包带走。当然我们也可以再要求得更高一些。对一个男人最高的期待，我在许多年前曾面对一位老同学的提问，回答了八个字：'有胆、有识、有情、有义。'我跟老同学说，做到这八个字很难很难。你我共勉吧。"

田桑继续顺杆子上，认真问，我要是交上了男朋友，我能把他带回家来吗？

李三说当然可以。

这话他说得轻松，但接下来就分量重了。他估计田桑母亲从没跟她谈过这方面的话，不得不由他来对已经成年的女儿讲讲。他说，你若真的爱上这男孩，两情相悦，情不自禁，你和他同居我也没有意见。只是，你要学会避孕，注意保护自己。

话说到这个份上，田桑就完全敞开了。她又问，万一我和他好了一阵，却好不下去了，那该怎么办？

李三说，那就分手，不要死缠烂打。

许多年来和女儿聊天已经让李三形成了一种反应模式，就是女儿一旦真正想从他这里汲取经验和智慧，到了这样的语境，他便立刻思路极佳，言语犀利。那天下午他送给田桑三句话，总共十二个字：勇于实践，不怕失败，卷土重来。

接下来他分析说，首先，勇于实践，是一切真正意义上的两性之爱的开始。我从不相信仅凭言语再加上送花、送巧克力这些小把戏就是真爱，虽然广义上讲你爸就是吃言语饭的。言语都是经过脑子编织过的，既可以包含很多真情，也可能携带大量谎言。你怎么去甄别呢？用言语甄别言语？就像许多年轻恋人没完没了地试探对方考验忠诚那种斗心眼要贫嘴的做法。你千万别相信你有这种能力。你没有，你爸也没有。唯一的办法就是实践。爱不是空想，不是纸上谈兵，你不和一个男人上床，你就永远不知道他究竟是不是你的菜，因此勇于实践是你获取真爱的必经之路。

但是我们也明白，既是实践，就有失败的可能。越是勇于实践，失败的概率就越大。在这件事情上没有人能向你拍胸脯担保你一定成功。有些女孩子一旦失恋了，就自艾自怨，说自己受伤了，吃亏了，被男人占便宜了，甚或表现得像个怨妇，咒骂世上的男人没有一个好东西。要我说，你受什么伤了？那只是一种文学表达，是你自己那么想想的。我们做人要诚实，当初你那么喜欢他，和他上床你就没有得到一点快乐？你不要耍赖嘛，只讲你受了伤，不提你曾经快乐过，那不合情理，不实事求是。

生活在当今这个社会，你一辈子结几次婚离几次婚，你爸都不会感到意外。唯有你一旦失恋就一蹶不振，从此放弃了追求爱和幸福，那才是让你爸最痛心、最不愿看到的。为此我就送你第三句话：卷土重来！

李三对学生们说："那一年，正值我人生中的低潮期。田桑的母亲那时虽然已和我离婚，仍然很关心我，就怂恿田桑利用国庆长假拉我去九寨沟玩。田桑订好了旅行社，我和她母亲分别由杭州和北京飞去成都会合，三个人一起去了九寨沟。"

从九寨沟回到成都，李三和尹芬住到田桑就读的学校的宾馆。那天晚饭尹芬做东，田桑把同寝室的室友全都请来了。席间，她的一位室友对李三表示非常羡慕田桑，因为她虽然还没交男朋友，她爸爸已经给了她很宽松的"政策"了。而说这话的女孩，还有同桌的另一个女孩，她俩已经有了男朋友，却一直不敢让父母知道。李三听她这样说，不由得看了田桑一眼，明白了，她一准是对他在暑假里和她讲那些话很认同也很得意，开学后回到成都就对室友们说了。

田桑有很大的自由，却并不急忙去用。第二年的暑假，李三应邀去新疆伊犁做事。在征得制片人的同意后他带上田桑一起去了。父女俩总共在新疆待了半个多月，聊天很多了，他知道田桑仍旧没交男朋友。

李三提醒一下学生们："你们回家跟父母说，这种事不能催。催了也没用。"

直到田桑大四那年的寒假中，有一天她忽然告诉父亲，她要去上海浦东机场接男朋友。

他一时有点蒙，慢慢听田桑讲她刚交上的这个男朋友。他叫格桑，是个藏族青年，家在四川阿坝。六年前格桑十六岁，千辛万苦偷越国境到了印度，在那里学了几年英语和佛学。田桑和他是在网上相识的，居然一拍即合，格桑六年来第一次回国，要来杭州看田桑。

李三说，你让他来我们家我没意见，可你何苦跑到浦东去接他，

是不是太把他当什么了？

田桑说，格桑的普通话很差，凭他自己恐怕很难找到我们家来。

第二天，田桑带着格桑回家来了。

这男孩个头跟田桑差不多高，一米七左右，人看上去很精干，肤色深些，相貌蛮帅。尤其他的神情很让李三钦佩，小小年纪就这么安详、镇静，不卑不亢，面对陌生的事物毫无一惊一乍的神色。

他是田桑第一个男朋友。他俩同居了，就在田桑的房间，每天进进出出。

格桑很勤快，不卑不亢却也很有礼貌，和田桑以及李三相处得不错。

一周后，格桑要回阿坝，这是他六年来第一次回家。田桑则去了北京她母亲那里，打算到"新东方"进修英语，因为按照她和父母商定的安排，明年夏天她本科毕业后要去美国读硕士。

"我只见过格桑这么一回，后面的故事都是田桑讲给我听的。"

格桑回到阿坝老家，才知道他姐姐已经嫁人，父亲则欠下别人两万块钱。格桑觉得替父亲还债责无旁贷，于是让田桑通过她母亲在北京找了份工作，为的是赚钱还债。他的藏语和英语都很好，找工作不成问题。

问题是田桑要过生日了，他送田桑的第一份礼物该送什么？田桑虽不是富贵人家的小姐，却也是从小见过许多世面的，有什么礼物能打动她呢？

"我曾问过许多年轻朋友，你们猜猜看，格桑送田桑的第一份礼物是什么？结果没有一个人猜到。我现在问问你们，猜猜看是什么？"

学生中有人猜是手机，立刻就有同学反驳说手机太容易猜到了。又有人猜是iPad，但话一出口就被自己否定了，说格桑要替父亲还债，应该不会买太贵的东西。

　　"算了，告诉你们吧，田桑收到她第一个男朋友送的第一份礼物，居然是一条小藏獒！"

　　学生们很惊愕。一个女生悄悄说身边的另一个女生："你就别想这个了。你男朋友可以从海边给你带一个海螺壳来，那也不错。"

　　被调侃的女生拿臂肘顶了她一下："滚一边去！"

　　如此另类的礼物，如此来之不易，田桑的欢喜可想而知。

　　后来李三和尹芬曾私下议论说，这个格桑真是一根筋。藏獒在他的家乡不怎么值钱，他是问亲戚要来的，但这东西一旦被他坐火车偷带到了北京，少说能卖四五万块钱。格桑要是把小藏獒卖了，足够替父亲还债，他就不必在北京打什么工了。不过话说回来，一根筋的格桑即使知道这个行情，也一定是这么想，小藏獒是他送女朋友的礼物，怎能卖了换钱？

　　得知他俩相爱日甚，李三那时既高兴又担忧。高兴的是女儿有了男朋友，担忧的是她若昏了头，说不去美国念书了，格桑去哪儿她就跟着去哪儿。

　　尹芬也很担心，打电话给他，说田桑一向很听你的话，你一定找机会跟她谈谈。

　　机会出现在五一长假，田桑回杭州来看他。那天，父女俩去西溪湿地游玩，慢慢走，慢慢聊，时间很从容。而其实，那是他们父女相处二十多年来最沉重的一次谈话。他知道田桑在热恋中，千万不能讲格桑不好。万一谈崩了，依田桑那么独立的性格，她真会不顾一切跟格桑走的。再说事实上，格桑淳朴、勤劳、不曾沾染恶习，烟酒都不碰，的确说不上他有什么不好。尹芬曾告诉他，据她的观察，格桑稍微有那么一点儿大男子主义。可这在很多中国人眼里根本不算什么毛病，

李三的朋友中超过九成都是有点大男子主义的。

漫步在西溪湿地的幽静小径上，他很真诚地对田桑说，格桑是个好青年，像他这样的男孩而今不多了，我很高兴看到你们相亲相爱。可是，你也不要忘了你对我、对你母亲的承诺。你有你的人生道路要走，就是去美国念书。格桑要是真的很爱你，他应该赶紧到印度去，再从印度申请去美国，那是很容易的。如果是那样，格桑追你追到了美国去，我会毫无保留地支持你们相爱下去，结婚生子，白头偕老。

田桑阴沉着脸说，格桑不会去美国的，他一心只想去西藏，和他的同胞在一起。

李三说我理解，他是个男子汉，他意识到要为他的同胞做点事，他有这方面的责任感。那是他的事，我们改变不了他。但是，你也有你要做的事，你也不要轻易改变自己的选择。没有人可以替代别人去生活。真正的爱不是一方为了另一方放弃自己，而是殊途同归，命运让他们走到一起去了。你们现在各行其道，都是在担当各自的责任。假如命运有一天让你们殊途同归，那就一起走下去。如若不然，你俩就做朋友，彼此遥祝幸福。

他成功了，女儿接受了他的劝告，如期去了美国。

此后她和格桑保持了很长一段时间的联络，然后渐渐地淡了。

"就像有一晚我在酒吧听到两个女孩聊天时说的，两地恋，终究是要么结束两地，要么结束恋。"

再后来，田桑遇上了瑞恩。

说完这些，有学生提问："找到了能负责又生动有趣的男朋友，就一定能和他有美满的婚姻吗？"

李三说："找到了这样的人，只意味着你可以和他开始了。别忘了这仅仅是开始。好婚姻不是找来的，是一天接一天、一年又一年过出来的。"

又有学生问："为人妻，应该怎样做？"

他再次搬出田桑来说事，告诉她们，2009 年他去美国参加田桑的婚礼，回国前和田桑谈了一番话，说你现在为人妻了，你要珍惜你的婚姻，最重要的一条就是摆正各种关系。具体说，就是老公第一，孩子第二，你爸心甘情愿做老三老四。

老公第一，把日子过好，还需要有情趣和技巧。李三说了他的一位富阳朋友文骏的例子。文骏经常去越南出差，这期间他和老婆经常通过微信打情骂俏，譬如几天前他在微信圈发了一张照片，是他在越南养的信鸽。下面他老婆就跟上一句："情书来一封呀！"他回复老婆说："一封信飞到富阳三个月。信还没到我人就到了。"

李三说："我很喜欢看他俩的打情骂俏。这是生活的艺术，是婚姻中最可贵的生气勃勃的能量。"

说是这么说，他其实不相信她们能真正听懂他的话。她们是被手机陪伴、被微信滋养、被游戏熏陶、被网络格式化了自己的一代，以此构成了她们对真实世界的虚拟认知和符号化情感，离实际的人生非常遥远。她们的注意力涣散，一天三个主意，做事没长性，把任性当作有个性，把无厘头当作道理。

17

阿沫总算让他有个新家了。

在醒酒屋刚起来，她就来电话要李三去一趟"人和家园"的新家看看，她已经都搬好了，他看看还有什么不妥之处。

进了新家，他第一眼看到伏在凳子上的胡安。他有大半年没见到它了，这期间它跟着阿沫住在她娘家。没过十分钟，胡安就完全恢复了往日与他的亲近。

傍晚前，李三去厨房泡咖啡，顺便给胡安的猫食盆里加了些猫粮，有几粒落在了猫食盆外。胡安过来，先把落在外面的几粒吃了。有两粒紧贴墙根，它还很费劲地用爪子扒拉出来吃。胡安总是先把落在猫食盆外面的猫粮吃掉，他观察到它这样做很多回了，其中有什么道理，他还没想明白。

大半年睡画室或醒酒屋，今晚总算睡了自己的床，颇有一种重新找回了老情人的感觉。

其实没睡好，一会儿嫌空调太冷，一会儿又觉得肚子饿了。他起来给自己煎了三个荷包蛋吃了，再次躺下后又听到肚子里咕噜咕噜地很忙碌。

睡不着，他又起来写文章，是答应人家的短文，今天该交稿了。他此时看到的是胡安跳上他膝盖蹲着，可人家要求他说说文学作品是怎样写狗的。

　　我念大二的时候，一九七九年，差不多先后读了两本写狗的小说，杰克·伦敦的《荒野的呼唤》和苏联作家加夫里尔·特罗耶波尔斯基的《白比姆，黑耳朵》。

把这两本小说对照起来读，给了我在那年夏天最大的阅读乐趣。

一条美国的宠物狗巴克，不幸被人拐卖到阿拉斯加的荒原去拉雪橇，它懊恼着，同时经历着磨难，一波又一波，终于让它对充满奸诈、歹毒和冷酷的人类社会彻底绝望，不愿再与人类为伍，毅然走向荒野，回归它的自然本性，成了一条狼。

读到这里，我极度兴奋，大大地为巴克喝彩：它挣脱了人类为它培育出来的"狗性"的囚笼，赢得了自由。

美国的狗让我想起了一个美国人，写《瓦尔登湖》的梭罗，他这个文明人有一天独自去了荒无人烟的瓦尔登湖畔，给自己造房子，种瓜种菜，自给自足，自由自在……

可是读《白比姆，黑耳朵》，却让我极度沮丧。这条苏联的小白狗，长着一只黑耳朵，聪明，伶俐，善解人意。主人伊万因战争留下的创伤复发，被送往莫斯科治疗，只得把比姆只身留在家中。接下来它开始四处寻找主人，跑遍了主人曾带它去过的所有地方。在这个过程中，比姆遇到了形形色色的人，经历了种种悲惨遭遇，最后被凶狠的女邻居诬告为疯狗而被抓上囚车。当伊万打听到比姆的下落，急忙赶去营救时，比姆已经怀着对自由的渴望和对主人深深的思念，把自己撞死在囚车中。

苏联的狗是这个命运，受尽虐待，死于囚车，令人心碎。

与巴克由"狗性"走向"狼性"的历程不同，比姆在苦难中依然保持着它的善良的"狗性"，忠诚、真挚、忍让、大度、勇猛、机敏……

苏联的狗还能怎样呢？

写完文章，把邮件发出去了。没标题，留着让编辑自己去加。

然后他重新上床睡觉。

入睡前，他想起昨晚在"猴吧"跟佳丽说："很久以来，我一到酒吧坐下，肩膀和后背就开始隐隐地酸疼。而在画室画画，从来没有这样的情况。干活的时候我都是好好的，一旦泡吧，要享受了，毛病就来了。"

佳丽应付他一句："李哥是说你命不好？"

"不是的，是给我自己做个分析，为啥一泡吧就腰酸背痛了？因为泡吧的时候我放松了。精神放松了，身体就出来说话了，这话语说的就是腰酸背痛。这个道理拿来说喝酒也一样。放松地喝酒，喝到某个程度身体会告诉你不能再喝了。其实放松的状态里面就包含着有节制。放松就是不勉强，说到喝酒上，就是不拼酒，不吹瓶，不做那些在中国人的酒桌上经常可以看到的撒气、斗狠、逞能。而要真正做到有节制，其实就是放松，不勉强，听自己身体的。这个节制来自于你身体内在的约束，而不是像遵从医嘱那样听别人的。只要你能经常让自己处在那种放松的、舒展的或者说到底是自在的状态，你一定能听到你身体内部的各种声音，你就老老实实地让你的身体来节制你吧。那种时候我就听从了身体的话语，买单回家了，所以你们从来不会看到我喝醉。为啥有些人动辄喝得二糊滴答？原因不外乎两种，要么是他喝酒不放松，很勉强，听不到身体的话语，就那么稀里糊涂地喝醉了；要么是他明明听懂了身体的话语告诉他不能再喝了，他还偏喝，偏要逞能。那叫放纵、放肆，最终放倒了自己。所以呀，要放松，可不是放纵。二者差别巨大。"

他说了那么多，晓得佳丽并没有在听他，就当他是在自言自语。

迷迷糊糊地，他忽然想到一个科幻兮兮的情景，那样眼睁睁看着街上有个人提着一个方形的金鱼缸往前走着。鱼儿在鱼缸里，却好像是在空气中游动，因为那鱼缸的玻璃和里面的水是完全隐形的。冯韬说，这个很有画面感，拍成电影什么都不用说。要是作为一部电影的开头，观众一定会惊诧一下，在没有弄明白为何金鱼会那样游动在空气中，而且就在他眼前那样一路向前移动之前，一定好奇心满满的。

第二天中午起来，在家吃了午饭。这也是大半年来头一回吃上阿沫做的饭菜，虽然只是番茄炒蛋、开洋西葫芦和一碗冬瓜汤，却吃得很香也很下饭。不过李三还是劝她大热天的不必把买菜、做饭太当回事，至少晚饭他仍在龙坞随便吃点，那样可以多点时间做事。

今晚是这届世界杯的揭幕战。城西古墩路上一家挨着一家的酒吧，这会儿人气爆棚，家家客满。

离揭幕战开赛还有三四个钟头，"猴吧"里已经有几个年轻人开始大呼小叫了。因为嫌吵，老虞从他的老座位移到离那两堆闹客远一些的位置，忍受着音量稍稍减轻了一点的搅扰。好在他平常也不怎么爱聊天，他们的吵闹对他影响还不算太大。

王也和阿斌却受不了吵闹而撤离"猴吧"，转到宋芳和珍珍合伙新开的"憧憬"去了，那里客人稍微少些。他们转移得很及时，前脚刚走出，后脚就有那个认真以为所有男人都迷她的丽丽进了"猴吧"，而且就坐在吴进的近旁。这下吴进不得不撇下两位同事也转去了"憧憬"。

吴进对王也和阿斌说起他中午看电视新闻，话题是眼下很红火的买卖"关键词"的生意。一个现身说法的当事人，说他跟某网络公司买下了"杭州美容"这个词，花了四万九，不是"一字千金"而是一

185

字万金还不止了。接下来这人就每天接到若干个电话，问他是否买了"杭州美容"，肯不肯以二十万转让他人等等。这些电话来自全国各地，不由得他不动心，觉得这"关键词"生意很有市场规模了。接着，他又接到一个电话，是开办在济南的另一家网络公司打来的，说你这个"杭州美容"尚需经国家注册、实名登记等等，这样开发过之后你再转让，最高可以卖到五百万。于是此人就去了济南，记者也跟着他偷拍了人家继续诓他的整个过程。

"这人还算觉悟得早，只被骗去四万九。接下来另一个受骗者，长沙的张先生，累计被骗去了两三百万，才叫惨呢。这张先生买的是'海南劳务'，此后就一而再再而三地继续给一家家号称的高科技企业投钱'开发'，拿到了许多证书，还列了一份账单，他都一一在镜头前展示。他说什么都拿到了，可就是没拿到一分钱。后来主持人请来一位专家评说，认为这样买来的关键词分文不值，因为卖给你这个词的其实是很小的小网站，网民基本上搜索不到它那里去，即使让你'置顶'你也没啥广告效益。"

王也说："我们也不要拿这事只当笑话讲。不容易啊！十四亿人要讨生活，都想过得好，唯一让人有盼头的，只能是我们不仅要做好实实在在的生意，还一定要从没有生意的地方做出生意来。譬如，本来我们大家都喝自来水，就只有自来水公司那么一点儿生意。后来把水源给污染了，我们都不喝自来水了，'娃哈哈''农夫山泉'们就卖给我们桶装水喝，他们都发了大财。"

吴进说："马克·吐温的小说《镀金时代》，那里面有个故事说，纽约原本没有老鼠，也没有卖老鼠夹的。后来几个坏蛋从欧洲运来一船老鼠和老鼠夹，到了岸，他们趁天黑先把老鼠偷偷放了，第二天一早就开始卖老鼠夹，一桩生意就做出来了。"

聊了一会儿，吴进因两位同事仍在"猴吧"，想再转回去看看，可不一会儿又回来了，说那里吵闹依旧，不堪忍受。又过了会儿，两位女客汪曼和韩琴转去"猴吧"看了看，回来告诉王也他们那里几乎要打起来了。有三个人，还是一伙的，不晓得为啥吵架了，砸了酒瓶，把酒溅到了别的客人身上。

午夜之前冯韬来了。吴进说你今天下班早嘛。冯韬说今天是下班后老板让员工们看一本以斯诺登的故事改编的电影，他没看完就溜出来了。接着他们就议论了一会儿斯诺登。

阿斌说："这个斯诺登当初应该留在美国受审，一审审上三年五年，频繁上电视，那样他倒真有可能成了英雄，至少可以网红许多年。结果他逃到俄罗斯避难，不承想俄罗斯把他冷藏起来了，只准他待在冰箱里，要自由没自由，要热闹没热闹，就这样把他废掉了。至于他揭露的美国窃听欧洲盟友那些事，长远看也没多大意思。虽说默克尔、奥朗德他们抗议了一阵，很快就偃旗息鼓了。其实大家都是心知肚明的。我可不信在斯诺登爆料之前默克尔、奥朗德他们会那么天真地以为自己没被窃听。"

王也说："我甚至觉得，国与国之间，政府与政府之间，互相窃听，没准倒是件好事。彼此都没有秘密了，彼此就不会发生误判，也不会有不宣而战、突然袭击这种事。当年斯大林要是窃听了希特勒打给他的将军们的电话，提早知道了德国会进攻苏联，他就开始战争动员，并且告诉希特勒说我知道你要打我了，让希特勒明知占不到突然袭击的便宜，他或许就要犹豫一下了。尤其是日本，要是山本五十六的舰队在开往珍珠港途中得知美国人已经窃听到他偷袭珍珠港的计划，他就只好打道回府了，太平洋战争或许就打不起来，或者至少不是这么个打法。"

总算熬到了凌晨两点，巴西队和克罗地亚队的比赛开始，那些过早兴奋的球迷一个都不见了，剩下来的倒是真正对看球有兴趣的客人。

直到这时候，他们才注意到李三今晚居然没在这里任何一家酒吧出现。

冯韬说："李老师怎么可以不来看球？太自由散漫了！"他要王也发微信把李三赶紧忽悠过来。

王也发了微信，但好一会儿没有得到李三的回复。

18

李三在龙坞，没去酒吧看球。他本以为按照王也教他的办法，下载一个什么软件，他就可以上网看球赛了，可是弄了半天，球赛已经开场了好一会儿，他还是弄不好。这个时候再去城西，只能看下半场了，他觉得不划算。

他又去了转塘，还想再找那个河南女人给他做按摩。

到了那店里，老板娘告诉他河南女人不做了。

"不做了？回河南了？"

"不会吧，应该还在转塘。"

"怎么说不做就不做了呢？"李三嘟哝着，很失望。

"我这里的客人都不喜欢她，业绩就做不出来。"

河南女人不做了，其他按摩女今晚都在忙，老板娘要他等半个钟头。

等等吧，他坐到前台边一张沙发上，点上烟。面前就是电视机，他心想就在她这里看世界杯吧。巴西对克罗地亚的球赛还在继续。

"看起来，你这里生意不错呢。"

"还可以，都是老客户。"

"好像人手还不太够。你要是再多招两三个，我就不必等了。"

"老板说得轻巧，招人哪有那么容易啊！工钱提高了许多，还是招不到人。"老板娘说，"我就不懂了。都说我们中国人多。早几年也真是很多。可是一下子，人都不见了，都不晓得躲到哪里去了？"

李三想起猴子也说招不到吧女。

叶子回诸暨相亲，很可能下个月不做了。在不到半年的时间里，吧女们在"猴吧"来来去去，到头来除了拿干股的姗姗和还在和王也的朋友暧昧着等待结果的佳丽，其他一个都没留下。她们都嫌猴子给的工钱少，可猴子说她们每人每月做到一万块营业额就能拿四五千呢。

接着他就给李三算了一笔账：在一万块营业额中，至少三分之一即三千多块是货款，这是硬支出。某吧女拿去四千多，那么剩下来只有两千多一点。他还得付房租、水电费，最后就所剩无几了。他的店要是还有利润，其实是靠他自己陪酒的这部分赚的。吧女们的业绩几乎没啥赚头，只为跑跑量。因此她们嫌工钱少让猴子觉得十分委屈。

李三说："你没搞清楚一个状况，就是来你'猴吧'做过的吧女，如今她们眼里的收入尺寸是朝夜场女看齐的。为啥同样一个玲玲现在看不起你了？她在夜场耳闻目睹，都是有钱人一晚上消费了几万几万。一个人要是经常这样旁观别人大进大出，她必定受到影响，对钱的概念难免就通胀起来。

"还有，在对待吧客中的单身男人的做法上，她们显然比当年'珍妮吧'的80后吧女更骚、更露骨、更迫不及待。当年在'珍妮吧'，老板娘立下规矩，你小雅今晚陪李老师喝酒、聊天，你就陪到底，不能半途撇下李老师去跟别的客人泡，哪怕李老师上了年纪，长得也不帅，你对他没啥想法也不会有啥名堂。你来酒吧是做服务员，不是来这里找老公的。哪个帅哥喜欢你，你有本事勾搭上他，等明晚再说。明晚李老师不来了，或者那帅哥来得比李老师早，他就归你泡。我们都晓得'珍妮吧'也先后有过几个吧女是在酒吧相亲相上的。但酒吧首先是工作场所，泡男人充其量只能算副业，这在'珍妮吧'时代城西所有酒吧都是这样的。

"可如今，在你'猴吧'，依我看那些吧女只把你这里当作泡帅哥的平台，一见帅哥来了，马上就抛开我这样的客人转移过去，还常常没到下班时间就跟着帅哥出去吃夜宵。那个叶子，用郝青的话说跟我'吊膀子'不几天就去泡卢俊了。等到晓得卢俊只想跟她玩玩，并不想跟她再进一步，她又转向冯韬的一个叫啥名字的同事。那年轻人后来晓得她有孩子又不跟她好了，她只好再听任亲友安排她相亲。她们满脑子都是泡帅哥、嫁老公的念头，而且眼界都很大，你猴子给的这点工钱她们看不上眼。你猴子脾气好，人缘好，能认点亏吃，大事化小，这是你能够做酒吧的一大优势。可是你动辄去花吧女，这里捏一把那里摸一下的，就很难再管理好她们了，这又会让你把生意做败。说白了，你对付女人除了鸡巴硬别的什么都软！"

王也打圆场："也不能全怪猴子。平常听人说'时代'不'时代'的，你听了毫无感觉。可这就是时代啊！这些90后、95后的女孩就是跟80后的太不一样了！她们不但更功利，还更如狼似虎！"

猴子说："所以我要变变思路，再也不招这类女孩来做了。我打算到劳动力市场去转转，看看能不能招到几个三四十岁年纪的女人。那种年纪的女人往往有孩子，养家糊口压力大，会比较珍惜饭碗，也不太会有泡帅哥的念想，那样会比较稳定。"

王也为猴子出主意："你应该学学'情缘'的梅子，她那里的吧女差不多都是她从老家带出来的，很抱团，稳定性比你这里好太多了。"

猴子无奈地笑笑，说："实不相瞒，我在家乡名声不好，不会有什么人家肯把女儿交给我带出来。"

另一晚，猴子则是对李三抱怨说："来我酒吧的客人八成是为泡妞而来，剩下的两成，是来借酒发泄……"见王也想说什么，他又赶紧纠正一下，"你王爷、李哥、韬哥，你们几个是例外。"

李三说："你可别这么说我，其实我也是想泡妞的。"

猴子坏笑着看看他，欲言又止。

"你这么看我，我晓得你心里面是在想，李哥就算了吧，这把年纪了……"

"我指天发誓不是这样想的！"猴子急忙辩解，"我是想，李哥泡妞，打个比方说，就是李哥把一袋酱鸭舌外面的塑料包装拆了，里面的酱鸭舌是别人吃掉的。"

王也、冯韬都笑了，夸奖猴子说话越来越像是念过中文系的。

李三不服，说："你懂啥！拆塑料袋才是个好活呢。你们仔细体会体会拆塑料袋的快感，好比你开始脱掉一个女人的衣裳……差不多二十年前我写过一个小说叫《故事里面有个兔子》，里面写一个前度女友数落我，说她晓得我喜欢剥豆子。'是啊，你剥下女人的衣裳，我就是里边的豆子！'当年我在'珍妮吧'泡上裴裴，一剥开豆壳，哇！里面这么精彩！从外面看到的是'沟有多深'，里面果真是'山有多高'啊！"

他们又笑了，说李老师是真的念过中文系的。

换了话题，说起王也这回的美国之行。他带回来一些礼物，就在"猴吧"分送给各位朋友。李三得到的是五支雪茄，他和王也当场一人一支品尝了，还送了一支给冯韬。冯韬说这是王也送你的，我哪里好意思拿？李三说："他送了我，这东西就是我的了，我爱送谁送谁。"

猴子得到了五件衣裳，其中一件蓝色的T恤已经穿上了，上面印着富兰克林的头像和他的一段话，当然是英文的，大意是：啤酒表明上帝爱我们，希望我们因此而快乐。

冯韬说猴子："这衣裳太适合你了，简直就是你'猴吧'的广告衫，以后来了新客人你都要把富兰克林这句话念给人家听。"

此刻，李三在转塘的按摩店看着电视里的球赛，一边想象着那帮吧友在"猴吧"或者"慢吧"看球时的情形，还随口问按摩店老板娘：

"你这里，员工是拿提成的吧？"

"是啊，做一单拿一单，清清爽爽。不过她们有时候也有小费拿，客人爱给给，没定规，我也装作不晓得。"

这样说着话，预想中该李三上楼去的时间到了。可是一个按摩女下楼来对老板娘说客人要加钟，说完又回身上楼。

老板娘抱歉地问李三还等不等？

他想了想，说不等了吧，我过几天再来。

他走到外面，朝亮着几盏路灯的小街和不远处的小广场望了会儿，好像希望看到那个河南女人出现在那里。她应该还在转塘。他曾听她说她老公就在转塘一家木器厂打工。很可能，她白天还是在面馆打工，晚上就去帮老公做烧烤了。帮老公打下手，或者更可能是骑着电瓶车各处送外卖，羊肉串、烤鱿鱼、烤鸡翅，都是喝夜老酒最实惠的下酒菜。她一定闲不下来，她要多多益善地挣钱……

回到龙坞，李三看了一张碟片就睡了。睡下后未能迅速入眠，就去想美国和伊朗打仗的事。一个伊朗旅应该有七八千人吧？食物和淡水的供应量应该不小。从伊朗本土提供补给的航路被第五舰队切断了，那么多官兵哪能不吃不喝撑得下去？下回去转塘不去按摩店了，不如去吃吃烧烤，还花不了几个钱。

就在这时，那只好像应该是在对面家具厂院内的公鸡又开始叫了。李三看了一下手机上的时间，正好又是三点四十分，它准时得很。

想起来小时候看过一本木偶动画片《半夜鸡叫》，说的是地主"周扒皮"每天半夜三更钻进鸡去逗弄公鸡，让它提前啼叫，表示天已将亮，借此驱赶那些睡得正香的长工们下地干活。现在他晓得了，半夜鸡叫，真有其鸡。"周扒皮"若是养了一只对面院子的那种鸡，他也不必觉也不睡，半夜钻鸡窝去捣鬼，那么辛苦了。

19

　　阿沫昨天和薇妮通过视频，得知薇妮又有一个重大的变动，就是她很快将要转学去荷兰，在开办于海牙的韦伯斯特大学念完她的大四，原因是她老公克瑞斯刚被荷兰的 Leaders Institute 公司录用，不能在美国陪她了。薇妮在视频里跟阿沫坦言，她和克瑞斯新婚宴尔，难分难舍，所以决定一起去荷兰，一个念书，一个工作。据薇妮介绍，海牙的这所韦伯斯特大学是美国密西西比大学的分校，主要为美国派驻荷兰或许还包括比利时、德国的人员的子女提供大学教育，仍是英语教学，毕业后由密西西比大学颁发文凭。而 Leaders Institute 是菲亚特汽车的一家子公司，克瑞斯工作之余，仍通过网络兼做他曾工作过的德国马格德堡那家豪华车租车行的业务。

　　阿沫为此征求李三意见，李三说还征求什么？人家是先斩后奏。年轻的恋人如胶似漆，我们自己都经历过的。他只让阿沫转告薇妮，无论在哪里念书，一定要按时完成学业。越早毕业你的机会就越多，因为你毕了业，文凭在手，一时没有好的机会，你可以等。而若机会来了，你却尚未毕业，那就只能眼睁睁地看着机会与你失之交臂。总之，在机会来临之前，你要做好准备。

　　当然，他也相信薇妮明白这个道理。不过他还是忍不住跟阿沫抱怨说，这个薇妮太不让人省心了！田桑 2006 年去了美国，从此一头扎在芝加哥，读研、工作、成家、生儿育女，都在那地方，按部就班，入乡随俗。反观薇妮，还没念完本科，就已经在美国的三个城市波士顿、芝加哥和华盛顿念过三所大学，而今又将去荷兰海牙念她的第四所大学。"依我看，像田桑那样超级稳定的年轻人不多。"他说，"而像薇妮这样超级不稳定的也少。一个本科要跑到两个国家、四座城市的四所大学去念，谁听说过有这样念大学的？我这两个女儿啊，一加一再除二就好了！"

今天上午，薇妮离开华盛顿飞抵荷兰的阿姆斯特丹。这意味着她人生的"美国站"结束，开始了她的"荷兰站"。她会在海牙念完大四并毕业，并和丈夫生活在一起。在飞机上，薇妮一想起她就这样离开她学习和生活了三年的美国，禁不住哭了，惹得乘务员过来安慰她……

当晚，薇妮给阿沫来电话了，母女俩说了很长时间。她俩通完话，李三问阿沫薇妮此时具体在何处，阿沫说是在她公婆家。那是荷兰和比利时边境附近的一个小镇，一年半以前薇妮曾去住过几天，还给李三看过她公婆家的照片。

凑巧的是，他俩正说着薇妮，田桑就给李三来电话了。他把薇妮到了荷兰的事告诉了田桑，田桑表示薇妮和克瑞斯能够在荷兰安顿下来，这样很好。可当说起她从他博客上得知薇妮和克瑞斯已经结婚，但薇妮自己没有告诉她这事，田桑有些不快。李三和稀泥说，薇妮在这方面的观念还比较老派，认为只有办了婚礼才算正式，因此对登记结婚很低调，对她的同学、朋友都没说。田桑说她明白了，其实薇妮不必太看重仪式。田桑要他转告她对薇妮的祝福。

他想起五年前他和田桑约定，等到那时还没出世的摩根长大后，田桑会让她跟着外公学习汉语和中国文化。田桑说朱利安是她的第一个孩子，她舍不得交给他，她可以考虑让她的第二个孩子继承他的衣钵。田桑还带点愧疚地回顾往事，说她当年考大学，选择了经济学而没有选择中文，有点背弃老爸的味道。作为补偿，她希望本该由她继

承的家学能由她的一个孩子来继承。她还说，爸爸一生的成就主要是在中文上，这可是你死不带走的，你不肯教我的孩子说不过去。而他则表示，不要等到我年岁太大了才做这事，那样我会太累。可这事无论如何也早做不了，因为美国的家长绝不能强迫孩子这样那样，田桑和老公只能等摩根长大些了，征求过她的意见后才能做决定。

他真心希望田桑的三个孩子中，至少有一个，最好就是摩根，将来成为中国通，甚至来中国工作，能常和他在一起。摩根出生之前，他得知田桑的第二个孩子是个女孩后，甚至还把他一厢情愿想象的情景拿来跟朋友们吹嘘说："将来我去哪里办画展，你们会看到一个漂亮洋妞陪着我，说一口流利的汉语，中国套路的礼节样样都懂，遇着有台阶的地方她会搀扶我一把，在我跟老外交谈时她就做我的翻译。然后许多人会啧啧称羡，议论说李三这老东西居然还泡上洋妞了！我心里就美滋滋地笑他们，偏不告诉他们这是我外孙女……"

可是这两年来，尹芬多次跟他抱怨田桑不关心时下的中国，也没有花力气让她的孩子们学点汉语。被他劝解过几回，尹芬说她想明白了，还是你提醒得对，田桑不关心中国，外孙们没能学会几句中文，其实都不是我们能做主的。说着她又从她的 iPad 里找出一张摩根和妹妹英格丽的照片，是她最近漏发给他的。照片上，姐妹俩并排坐在床上，英格丽在吃手指。已经戒掉了这个嗜好的摩根则在一旁模仿妹妹，也吃上了手指，一边还嬉笑着。

李三想，其实尹芬是不会死心的，她一定还会再提这个话，再三再四地和田桑为此发生不快。

而在薇妮身上，阿沫就不会有这类想法，更不会拿她的想法去要求薇妮。她现在是越来越听女儿的了。

在"炊事班"的一次三人饭局上，有一会儿说起薇妮。夏河西说李三不仅是个好爸爸，主要还是个好老师。据他所知，薇妮以前是很叛逆的，而今有很大的变化。河西这个话让他想起了好多事情。

的确如河西所说，他最初接触到的薇妮，性格倔强，脾气暴躁，虽然智力很好，人很聪明，却因成长过程缺乏支持、引导，多少有点自暴自弃。

阿沫嫁给他后，薇妮不久就搬来和他们一起住了。那时她跟母亲经常吵架，阿沫拿她没啥办法，而他则渐渐地让薇妮开始服他。现在想来有三件事情他做得很好。

头一件，是那时阿沫不给薇妮定额的钱用，钱都在阿沫手里，要买什么薇妮都得事先问阿沫要钱，母女俩有时就为这钱该花不该花而叽叽歪歪。是他建议阿沫，跟薇妮商定，每月给她一笔定额的钱由她自己掌管，不得超支，节余归己。这样做的好处是薇妮有了对这笔钱的自主权，她就得学会如何使用这个权利。现在看来这事做得很好，不仅此后薇妮再也不会为零花钱跟阿沫吵架了，也学会了怎样使用和保护自己的权利，还很精打细算，在美国每次搬家都上网去把她的平底锅之类的小家当卖掉。

第二件事，他让薇妮觉得他这个继父在关键时刻是会挺她，给予她坚强支持的。那时薇妮还在一所职业高中念高二，有一天下午放学后，她和另一名女生被校方扣留，理由是她俩偷着抽烟，校方要她俩承认错误才肯放人。该吃晚饭了，薇妮还没被放回来。他电话联系上了校方，问明原因后，提出要他们立刻放人，让孩子回家吃饭。他说孩子若真是犯了错误，我一定配合学校严肃教育她。可不承想，电话里那个自称是副校长的男人挺横，问你是什么单位的？他说我是啥啥大学的老师。那人就说要向他单位告他妨碍对学生的管理。这下他火了，说你告我吧，我现在就告诉你我们校长姓甚名谁，学校办公室的

电话是多少多少。但你必须马上把我孩子放出来。你看着办吧，一小时后我要是还见不到薇妮，我就报警了。一小时后，薇妮坐在他面前吃晚饭了。他跟薇妮说，我们之间一定要真诚相待，其实抽烟也不算什么了不得的大错，你跟我说实话，你抽烟了没有？薇妮说没有，只因她和同学坐的那张长椅的脚下有两个烟头，老师就认定是她俩抽的。他说好吧，我相信你跟我说的是真话，这件事在我这里就到此为止了。我希望我们之间永远彼此信任，互相支持。后来阿沫告诉他，这件事让薇妮很感动，因为阿沫自己一向在这种事情上很懦弱、很无奈。她和他结婚前，一个人带着薇妮过了十年。那时候薇妮每次受到校方的处罚，不管是不是公正、合理，阿沫都一概讨好校方而斥责薇妮。有时薇妮觉得很冤屈，更是觉得妈妈软弱，让她孤立无援。这下好了，她这个新爸爸会在她受冤屈的时候伸出援手，给她撑腰。从此他和薇妮的关系真正像是亲人了，打破了继父继女之间不免会有的那种客气和谦让，薇妮会和他玩玩幽默了，也会和他顶顶嘴了。

第三件事，是薇妮念完高二，按入学前就已和家长讲好的计划，学校要送她这班学生去新加坡念高三。那天晚上他和阿沫随薇妮去她学校参加家长会，一位女校长在台上向家长们介绍孩子去新加坡要办的手续和注意事项。

她说着说着，会场上忽然有家长发难，指控学校弄虚作假，因为据了解新加坡那所学校是徒有虚名，家长花好几万块钱让孩子读一年这样的学校实在不值，要求学校改变计划，退还这笔已经提前收取的学费。

这下炸了锅，家长们接二连三提出质问，频频责难，话越说越难听，加入抗议的家长越来越多，弄得女校长穷于应付，难以招架，话讲不下去了。

他当时很认同大多数家长的看法，也觉得学校有弄虚作假之嫌。

可问题是，他该怎么办？阿沫显然没了主意。薇妮和其他有点叛逆精神的同学都在幸灾乐祸地看校方出洋相。

考虑了三五分钟，他总算想明白了一条，就是无论如何要让薇妮念完高中，能够毕业，为此，即使被学校坑了点钱也在所不惜。

他还明白，学校很难改变这个计划，因为这会牵一发动全身。如果薇妮和同学不去新加坡而是继续留在这所职高，那么很可能下个学期他们连上课的教室都没给安排，因为此时学校已经招满了新生，一个萝卜一个坑了。

许多家长在发泄着他们心头的不满，他同情他们，却不能加入他们的搅局，因为那样一来最终被搅掉的是他孩子的学业。他万万不能让薇妮连高中都没念完就去就业谋生了。那样他在阿沫面前会心怀愧疚，毕竟他自己的女儿是在美国念完了研究生的。

打定主意后，他举手要求发言，两分钟就行。校长同意了，把话筒递给他。他对在场的所有人说，我很理解大家的心情，一点也不反对你们继续责难校方。不过我还是想要我的孩子到新加坡去完成学业，因此我建议大家继续留在这处会场讨论、沟通，我则去一个小教室，由校方指派一人继续向我通报薇妮去新加坡要办的手续和注意事项。

显然，他的这个要求校长是乐于答应的，她派了个人把他一家带去一间普通教室，开始向他们详细介绍各种事项。

不一会儿，有别的家长带着孩子进来听讲。接着，又有三三两两的家长和学生来了。结果不出半个小时，这间教室就坐满了，连教室外面的走廊上都站满了人。由于不断地有新来者加入，那位校方工作人员的介绍不得不一遍遍地重新起头……

几天后薇妮告诉他，校长找她去谈过话，说是很感谢你父亲，替校方化解了一场危机。

他说不对，我并不为校方着想。相反地，我若也由着性子不顾后果，我也会跟着闹起来。可那样做对孩子是不负责任的。

通过这件事，薇妮看出了她这位看似脾气暴躁、极为率性的继父，在危急时刻还是能做到头脑冷静，权衡利弊而最终负起责任来的。

和田桑从小跟着他长大不同，薇妮做了他女儿时已经十七岁了，照理说她的人格和人生观已基本形成，他能给她施加的影响十分有限且也时日不多，现在想来主要也就是那三件事构成的一个层层递进、环环相扣的启示：首先是让她明白她有独立自主的权利，因此她得好自为之；其次是她有了底气，可以大胆地向前走了，因为在她有难的时候她会得到应得的支援；最后，她知道继父在重大事情上并不像他表面上给人感觉的那样冲动、任性。她有一个能够真正为她负起责任来的继父。

当然，最后这条最终就给他带来了麻烦。薇妮去了新加坡，在那里完成了职业高中的学业。她回国后，有一天他们一家三口吃晚饭，薇妮突然对他说："爸爸，我想读大学。"

他永远也忘不了那一刻的情景：她的声音很轻，眼睛不看他……

他没说什么，只觉得吃着分量了，心情顿时沉重下来，因为他很清楚读职高的薇妮在中国不可能考上大学。她的出路只能在国外。

考虑了几天后，他先是和阿沫商量送薇妮去美国留学，因为美国的大学宽进严出，薇妮有可能进得去。阿沫起先不同意，说那样花钱太多，你的压力太重了。他跟她解释说，既然我真心诚意当薇妮是自己的女儿，我就不希望她和田桑在受教育的程度上差别太大。那样会留下后患，弄不好将来会给我俩的晚年生活蒙上阴影。

"为什么那么多的中国孩子要去国外念书？别人怎么想我不晓得，我只晓得田桑是为了独立自由，不看人脸色。她连我的脸色都不肯看。可她从小跟着我长大，一年年地目睹她的父亲如何无奈且不太成功地应付着中国的人际关系环境。她不想像她父亲这么复杂地做人。其实她晓得她也做不了。我不止一次地对她说过，你爸经历过少年时代的暗淡岁月，从小就学会了怎样对付我所面对的环境，尽管对付起来也很吃力。你学什么不好，要学那些不干不净的东西？薇妮的想法要简单一些，一是她想读大学，而中国的大学不要她。二是她想嫁个真正爱她且品行靠得住的男人，她觉得这样的男人在中国不多，不太轮得到她。"

李三也曾对阿沫说："薇妮要是嫁了个糟糕男人，动辄跑回娘家来诉苦，那时你阿沫心里一定不好受，成日愁眉苦脸，我还有好日子过吗？"

所以，他出钱让薇妮去美国上大学，最终还是为了他自己。他跟阿沫是这样说，跟薇妮也是这样说。

薇妮临走前李三跟她谈了一番话，坦言："你去了美国念书，结局不外乎三种情况：一种是，你念成了，毕业了，不必太感谢我，那是你自己付出努力求上进的结果，而且那样一来你也为我做了好事，我们扯平了；第二种，你不光完成了学业，还能像田桑那样找着一个好男人把自己嫁了，那你就是超额完成任务，我和你妈还应该奖励你；第三种结局，你念不成，在美国待了几年两手空空地回来了，这事情就变成了我省吃俭用挤出很多钱让你去美国玩了一大圈，我就成了亲友们的笑柄。那样的话，你以后就别求我什么事了。"

事实证明，薇妮是按照第二条做了，而且越来越接近完成：她刚嫁了人，她的成绩很好，还有一年就毕业了。

阿沫不会像尹芬那样苛求薇妮。她不过是有些伤感，说她很羡慕克瑞斯的母亲。那女人有三个孩子，都在国土很小的荷兰，几乎就是在身边了。而她仅有一个孩子，也被他们勾引去，相距那么遥远。

20

晚饭后他在家小睡片刻，本打算午夜和阿沫在家看球，意大利对乌拉圭的八分之一决赛。开赛前还有好几个小时，他小睡片刻起来后接着写作。可是一帮球迷吧友在城西酒吧发出的欢闹声老远老远地把他吵到了，心思被完全搞乱。他一会儿到客厅泡咖啡，一会儿去厨房看有没有下酒菜，一会儿又跑到阳台上去找胡安玩。

阿沫看出了他的状况，说："你去吧，别憋在家像热锅上的蚂蚁。"

看她笑眯眯的，不是说气话，他放心去了城西。

李三来得晚，"慢吧"和"猴吧"早已坐满，他只好到以往很少来的"憧憬"看球。九点这场是克罗地亚对土耳其的，已经是下半场了，他没有认真看，只让吧女娜娜陪他喝酒、聊天。

娜娜说，这之前她从来不知道什么是世界杯。

李三问她是哪里人，她说是湖南怀化。他说那就是湘西的隔壁，娜娜却问他："湘西是哪里？"李三仔细看了她一眼，没觉得她在故意跟他抬杠。不过她若真是什么都不晓得，话也聊不下去。

老板娘之一的珍珍告诉李三，刚才她的合伙人宋芳问她巴西世界杯在哪里举办？珍珍说她当时没好气地回答说就在蒋村这边办。宋芳居然还接着问："那为啥没有中国队参加？"

快到午夜十二点了，李三想看意大利和乌拉圭的比赛，就转到"猴吧"去会冯韬、王也他们。

他问冯韬："这阵子你是每晚都来酒吧看球的吧？"

冯韬说是这样，他老婆已经在抱怨说自己成了"世界杯寡妇"。

今晚"猴吧"的门外比里面更热闹，原来是"猴弟"和他的两个伙伴在做烧烤，并且是新开张第一晚。李三对陪他喝酒的佳丽说："我们要鼓励创业，支持一下'猴弟'。你想吃什么随便点吧，我买单。"

冯韬也说要挺"猴弟"，也点了一大堆东西。结果，刚开张还不熟练的"猴弟"们手忙脚乱，却仍嫌动作太慢，东西迟迟上不来。不过据佳丽说他们烤的牛肉还是蛮好吃的。

结果意大利输了球，出局了。

按照赛前的约定，冯韬挺乌拉圭，佳丽挺意大利，李三则挺佳丽。赢的一方买一瓶"粉象"，让输的一方喝掉，结果就是李三代佳丽把"粉象"喝了。

喝完，他说冯韬："这等于是你请我喝'粉象'，好像是在奖励我嘛。"

酒吧打烊前，佳丽悄悄对李三说："李哥明天早点来，不然有那么多人在我面前吵闹，我心里很发慌。"

李三说："我来不来他们都是那么吵闹的。"

"你在，我会心安一点。"

下一个凌晨还有两场八分之一决赛。尤其前一场荷兰对墨西哥，球迷必看。李三答应了佳丽，没留在家和阿沫一起看，自己去了"猴吧"。他约莫阿沫不会很生气，毕竟她刚做了丈母娘，还没高兴够呢。

李三到的时候球赛还没开始，客人还不算太多。

叶子今晚出现在"猴吧"让李三颇感意外。她从诸暨相亲回来了，告诉佳丽她舅舅替她物色了一个丧妻三年的男人，比她大九岁，在诸暨做驾校教练，工作稳定，收入也不错。可她还是很纠结，悄悄话跟佳丽说，她要是嫁了这男人，必得回诸暨，而她已经不习惯在小地方生活了。再说县城里找工作也不容易，她不想成天待在家里吃闲饭。

佳丽说："那就别嫁他，回来和我一起在酒吧做，不是蛮好吗？"

叶子瞪大了眼睛，不过声音还是悄悄儿的："总不能过一辈子没男人的日子吧？"

李三进门时正好听见叶子这么说。

好些日子没见了，他不仅抱了抱叶子，还在她脸上亲了一下，然后问佳丽："不吃醋吧？"

"不会。叶子本来就排在我前面。"佳丽笑着说，"李哥追我的成功率还是百分之五十。"

说笑间李三挨着叶子坐下了。但几乎立刻觉得她和佳丽有悄悄话说，就移到吧台的那一端去。

叶子接着告诉佳丽，她和那男人悄悄约会了两次，后面这次还上了床。

"感觉怎样？"

"我差点被他搞疯了。后来到了早晨，他又搞我，把我又搞疯了！"

佳丽没嫁过人，这方面经验比叶子差很多，也远不如叶子那样说得出口。

叶子又说："不过他们男人大都虎头蛇尾的，开始的几次都很好，以后就不一定了。"

说完了悄悄话，她俩招呼李三再坐回到她们那里。

叶子说她这次回杭州是想再考虑考虑是否把相亲成果转化为成亲。

佳丽竭力反对叶子嫁给那个驾校教练，希望李三支持她。

李三笑而不答。

姗姗凑过来说："佳丽你不懂叶子。她是个情种，不能没有男人。"

今晚"慢吧"不知什么情况，思思居然跑到"猴吧"来做客，和李三喝上了。这正合他意，因为他已经厌倦了叶子嫁人、嫁谁还是不嫁的话题。

思思说，她可能做到下个月就不做了。

李三也听思思讲过她的恋爱故事。四年前，思思还只十六岁，在一家做血液透析机买卖的公司里上班。这家公司的员工几乎都是女的，男员工很稀罕。一天，女同事们起哄，问哪个敢给在另一个部门上班的某某某打电话？思思说我敢，旋即拨通了那男孩，还在电话里就说她喜欢他，还要了他的手机号码。就这样，两人好上了，一年后就一起同居了。男朋友比她大四岁，如今还在那家位于下沙的公司做事。思思每天晚上八点来"慢吧"上班，次日凌晨两三点下班，坐公交车回到下沙男朋友那里。

"憧憬"的老板娘珍珍曾经说过，"慢吧"的思思和"猴吧"的姗姗，是他两家酒吧的镇店之宝，千万不能放掉。珍珍不晓得思思眼下有多辛苦。

"思思，你要是不做了，城西有很多人会想念你。"

"李哥会吗？"

"那当然！"

原本佳丽说李三追她的成功率有百分之五十了，后来又说他今晚表现好，给他加到了五十五。听李三这样说思思，佳丽说给他加的那五分又扣掉了。

球赛开始了。

在场的吧友们居然无一例外都和他一致挺荷兰队，这让他很感动，许诺说荷兰队要是赢了，我请诸位喝好酒。

但荷兰队起先踢得不好，被墨西哥队一上来就肆无忌惮的疯抢弄得有些狼狈。他们老往右路走，就是电视画面下方的这半场。而偏偏墨西哥队也老是打自己的左路，彼此就这么对上了。那么多人都挤在

这半场，带着球往人缝里钻，磕磕绊绊，总是钻不出去。

李三为此纳闷了好一会儿，总算弄明白了为何两支球队都凑在这半边踢。他跟冯韬说："你看，这半边被遮在阴影中，必定要比暴晒在太阳下的那半边凉快，所以两队的球员踢着踢着就情不自禁往这边来了。"

他还注意到，每当荷兰队险些进球，看台上的荷兰球迷都会双手抱头，表示懊丧。他对老虞说："我们中国人遇到这种情况，通常的反应动作不是抱头，而是拍大腿，或者更粗暴一些，捏起一只拳头去砸自己另一只摊开的手掌。看来表示懊丧的动作，也是有文化差异的。"

上半场鲁本制造了一个点球机会，但裁判不认，王也觉得这位裁判的判罚尺度显然对墨西哥队有利。他的话让众人的心情有些沮丧。他本人也担心李三不会请他喝好酒了，说顶多是剑南春之类的。

不过到了下半场，裁判的表现似乎有所转变。王也觉得喝好酒又有希望了，又说："这是因为裁判现在才知道墨西哥答应给他的钱结果是空头支票。"

冯韬顺着他的话说："就是刚才暂停三分钟让球员们喝水那会儿，裁判看了一下手机，看到他的小秘发短信告诉他钱没到账，这才懊恼了。"

不管怎么说，荷兰二比一赢了。

阿沫激动得头一回在这个时候打电话给李三。他向她道喜，说你这个荷兰丈母娘一定很开心吧？她说哪里呀，刚才都快犯心脏病了，最后那几分钟我都闭上眼不敢看了。

在酒吧，众吧友举杯给李三贺喜，他一一谢过。

老虞说他烦透了五套的解说员和评球嘉宾，他俩说个没完，连半分钟都不肯停一停，实在很干扰他看球，让他好不容易熬过了九十分钟。

王也提起，那天巴西和哥伦比亚的球赛，有一会儿解说员介绍哥伦比亚队的阿根廷籍主教练何塞·佩克尔曼，说他的家族来自欧洲，其中的一支去了美国，而佩克尔曼所在的这一支来到阿根廷。在美国的那一支入乡随俗，改成了美国化的姓氏派克，著名的好莱坞影帝格里高利·派克就是这个家族的一员，按辈分说可算是何塞·佩克尔曼的叔叔。解说员多介绍一些这类话题就好了，因为这是我们看球时看不到的，多少也长些知识。

　　他们几个还想看凌晨四点的另一场八分之一决赛，哥斯达黎加对希腊。

　　这期间老虞告诉众人，冯韬已正式从阿里巴巴辞职，开始自己创业。

　　冯韬也证实了此事，还说开弓没有回头箭，他只能硬着头皮往前走了。他和几个朋友合伙开了家公司，做机器人。

　　哥斯达黎加对希腊的球赛一直持续到互罚点球决胜负。当看到希腊队第四人出列走向罚球点，看他一脸凝重的样子，把球放到地上，又再次俯身去重新摆弄一下。冯韬当即对众人说："据我以往的经验，这个球他罚不进去。"

　　果然，守门员扑出了他的点球。

　　众人对冯韬一阵钦佩，他则洋洋得意地解释说："我为啥断定他罚不进球？就因为他摆好了球，又再去拨弄一下，说明他内心不踏实，踢球时会有刹那间的犹豫，容易让守门员判断出来。"

　　几天后的一场半决赛，荷兰队赢了球，而且做得很人性，很让人感动。一是球赛大局已定，主教练范加尔把第三门将换上场，让他也尝尝世界杯的味道。这样一来荷兰队每一个球员都出场过了，范加尔继换门将扑点球之后又开了一个先例；二是自世界杯开赛以来，每当

有荷兰队的比赛，电视观众必能看到一位在看台上的荷兰球迷，穿一身橙色衣服，戴着橙色大盖帽，捧着他自己用纸糊的大力神杯……今天他没再捧那个杯了，因为荷兰队已经与夺冠无缘，他脸上有一种悲情。幸运的是，荷兰队的小伙子们也注意到他了。球赛结束后，范佩西走到场边，摘下自己手臂上的队长袖标送给了他。

李三对阿沫说："全世界的电视观众都目击了此景此情。他是一个幸福的球迷，虽然他内心中充满了忧伤。"

21

世界杯一过，城西酒吧的生意又冷清了。

也因为客人不多，今晚猴子和佳丽都有空陪李三说话。

猴子问："李哥你这阵子好像很忙，跑来跑去的，有钱拿吗？"

"暂时还没有。"

看猴子的样子，好像比李三还失望。

李三把剩下的一点"格兰菲迪十五年"都喝了，又新买一瓶存着，说是尽量给猴子多做点营业额，还算在佳丽的业绩上。

他说："虽然暂时还没有钱进账，我还是要开心一点对待猴猴，还有越来越让我着迷的佳丽姑娘。"说着他转过脸来，亲了亲佳丽的头发。

猴子又问："李哥怎么做得到没遇上好事还能开心的？"

"这么跟你说吧，譬如我办一个画展，提前两个月就开始筹划了。你懂的，办画展，当然想卖画，最好还能大卖。我就开开心心地想着画大卖，想这个美事，甚至还会想想怎么跟阿沫分钱，一直会想到画展开幕。两个月是六十天，我就一天一天地开心着。不过我心里也明白，这并不等于事情果真如我所愿。到时候，万一画卖不了几幅，我当然也会懊恼。可是，我能懊恼几天呢？两天足够了吧？所以你替我算算账，开心六十天，懊恼两天，你说划算不划算？"

猴子听了很震惊，说从没听人这么说过，从没觉得事情还能这么去想。

佳丽说："其实现在的很多女孩子就是这样的。她喜欢某个男人

可以喜欢上几个月甚至半年一年，绝对是真喜欢，很美滋滋的，还会跟闺密说那男的看她的眼神怎样怎样，甚至还会虚构她和那男人上了床怎样怎样……可一当她明白那男的压根没看上她，压根没戏，她顶多会大哭一场，然后一转身就去喜欢别的男人了。"

"你在说叶子？"

"我没说谁，是说现在的很多女孩是这样。"

"或者说你自己？"

"我是说我们都会转身走开。"

李三念叨了一句："'转身走开'。"

猴子就开导李三了："所以我说李哥你有点 out 了，生怕招惹了哪个女孩，会被她缠住不放。不会的！李哥放心吧，现在的女孩就像佳丽说的，你甩了她，顶多就是大哭一场就没事了。等到你下回见着她，很可能是她跟别的男人正在吧台这边亲嘴呢，就像叶子那样……"

佳丽有点误会猴子，既是怼他，也是在问李三："这样不好吗？你们男人不也是这样的吗？"

李三说："我不这样。我要是和佳丽好上了，我会缠住你！"

"李哥又来了！"她拿臂肘轻轻捅他一下，接着问，"要是我移情别恋了，李哥还会缠住我？"

"我不信佳丽也这么薄情，也会始乱终弃。你会吗？"

"不知道。记得李哥跟我说过，我俩还没'始乱'过呢。"

李三笑了。"个小逼儿！还蛮会报复的！"

猴子说："今晚反正没啥客人了。这里我守着，你俩去开房'始乱'一下吧，看看佳丽是不是像她自己说的那样，到头来顶多就是大哭一场，转身走开。"

佳丽站了起来，拢了拢头发："走吧，李哥。"

李三刚想说什么，佳丽轻轻踢他一脚，他立刻改口说："那，猴猴啊，我俩出去一会儿了。"

出了门，李三问佳丽："真的假的？"

"既然跟李哥出来了，就听李哥了。"

他想了想，说："不能让猴子看我笑话，对吧？"

"那必须的。"

"我们两个小时后再回来？"

"要回来。我的包还在里面呢。"

"好！跟我走。"

李三在路边打上了车，带佳丽去了文二西路上的"情缘"酒吧，才不到一公里。

"情缘"生意也不怎么样。老板娘梅子不在，主持吧台的小芹对客人爱理不理，给李三和佳丽拿来两瓶"喜力"就只管自己和另外几个吧女接着谈吃谈喝，议论了许多她们衢州菜怎样怎样。

李三倒希望是这样，希望他和佳丽的幽会不受打扰。

"李哥怎么退缩了，不带我去开房？"

他盯住她看了一会儿，只看到她很诡谲的笑。

"佳丽坏！"

"啊？"她瞪大眼睛看着他，抑制不住地笑还是把眼睛又挤窄了，"李哥也蛮会报复的。"

"等我俩回到'猴吧'，我就告诉猴子我俩做得爽死了，好吗？"

"那当然。我踢你一脚就是这意思。我也不想让猴子看不起我。"

"佳丽真好！"他亲了她。

沉默了片刻，她问："李哥真的不想要我吗？"

他又盯着她看，掂量着这话应该怎么说，一时没回答。佳丽也不

再问了。他俩议论起猴子来。

他说:"你来的时间还短,不晓得这个猴子有时候是很会气人的。嘴上,他从没说过一句对我不恭敬的话,可你看他那眼神,他看我的眼神,笑眯眯的,带着一种农民的狡黠,好像总是在提醒我,泡妞这种事李哥你 out 了。时代不同了嘛。"

"我猜猴子这两年泡的妞比李哥二十年泡的还多。"

"那是肯定的。他有个酒吧,就有这方面的优势。每当他想骚一把了,就用手机'摇一摇',总能摇来个把也想骚骚的女人。前些天他告诉我,他摇来一个比他还大几岁的女人,不光在'猴吧'楼上和他睡了,还和他同居了几天,还给他洗衣裳、做饭,感动得猴子一时竟起念想要娶她。可是一说到这个,那女人坦白她有老公……佳丽你想想,方方面面,我哪有猴子条件那么好?"

接下来佳丽说她自己了,告诉李三她有点喜欢王也曾带来过的一个朋友,还是单身的,只比她大六七岁。

李三问:"我见过那人吗?"

佳丽说:"应该见过的,不过那些天大家的精神头儿都在看球赛上,恐怕李哥没怎么注意。"

"你俩进展如何?"

"只和他去吃过一回夜宵,然后各自回家了。"

李三笑话她一件事要分两回做。

"李哥啥意思?"

"一气呵成多好!"

"下回会的。"

李三看看她,心想完了,她一定会做到的。佳丽和叶子很不一样。叶子找男人找得满城风雨,而这个佳丽,很可能不声不响地就"啊呜"

一口了！

　　小芹她们说做菜终于说累了，一个个歪着斜着甚或趴着都不吭声了，除了李三和佳丽小声嘀嘀咕咕，整个酒吧很闷。

　　忽如旋风一般，名叫小琼的吧女抱着一条小狗从外面直闯进来。她穿一身花衣裙，飘飘悠悠，像一只花蝴蝶，一眨眼就飘进了吧台里。沉闷的空气顿时被打破，所有歪着斜着趴在那里的吧女都顿时振作起来。她被众目睽睽是有道理的，不仅因为她的衣领开得很低，最低处几乎到肚脐眼了，更让人瞠目的是，她一坐下就开始摸她那条小狗的鸡鸡，还告诉大家她每天都要摸它一会儿，遭到一片哄笑。

　　李三说她："你这是性侵呢！可怜这小东西没法去告你。"

　　"李哥你晓得啥？我们家汤姆就好这口。我这是免费为它服务呢。"

　　这回佳丽眼睛可是真瞪大了。

　　除了小芹和小琼，"情缘"今晚还有两个来兼职的吧女阿布和萱萱，都是老板娘从家乡常山带出来的。阿布此时正和吧客阿琅聊天，告诉阿琅她和萱萱白天上班都是做金融、做理财的。

　　李三听到了，比佳丽刚才听小琼那样说更吃惊，心想她俩就这点学历也能做金融？萱萱连高中都没能好好读，她自己说的，因为学校没买到课本，她和同学们上课时基本上都在看手机。做金融的门槛这么低？怪不得他感觉周围似乎越来越多的人都在"做金融"，这里那里到处都开办出"金融小镇"呢！

　　萱萱又告诉阿琅，她公司员工七成是江西上饶人，两成是浙江衢州人，剩下的都是河南人和安徽人。他们都是亲戚拉亲戚、同学带同学地成群结伙一起来杭州打这份工，听上去"做金融"的更像是一处建筑工地。

佳丽有一会儿没吭声了，原来是在和什么人一来一往地发微信。她几天前刚开始和一个同学合伙做网店，主要卖核桃油。这会儿是一个想泡她的酒吧常客在撩她。聊着聊着，佳丽笑了，骂了句"神经病"，把手机递给李三看。

大圣归来："在干吗呢？"

佳丽："卖核桃油。"

大圣归来："找到男朋友没？"

佳丽："没找。你帮我宣传一下呗。"

大圣归来："不找了？"

佳丽："嗯。要创业。"

大圣归来："宣传什么？"

佳丽："没时间谈情说爱。"

大圣归来："好吧。"

佳丽："核桃油，好东西。"

大圣归来："老了就知道后悔了。"

佳丽："可是我想做点业绩。没有合适的干吗找呀？"

大圣归来："我觉得我就挺适合你。"

佳丽："孕婴吃了特别有营养。"

大圣归来："吃什么有营养？"

李三也笑了，想起他曾看过的一本俄罗斯电影《布谷鸟》，那里面有两男一女三个人物说三种语言聊天，有字幕可看的电影观众知道他们彼此牛头不对马嘴，但那三个人却都以为自己听懂了对方。他在公选课上曾给学生看过这个片段，还夸奖说像这样不对桦的对话信息量巨大。

他此刻胳膊挨着佳丽，感受着她身体的温度和轻微起伏，一边喝着"邪恶双胞胎"，八点几度的，两瓶之后开始心迷神醉，身体愈发靠紧佳丽，有一会儿还把头斜靠到她肩上。

佳丽看出来李三对她有想法了，表示想回"猴吧"，虽然还只出来了个把小时。她说："和李哥的初夜，一个钟头应该够了吧？"

"应该够了。"李三嘴上这么说，心里很不情愿。

回到"猴吧"，猴子刚想打烊，说："没客人，还以为你俩不回来了。"看他的表情，有点失望。

送走了佳丽，猴子对李三摇摇头，说了句："李哥没戏。"

"你怎么晓得我没戏？我和她这么长时间……"

"李哥你自己心里明白，佳丽那么迷人，你俩今晚真有戏就不会回来了。"

李三看看他，被迫点点头，骂他一句："你个猴子，还真成了精了！"

22

世界杯完了又过情人节。到了傍晚，李三的手机里已积攒下许多微信，都是有关"七夕"的。他下午还看到王也发了一条戏说情人节"产业链"的段子："今天下午是花店老板很开心，傍晚是饭馆老板笑逐颜开，晚上是酒吧和歌厅老板心花怒放，再晚些是酒店房间开满了，到了明天，轮到药房老板的好日子，一个月后则是医院妇产科忙坏了……"

小旻来微信说"想李哥了"。

还有佳丽，也忽悠他今晚去"猴吧"。

晚上出门，他乘电梯下楼的时候，电梯里的大人、小孩都在议论情人节，让他觉得很滑稽。本来应该只是一小撮人的游戏，现在弄得好像全体人民都在过情人节了。

可是他从来都不喜欢情人节，也不喜欢"爱情"这个词。在他以往写的小说里，凡出现"爱情"这字眼，十有八九都带点挖苦、揶揄的意思。

佳丽发给他的微信说："李哥，今晚可别让我一个人过'七夕'。"

话很简单，却让他觉得分量很重。可你真要是看重了，就像在"情缘"的那晚，当真想和她怎样，她又躲开了，意思是她只想要爱情，不想让你睡。她们都是电视剧和琼瑶小说看多了，都会让虚情假意临时逼真一下。

情人节是一个噱头，"爱情"是一块遮羞布，人生是一场一边被人糊弄一边自己作弊的考试。

九点半左右，他和阿沫先后来到"猴吧"。阿沫就在城西，刚招待完她娘家的客人。她知道"猴吧"有个佳丽，"慢吧"有个思思，在李三的日记里经常提到，从没见过，今晚一一对上号了。

　　在"猴吧"，李三跟阿沫说："这位就是佳丽，是我女朋友，还说要请我去她家乡，尝尝她爸做的桐庐菜。"

　　阿沫笑着问："那你今晚怎么不带点礼物来给佳丽？"

　　"我本身就是礼物嘛。佳丽说我要是今晚来看她，就把我追她的成功率提高五个百分点。"

　　"提高之后是多少？"

　　"百分之五十五。"

　　"那还差很多。老公你得继续努力。"

　　他俩这么说着，把佳丽逗得既害羞又开心。

　　后来转去了"慢吧"，李三问阿沫："思思这双小眼睛很迷人吧？"

　　阿沫说是很迷人："我要是你，八成会被她勾走的。"

　　"也快了。"李三说，"思思已经答应做我女朋友了，是吧？"

　　思思比佳丽老练多了，虽说还比佳丽小一两岁。她只笑笑，没说什么，给阿沫拿来一瓶冰"白熊"和一个杯子，慢慢斟上。

　　李三只得改口说："思思是暗恋我，因为她从来没有明说喜欢我。"

　　阿沫说："这话很有趣。"

　　李三说："是啊，思思不好好动一番脑筋是很难反驳我的，因为这话表面上很合逻辑。"

　　阿沫问思思："李老师这么说话，你不生气吗？"

　　思思认真说："李哥是真的喜欢我，让我怎么生气？"

　　阿沫看看李三，也是认真说："那我可真得小心一点了。"

　　思思又说："我早就听喜云姐说嫂子是大美人，今晚才让我头一

回见着，果然是啊！嫂子让我很有压力啊！"

这一来就该阿沫防守一下了："哪里呀，我都快做外婆了，哪能跟你小美女比？"

李三最听不来女人之间互相夸美的话，赶紧撇下阿沫和思思转回到"猴吧"来。没想到，这里一下子多了许多客人，不仅郝青、王也、冯韬一帮常客都在，还有不常来的阿钟、小林、荷包蛋、"电妞"、汪曼等等。

郝青说："这哪是情人节的配置啊，分明是单身男女占了多半！"

猴子说："真正成双成对的今晚都去开房了。剩下你们这些男女，暂时还都落单，都想在我这里泡上了中意的那个，然后再去开房，这叫现泡现开。"

一群女客大骂猴子胡说八道。

李三意外地见着了胡桠，她带来一个李三不认识的小姐妹。

他问胡桠："她怎么样了？"

胡桠知道他问的是谁，懒洋洋说："还好吧。"

"那就好。"

过了会儿，胡桠问他："你怎么不再多问问她的近况？"

"我问了，你只肯说她还好，我再问什么？"

胡桠的小姐妹插嘴说："我听胡桠说过你，说你很会讨好女人。今晚看来未必，说话这么生硬。"

李三看她一眼，没理她，视线越过她俩去和冯韬说话，问冯韬："你的机器人做得怎么样了？"

"哪有这么快的？"冯韬说，"不是做洋娃娃，是做机器人！"

"算了吧。听你说过的，你们那个机器人 Body，只不过是会和你简单聊几句天，对你说一下天气预报之类。就这么点功能，还磨磨蹭蹭地做不出来？人家美国佬的机器人都可以上战场了。我看过一个视频，那家伙你拿木棍揍它，拿铁锹劈它，都没事，一倒地立马又站起来了，拔枪又快，打得又准，看样子一般狙击手都不是它对手。"

王也和阿刚在说阿尔法狗和李世石的围棋大战。阿刚说："这个不得了，人类有麻烦了，万一它发脾气，乱来，要对付它怕也不容易。"

王也说："将来拿这个东西代替医生肯定好，因为医生会犯错，阿尔法狗不会。"

接着他俩问李三怎么看。李三说："我还没想好怎么说这事，只希望谷歌公司的人管好手里的遥控器。"

阿刚笑了，说："你以为是拿遥控器对着电视机换频道啊？它乱来是要闯大祸的！"

王也说："这是最后一道防线，一旦这只狗要乱来，立马给它断电。"

李三说："但愿谷歌不要再给它增加自我充电的功能了。"

阿刚说："给它断电？你以为那么容易？说不定它一伸手，自己把开关又拨开了。"

王也说："弄不好他们还给它装了一条充电的电线，它自己从身上拔下插头，找到墙角的一个插座，就把充电插头插上去了。"

很懂行的冯韬说了一番让大家听了都很丧气的话："你们讲的这些都已经有了，担心也没用。未来的机器人完全可以不把我们当回事。业界不少有识之士担心未来的机器人世界可能会出现失控。"

李三说："我不担心。在我看来全部的人类史就是人类不断地给自己制造麻烦又不断想出办法来解决麻烦。人类不可能提前应对还不存在的麻烦，而只能是亡羊补牢。头痛医头脚痛医脚这个话，放在个人身上是句贬斥，但整部人类历史就是头痛医头脚痛医脚的。头不痛，医头做啥？有麻烦才有应对麻烦的需要，否则就叫杞人忧天。在已经

开始的'4.0'时代，你冯韬这类人只管去做你们的机器人，做得越精致、越像真人越好，完全不必顾忌你们给世界造成的麻烦，因为另有一类人会替你们揩屁股。他们就是干这个的，你得让他们有活干。供给创造需求，不光是创造了享用产品的需求，同时也创造了解决麻烦的需求。"

冯韬说："恐怕没有李老师说的这么乐观，原因就在于我们人类的智能增长非常缓慢。正像李老师你说的，从前人类给自己制造了麻烦，那个麻烦只是那个麻烦。可是机器人制造的麻烦，麻烦本身还会再制造麻烦，一变十，十变一百……归根结底的麻烦出在我们的智能增长远远地落后于机器人。21世纪的人比20世纪的人聪明了多少？很难说是吧？而计算机操纵人工智能的增长却是几何倍数的。早晚有一天，当人工智能整体超越了人类智能，谁替谁揩屁股啊？"

王也说："要是实在解决不了，一切的应对都失败，这也是有可能的。那就让地球人和他们做的机器人一起统统完蛋吧。那也没啥冤枉的，因为不够聪明的人类做出了自己对付不了的聪明东西，活该！"

冯韬说："一起完蛋？你又太悲观了。完蛋的是你们人类！机器人才不跟你们同归于尽呢。它们可以自己发电，自己制造需要更换的零件，自己安装，甚至自己研发下一代机器人。你以为离开了人类它们就不活啦？"

"电妞"问："它们那样活着有啥意思呢？又不能做爱，又不能生儿育女。"

"你怎么晓得不能？"

"就算能，它们也会有快感？"

"有没有快感，当事人说了算，对吧？让一个机器人告诉它的同伴它做爱做得爽死了，这还不容易？"

汪曼问："机器人会不会也爱看恐怖片，就像我？"

李三说："应该不会吧？你喜欢看恐怖片，看着看着就把自己吓个半死,什么毛病！我们人类的许多怪毛病机器人应该不必继承的吧？"

"要继承也容易。"冯韬说，"甚至我们人类没有的怪毛病它们也可以有。"

横竖，说机器人他们肯定说不过冯韬。众人沉静了，似乎都在思考冯韬描述的那种情景。

李三感觉有点闷，就挑逗众人说："我看到的视频，李世石是和一个仪器在下棋，那么一大堆按钮和电线。这个不好玩。我要是谷歌，我就把阿尔法狗装进一个看上去逼真的机器人体内，让他坐到李世石对面，像模像样和他下棋。李世石明晓得他对面坐着的是个机器人，可是它该微笑微笑，该皱眉头皱眉头。看到李世石下了一步臭棋它还会笑中带点狡黠……你们想象一下，假如那样，李世石的心理反应会怎样？"

郝青说："这可有点瘆人！"

接着，再一次沉静片刻，他们几乎异口同声说："李老师真坏！"

猴子更感兴趣的是可以做爱的女机器人。他对冯韬说："有了那样一个随时可做爱，听说叫床声大小都可以调节，又不用供她吃喝、哄她开心、给她买这买那的机器人，我可真不想再讨什么老婆了！"

冯韬说："这不是玩笑，五年内一定会有这样的机器人面世。"

"不过，老是跟同一个机器人做也会做腻的，恐怕还得另外再找女朋友供她吃喝、哄她开心、给她买这买那……"

王也说："没事，等你余总生意做大了，有了钱，可以多买几个女机器人，汉姐、洋姐都要。黑姐也可以有。讨老婆法律不让你同时讨好几个，多买几个机器人不犯法。"

猴子笑得很开心："还是王爷懂我啊！"

郝青说："你想得美，还洋姐、黑姐呢！玲玲要是还在，过来给你吃个栗脖儿，问问你，那得吃多少只甲鱼啊？"

好几个人笑喷了嘴里的酒。

李三替猴子担心钱了："听说一个女机器人要卖好几万美金。你要买三个五个换着搞，花费不小呢，说不定算算账还是泡妞划算。"

冯韬说："不用这么破费，估计到时候会有卖机器人皮囊的，各种年龄、相貌、肤色的都会有。机芯还是同一个，猴子想换换口味，换一副皮囊……"

胡桠的小姐妹忽然打断他，一脸不屑地说："你们真恶心！"

"别在意。"胡桠对李三说，"大卫其实是不喜欢你们用那种方式议论男女。"

"你叫大卫？"

"是，我喜欢雄壮一点的名字。"

"可是我看你还是蛮妖媚，蛮有女人味的。"

"以后找个机会，和李老师单独在一起的时候，我会很女人的。"

"明白了。"李三对她俩说，"我认识一个女孩，叫'柚子'，说是想跟我学画，来过我画室两次，还问我学费怎么算？我没太当真，就答应了，说你学一阵试试，有感觉，还想学下去，我们再讨论学费不学费吧。今年2月里有一天下午，在我画室，我画我的，她画她的，还有一搭没一搭地聊上几句。我问她，今天是情人节，你晚上要和你的那位聚聚吧？她告诉我，拉拉经不住父母的压力，和她分手去找男朋友了。她刚失恋，正处在低潮期。女人跟我说这种话我听得多了，提醒自己要格外小心了。"

汪曼问："后来呢？李哥收她做学生了没有？"

"第二天她就消失了。很多天以后我才注意到她还把我拉黑了。"

郝青挖苦他："三哥哥想跨界，不成功啊！"

他们这堆里又笑得人仰酒翻……

胡桠压低声音跟李三说："从前的文人泡秦楼楚馆，那些陪酒、陪聊天的女孩琴棋书画样样都懂，和她们聊天自然很有味道。可是如今的吧女应该没啥文化吧，我却发现李老师和她们聊天很开心，如鱼得水。比起我或者曹玫，你更喜欢和没啥文化的女人相处，是这样吧？"

"被你这么一说，倒好像也是呢。"

"为啥呢？"

"不晓得。大概是和她们聊天没压力吧。"

"你是说不用动脑子？"

"不对，是不用动多余的脑子。"

"就是说，我们有些多余？"

"不是说你们多余，是说跟你们说话，我一不小心就得罪了谁。"他解释说，"我是念过中文系的。你们好比是念过中文系研究生的。"

虽然听得出他话里的挖苦，胡桠还是不生气，接着责备他："我还注意到你们的酒吧聊天，主要就是两个主题，吃喝和男女。"

"你说得太对了！饮食男女恰恰就是我们聊天中最大的共同话题。有共同话题聊天才聊得起来。譬如你要是跟我聊你的室内设计，那是你在给我上课，不是聊天，因为我不懂室内设计，也没啥兴趣。我跟吧女聊什么？聊怎样写小说？聊巴赫《平均律》？聊大卫·霍克尼的画？还是聊曹玫喜欢的那种神秘哲学？聊天的共同话题就是公分母、公约数。人类聊天话题的最大公约数无疑就是吃吃喝喝，男欢女爱。而这就是人性啊！"

说完，他又补充一句："而今许多女人要减肥，对吃喝没兴趣，于是只剩下了男女话题，在许多情况下就成了唯一的公约数。"

又多喝了一瓶啤酒，大卫半醉了，开始抱怨胡桠，对李三说："胡桠有老公，还有你李老师……"

胡桠打断她："我跟李老师啥都没有！"

"你心里和他有的！"大卫又告诉李三，"胡桠很不稳定，我有时一个月都见不到她。"

"那你怎么办？"

"我就到'静好书院'去了。"

"'静好书院'？"

"都是些富婆，二十多个，四十五岁到五十岁之间的。她们的孩子都在国外念书，老公都不常回家，闲着没事，她们就几乎天天聚在一起，穿同样款式的像越南女人穿的那种裙子，浅紫色的，飘飘荡荡，仙气氤氲，像在电视剧里那样，学学古琴，学学茶道，朗诵朗诵诗歌……"

"你也是她们的一分子？"

"哪里呀，我是给她们打工的。"

胡桠转过脸对李三说："曹玫结婚了。"

"哦？"

"她老公很有钱。"

"哦。"

"可惜慈溪没有'静好书院'。"

李三和大卫都看着胡桠，慢慢琢磨她这话什么意思。

阿沫终于和隔壁的思思聊够了，过来和李三说她先回家了。她还不认识胡桠，李三也不跟她介绍，直接把她送出了门外。

她走后不久，胡桠她俩也走了。临走前，胡桠把曹玫新的手机号码告诉了李三，叮咛一句："别跟她说是我告诉你的。"

23

好像是有点量子纠缠那种意思，无论谁一提起曹玫，李三就会联想到那只从动物园逃出来的豹子。量子到底有没有纠缠他不晓得，在他脑子里曹玫倒是和豹子纠缠在一起了。它伸出右前掌蹭蹭柏油路面，感觉一下这路面和笼子里的水泥地面有啥不同。梦见它到现在有三年多了，曹玫的话要是可信，它应该还没有逃出来，说不定还没有生出来。豹子能活几年？

曹玫又嫁人了。有钱人！她应该不做编辑了吧？

他在梦里经营着一个不大的农场，地方离密尔沃基大概五十分钟车程。不是种玉米，是种蛇果，还有少量的车厘子。四十公顷土地，还有三层楼的 house，还有谷仓和拖拉机。密尔沃基是哪里？亏你还是玩摩托车的，连密尔沃基都不晓得！"哈雷"你总晓得的吧？四十公顷的蛇果和车厘子应该不少了，可是政府不满意，来了个农业局的科长，说你种的水果很好，我们县委、县政府说要打品牌，要你扩大种植规模，为国家多做贡献。可是我没钱呀，怎么扩大？农业局那人就叫银行给他贷款，让他去兼并其他果农的园子。结果，他的果园规模达到了三千公顷。一公顷是十五亩哪！于是就有朋友，好像是王也，也可能是许星，反正是在一间酒吧，对他发火了，说你以为你是谁？搞得这么大，欠银行那么多钱，你离坐牢不远了！

李三被吓醒了，很不开心。做个梦也被他们骂，啥世道？

又开学了，又要去下沙上课。他赖在床上不肯起来，心想他们做学生的想逃课就逃课，凭啥我不能也逃一回，今天就不去了？

真那样，又会怎样呢？当然要算教学事故，还蛮重大的。他现在拿年薪，不考核，也没奖金。今天不去学校又会怎样？

他还是不敢，心想校方可能正愁没把柄拿捏他。离退休一年都不到了，不跟他们斗气，安全着陆要紧。

勉强起了床，把昨晚的剩饭加上许多水，放到电饭煲里烧泡饭。昨晚的剩菜放进微波炉热热。

半年多来，他的左肩背酸痛难忍。阿沫替他去药房买来一种膏药，说这个很灵，你贴上去至少能缓解许多。

阿沫不在家，他只能自己贴，把很大一张膏药的一端先搭在肩上，右手绕过脖子去把够得着的膏药一端一点一点按实。再往下就够不着了，他只能把后肩靠到墙上，把膏药蹭平、压实。

正巧此时胡安也在背靠门框蹭痒痒，和他做着同样的动作。他看着它，它也在看他。

"你啥意思？"他问胡安，"觉得我很可笑？"

贴上膏药，他又找着一种上回没吃完的洛索洛芬纳片吃了，然后找出一件领口很小，能遮住肩上膏药的T恤衫穿上。他不想让学院同事或学生看到他肩上贴着膏药，那样他们可能会问他怎么了，他就得费一番口舌说说。而往往，还没等他说完，对方其实已经心有旁骛，没再听他说了。

离开家之前，李三选了一幅他写的字，内容是柳永的"东南形胜"，想顺路去送给母亲。上周他和阿沫去看母亲的时候就说要送她一幅字，让她挂在墙上，既能见字如见人，也能欣赏一下她当年在儿子身上的投入如今所获成果，让老人家也有点成就感。

姐姐去打麻将了，母亲一个人在家。他把字挂到墙上，又和母亲聊了一个多钟头。母亲告诉他，前些天田桑给她来过电话，要奶奶保养好身体，等着她拖儿带女回来看奶奶。说着说着，老太太就把话题转到她老人家百年之后的事情上，说我已经明明白白交代过你们，我死后不要召集任何亲友，不要任何仪式，甚至也不要骨灰，更不用买墓地来安葬。一句话，尽量少花钱，尽量少打扰别人。母亲的这个意愿表达很多次了，今天又非要他再次做出保证。他说放心吧，我们一定不会做你一生反感的事。

他不想再谈这个事，便引开话说："你老人家百年之后，我会写一篇文章说说你的一生，那将是我对你最好的纪念，而且我的后人也会读它。我爸死后很多年，我唯一写过一篇纪念他的文章《我爱的那个父亲》，是我最好的散文作品之一。"

母亲说："你爸是老革命，有东西写，我一生很平淡，你没啥好写的。"

"妈你错了，我写我爸，恰恰不是他老革命的一面，而是他拿我当小狗耍。再说啦，你老太太对我们老李家贡献巨大，你自己不知道吗？"

母亲说："你可别给我戴高帽儿。"

李三说："本来，老李家没文化。我爷爷六岁学木匠，不识字。我爸只念过三个冬天的小学，沾了北方农村冬天没活干的光。而你们老蔡家有文化多了。你爷爷在晚清做过官，告老还乡后，你给爷爷当书童，耳濡目染，很受熏陶。你只有一个弟弟，我舅舅，他前年去世了，他的后人与文化无缘，你老蔡家的文化渊源在老蔡家断了流。可是你，嫁到了老李家，等于是把老蔡家的文化带过来，嫁接在老李家这棵粗壮的大树上，在这里开花、结果……"

记得两年前他有一回和母亲聊天，说着说着便开始数落老蔡家一代不如一代。母亲的爷爷以进士出身，做过县太爷；到了母亲的父亲，

那时已被辛亥革命废除了科举，外公只能当个乡绅。当然也受乡人尊敬，却没的官做了；他舅舅，略有点文化，在国企当会计，算个白领；舅舅唯一的儿子，他的表哥，是个电工，算蓝领了；表哥的儿子，蹬三轮拉客拉货，成了苦力。他倒没有歧视表侄的意思，只从文化上讲，老蔡家显然衰落了。

那回，他把母亲说伤心了，当时也在场的阿沫赶紧制止，暗暗踹了他一脚。他呢，话锋一转，说你老太太可别当你还是老蔡家的人。你嫁鸡随鸡，早就是老李家的人了。老李家，从我的不识字的爷爷算起，只三代就一步登天了，三个孙子全是"高知"，其中两个作家是你生的。你对老李家可谓居功至伟。

说到这，母亲心情又好了，嗔怪道："就你嘴巧！"

李三一向很得意他有本事把母亲哄得很开心。母亲爱聊天，而哥哥每次去看母亲，和她聊的话题都太板正，就是问妈身体怎么样？能吃什么？爱吃什么？母亲一一回答，答完了也就没话了。李三注意到这类话题的聊天五分钟就聊完了，母亲很不过瘾。

他的办法是先刺激刺激老太太，找个话题，甚至编派她一个故事："我想起小时候的一件事，明明是人家欺负了我，你却不由分说打了我一顿，我现在想起来还蛮委屈的。"这么一来，老太太就被调动起来了。她记性超好，回想片刻便一口咬定他胡说："那事情不是你说的这样！"老太太上钩了，他便问："那你说是怎样的？"这下可有的说了，回顾往事，七七八八，母亲能说上大半个钟头，反驳他，纠正他，澄清她自己，话就聊开了。这就像看电视剧，要有点冲突戏才好看。在这个过程中母亲享受到了一种厘清事实、揭示真相的快感。这就够了，结果不重要。结果往往是，他看出母亲有点累了，才打住，说："原来是这样啊，是我记错了，张冠李戴了，还是你老人家记性好哪！"

母亲就很满意了。

离开姐姐家，李三往下沙去了。途中，他想起昨晚阿沫跟他讲到薇妮，这阵子她母女俩联络频繁，薇妮断断续续跟她讲了一些在华盛顿的中国留学生的情况。几个月来薇妮因为合租者即那个上海男孩的不正常，早就想换租别处了，希望能跟非华人合租，却一直没能找到，感觉上华盛顿的出租公寓似乎都被中国人租去了。而且，这些供出租的公寓房的房东又几乎都是中国人，还几乎都违反美国的相关法规，学中国国内房东们的做法，把房间隔得更小，以图租给更多的住户赚取更多的租金。李三听了，调侃说："那是华盛顿的陆家庄啊！"

还有一件事，是薇妮结识的一个来自中国东北的女生，刚毕业不久，为了留在美国，她需要跟一个美国人结婚。但是她还没有找好男朋友，而且也不想找，因为她的颇具女权意识的母亲灌输给她的思想是女孩子不必嫁老公，找个男人同居解决解决性需求即可。但她现在面临的问题不是性需求，而是想留在美国，她能采用的唯一办法就是结婚，然后由她的配偶为她申请绿卡。怎么办呢？她找到一位和她关系很好的美国女生，两人商定了一个假结婚的办法，就去了美国的某个在法律上承认这种婚姻的州，向法院提交了结婚申请。当然事情也不是那么容易就做成的，法院还需要做些调查，以便确认她俩的关系。为了做给法官看，眼下她俩可是真的过上了同居生活……

今天的课堂上只来了两个女生。因为他开的这门课没学分，学生们逃课越来越频繁。这两位恐怕也是因为她俩提交了文章，想听听他怎样评说。

两篇都是小说，《妈妈》和《唐元》。他指出在小说写作上她们有两个主要的缺点，一是每当面对比较重大或比较复杂、微妙的情节或场面，她们自知难以驾驭，就会临阵脱逃，避重就轻地把故事拐向

了另一条容易走的路，也往往是不太有意思的路。他说："其实这个避重就轻的毛病连许多成名的作家都会犯的，都是人嘛，本能都是捡容易做的去做。但这样一来，容易做的，或者说是谁都能做到的，那就不免平庸。"

《妈妈》这篇太一般，写母爱话题，说了一大堆妈妈多么疼她，知寒知暖，给她做好吃的，给她买新衣裳……

李三说："我是个给女儿做爸爸的人，我晓得一多半的女孩跟妈妈吵过架，甚至吵得很厉害。你们写那些妈妈怎么爱你的话其实很无聊，几乎像废话。能不能写写妈妈怎样使你产生敌意？能不能写写你怎样和妈妈对着干？最终，能不能在一场母女吵架中写出母女之爱？"

接着他讲了一个他在酒吧听到的真事。"情缘"的吧女萱萱说她还在家乡的时候经常和她妈一起看电视剧，有一回看到剧中一个小鲜肉演员，母女俩都爱上了他，接着就互相吃醋，她说那俊男这点好，她妈偏说那点好，一来二去就吵架了。当然后来母女俩又和好了，还约定一起做那位小鲜肉的情人，万一遇见他，她俩就以姐妹相称、相处。李三说："这才有点像小说故事。"

再一个缺点是她们写细节不够好。他对写细节有两个层面的要求，两个层面的相互作用几乎就是小说艺术的全部精髓所在。

"首先，细节要扎实，真货实料，'接地气'，说来头头是道。《唐元》这篇就有这个优点。注意，头头是道的好处不是为了卖弄，虽然有些成名作家也会情不自禁地卖弄起来，而是能够把读者诱入一个特定的情景，让读者感同身受。当读者或者观众跟随哈姆雷特一步步登上城堡顶端的露台，和他一起聆听着风声、海涛声甚至是若有若无的老鼠溜过的声音，在这个由种种细节堆成的足以让人疑神疑鬼的时刻，接下来会怎样呢？

"哈姆雷特见到了鬼魂！观众还相信哈姆雷特真的见到了鬼魂。这也是一个细节，却是我所谓的'飞起来'的细节。"

《唐元》的作者让一对素未谋面的年轻男女成了线上玩游戏的师徒，女徒弟见师傅被群殴致死，躺尸在地，虽然师傅另有许多徒子徒孙，却又没有一个男人站出来相助，只得由她挺身而出，结果也被群殴致死，躺尸在师傅身旁。

写到这里，小说前面的细节都很扎实，一招一式头头是道，男女并排躺尸，足以构成一个很能出彩的情景了。但作者没有让下面的细节"飞起来"，依然是让师徒二人在线聊天，依然是那么实笃笃的，相当于让哈姆雷特在城堡里走了一圈，什么都没遇见。

"怎样才算'飞起来'呢？换作我，我就开始像哈姆雷特那样'出神'了，让接下来的故事发生在一片真实的林间草地而非线上游戏的屏幕上，两个并排躺尸着的男女在这里喃喃私语，听着草虫唧唧，闻着野草的气息，偶尔还有片树叶飘落到脸上……在这样一个特定的情景里，让读者去感受他俩之间的朦朦胧胧、似有若无的爱意。若是这样处理故事和细节，用我的话说就是'飞起来'了。"

他告诉学生，当读者被"诱入"到一个细节扎实、丰富且生动的情景中，敏感的读者已经自己在那里幻想连连了，你没有说的他已经想到了，一切都在向外溢出，一切皆有可能："我上学期跟你们说过的那个话，小说中的可能性是被小说家制造出来的，就是这个意思。好的小说家，不仅要勇于直面人生，还要善于制造人生的种种可能。"

下面再说什么呢？

他看着这两个女生，心想这届写作班应该是十二个学生，今天只来了两个。她们值得我认真对待吗？他在心里盘算了一下，离退休他还有一年多一点。

李三觉察出这两三年来他对学生的态度有了很大的变化。他的第一届到第三届的学生，如今都工作了，其中的许多还跟他保持来往，经常会寄一些水果、海鲜给他，有时还请他吃饭，陪他泡吧。而他已经去过省内好几个地方去喝他们的喜酒，最远跑去了衢州。郑宇结婚，在家乡龙泉办酒，他因故没去，托夏河西给郑宇带去一幅他写的字，《诗经·蒹葭》。他要夏河西转告郑宇，送这幅字的意思是要他明白，所谓伊人，永远在水一方，所以他小子婚后还得努力不懈，溯洄从之，溯游从之，不断地追呀，追呀，才会白头偕老。

07级的谷馨那年春节结婚，请他去金华参加她的婚礼。可是就在那些日子里田桑和老公、孩子回国探亲，他每天给孩子们当车夫去这儿去那儿无法分身，只能给谷馨发去祝福。

两年后，谷馨来微信跟他讨论她的婚姻和生活，显然很苦恼。

"我老公是开门市卖电动车的，我跟他认识几个月就结婚了，和他父母住在一起。结婚后我俩吵架很频繁，他脾气很坏，喜欢骂人。那时我在保险公司工作，他一直希望我跟他一起做生意。今年4月我就辞职来他店里了。没想到，和他一起做事吵架的缘由比以前更多，所以我又想再回去上班。他当然不同意，态度很坚决。他父母也认为我不该出去上班。"

李三还在考虑怎样回复她，而她那边则是一吐为快，又连续发来几段："我想回原单位上班，也有点想逃避我老公的考虑。他这个人是很适合做生意的，平常讲话，撒谎什么的，随口就来。他爱骂人，实话讲在我接触过的同龄人中没有第二个像他这样爱骂人的，他连自己的父母都能用土话中的脏话骂得很凶。这我是在结婚后才发现的。当然，他骂我更多。"

又来两句："从心理上讲，我丝毫没有被爱、被呵护的感觉。有时甚至连起码的尊重都得不到。我现在很迷茫。"

李三终于想好了他想说的一段话，发给了谷馨："你讲的其实是两点，一是你俩经常吵架，这是许多年轻夫妇婚姻过程中的常态，所以需要磨合。在此期间不要轻言离婚，要相互沟通，各退一步。你讲的另一点是出去工作，我不太好提建议，因为那比较复杂。"

发出之后他觉得他很差劲，小心翼翼地说了一堆套话、废话。

她回复："我并不想离婚，那样毕竟对女儿的伤害太大。他因为怕我出去上班，对我的态度也慢慢有所好转。我现在矛盾的主要是工作问题。我出去工作，肯定会加深矛盾。"

接着又说："以您对我的了解，我适合什么工作？是去保险公司上班，固定时间固定工资，还是当他所谓的老板娘？我觉得他需要一个精明能干又看重钱的妻子，而我大概不是。"

他回答她："出去工作比较好，一个女人总得有一点独立的东西。考虑到你女儿还小，工作稳定比较好。"

她最后回应他："是的。可是没勇气，害怕吵架。"

和谷馨这样交流之后，李三很为她的婚姻感到担忧。其实，几个月前他就有过不祥的预感。那是6月里，他去兰溪下乡采风，某晚有兰溪朋友请饭，他在餐桌上大谈"二婚"的好处。后来他把这事写进了那天的日记。两天后，看了他日记的谷馨来微信问他为何说"二婚"比"一婚"成功率高？他回答她，因为"二婚"的人有婚姻和家庭生活经验。她又问，你讲的这个成功率是指什么？他说是能保持婚姻长久的比例。她最后问，现在还有好多人不结婚，你怎么看？他说，他们怕失败。

当时他就想，这个谷馨，并非搞社会学的，问他这些问题必有原因，很可能是她自己的婚姻出了问题。果然让他猜着了。

实在帮不上她什么，那阵子李三心里很不是滋味。

还有 06 级的徐健，有一天去龙坞画室看李三，送来一箱上午刚摘的葡萄。徐健告诉李三他和前女友分手了。他的前女友也是李三的学生，他俩好了六七年，终于还是走不到一起。李三鼓动徐健尽快另起炉灶，并且加快谈婚论嫁的步伐。李三批评他这代人，尤其是女性："婚恋观比我还古老，把婚姻看得过重，好像人生除了一场婚姻之外什么都没有了。"他对徐健说："其实婚姻在你一生中占据重大分量的岁月不超过十年，那之后夫妻之间更常态的只剩下亲情，同时伴随着许多烦恼。十年能填满你的一生吗？把婚姻当作人生唯一重要的事情来看待，那样没完没了地挑挑拣拣，活像是去菜场买菜，斤斤计较，讨价还价，彼此算计着对方，活活儿把原本那么干净、清澈的性爱之泉搅得浑浊，添加上那么多市侩气息。这哪像是你们 80 后、90 后应有的现代性？可你们偏偏就是这样，甚至比你们的上辈人更势利。"

一年后，徐健的前女友，也曾是李三学生的方欣如来看他。李三说："我大概有两年没见你了吧？记得上一回还是在我的龙坞画室。"

方欣如说她已经不在"浙江在线"工作了，眼下暂时还没找好新的工作。去年和徐健分手后，她最近有了一个新的男友，还在谈着，是做 IT 的。

可她又说，她男友的父母都是共产党员，父亲还是公务员，有点嫌弃她，因为她家都是基督徒。

李三听了这话有点惊讶，简直不敢相信如今的人做儿女亲家还挑剔这个！

换了话题，方欣如说之所以这么久没来看老师，是觉得她和徐健分手的事，让她有点不好意思面对老师。

他说："这没啥不好意思的，我作为你们的老师，一视同仁，完全中立，而且早在十几年前我就曾对我自己的女儿说过，你这代人，谈几次恋爱，结几次婚又离几次，我丝毫不会感到惊讶。我只希望你永远有勇气追求你的幸福。我对田桑讲的这个话，对你欣如一样适用。"

听他这么说，欣如释然了，表示以后要和老师常见面，乃至陪他泡吧。

可要是换成眼前这两位，换成这几届的学生，他会很有耐心听他们倾诉，给他们认真做"话疗"吗？他连他们的名字都不怎么记得，他们也没有一个提出过要和他加微信。他和学生关系已经越来越局限在这间不大的教室了。

在剩下的大半节课时间里，两个女生就一直低头看手机。他则继续走神，又想起昨晚阿沫还跟他讲了她的小姐妹丁香最近的故事。丁香嫁了一个法国老公，两人要一起去法国。他们有一个很大很重的箱子，丁香说拿不动，要阿沫替她寄到法国去，好像她以为自己是千金小姐而阿沫是个搬运工。而且她还要阿沫替她垫钱。依阿沫的估计，运费至少上千块，这钱丁香肯定不会还她。阿沫没有答应丁香，说既然是寄去法国，你自己也可以寄嘛。

行李中有一个丁香自己说是花了三千块钱买的清代的瓷盘，她想把它卖掉，跟一个朋友开价两万六。那朋友后来变卦了，丁香只得再忽悠别人。她瞄上了女作家小雪，开出"友情价"两万块。却不知这小雪是比她丁香更鬼精鬼精的，回她话说，我的确蛮喜欢这盘子，不过眼下我没有这笔闲钱。这样吧，你若嫌沉，不想带走，我就先替你保管着。丁香一听这话，傻眼了，恨不能把小雪生吞活剥了！

没法子，丁香只得把盘子带走。她这回是随老公定居法国，是整个地搬家，要带走的东西太多，得花五万块钱租个集装箱走海运。东西到了上海海关，开箱查验，那盘子疑似文物，整个集装箱被扣。鬼

精的丁香这回犯傻了，她若索性不要这盘子了，事情倒也简单一些。但丁香认定这盘子很值钱，不肯放弃，就须得经过海关委托专家鉴定是否属于管制文物。若鉴定出来不是，那就不会值钱到哪去，若鉴定出来是，那她一定带不走。折腾了好一阵，鉴定结果说这东西不算文物，却要丁香支付一万块钱的鉴定费。而且这么一来，船期误了，下一班船得一个月以后。而一个月以后是海运旺季，运费还得涨些。丁香又一次气晕了。

下课了，两个学生说李老师下周见。他没听见，还在想，阿沫没说，丁香那只让她气晕了两次的瓷盘最终有没有带去法国？

24

跟第三个玲玲分手后，猴子并没闲着。

有一晚猴子告诉李三，明天下午他会上浙江六套的电视节目，内容是相亲，就在"猴吧"做这个节目，届时将有三位女士先后和他接触。猴子还说要准备好水果盘，再弄些小点心。跟李三说这番话的时候他真的很像华少，容光焕发，充满期待。李三祝愿猴猴这回能有实质性的收获："不光是上了电视，还要上人家的床，最后是上了领证的台子。"

与此同时，他在考虑要卖掉"猴吧"。

吧友们都看在眼里，这两年城西酒吧生意江河日下。猴子问李三怎么会这样？李三说本来应该成为你的客人的那些人，眼下没钱消费了。

"可是他们个个都算得上有钱的，家产都是几百几千万的。"

"他们的钱都在房子上了，有大钱而没有现钱。"

"是啊，很多人买房还是贷款的，要做二三十年的房奴，每月缴款六七千。"

"那就等于他每月少了六七千块的消费能力。这样的人一多，你猴猴就没钱赚了。有些人当房奴还当得乐颠颠的，甚至还有人自豪地宣称中国光是北上广深的房产总值就可以把整个美国买下了！意思是他至少能买下纽约的两栋楼。他们就在人类史上亘古未有的最大、最惊人的集体虚妄中消费着他们自己的财富梦，别的就只能省省了。"

其实李三自己也越来越缺钱消费了，开始跟阿琅交流消费降级的经验，就是从什么地方以什么价钱买什么东西比较划算。他先讲了他

曾在小区里一家小超市买到过一种茄汁沙丁鱼罐头，上海梅林牌的，净重四百多克，才十块钱一罐。先买了两罐尝过以后，他把这家小超市剩下的这批货全买了，总共有十几罐。一个月前吃完了，再想买，没了。

阿琅当即上网查，找到了这款梅林罐头，三罐一组，二十九块。李三当即要阿琅替他买下五组即十五罐，还当即发红包付给阿琅钱。

他告诉阿琅："在我小时候，上海的'梅林牌'可是响当当的名牌哪！它的肉类罐头和水果罐头本来都是出口的，上面都有外国字，通常我们中国老百姓是吃不到的。只有极少数机会，不晓得出了什么缘故，会有一批货出现在那时的普通商店里，出口转内销了。现在想来，要么是有点过期了，要么是有点质量问题被人家退货了。也可能是那时的中国要发动世界革命，到处点火，支持亚非拉人民要解放，有些国家就不跟我们做生意了。譬如我们本来可以拿梅林罐头去换古巴糖，可是我们那时强烈反对苏修，街上到处有标语要打倒美帝、打倒苏修的标语，连带着把苏修的小兄弟古巴也一起反了。古巴糖我们不要了，留下梅林罐头拉动内需，这才让我小时候偶尔能吃到本该给外国人吃的梅林罐头。"

再又说到方便面，阿琅居然还嫌李三买的平均两块六的量贩装"康师傅"太贵，而他有时是买北京产的青稞方便面，才一块八一包。

他甚至还鼓动李三到他住的小区门外一家面馆去吃八块钱一碗的雪菜肉丝面，他说料还特别多。

李三问他住哪里，他说了一个李三大致上晓得是靠近大关的地方。

"我从家里开车去你那里一个来回的油费还不止八块呢！"

说着去哪买便宜货的话题，李三又告诉阿琅和猴子，他中午看到富阳朋友文骏发的段子："今天找了一名老中医，把脉后，建议我多运动，不要喝饮料，多喝白开水，出门步行，不要在外面吃饭，尽量吃素，少吃肉类和海鲜。我点了点头，问他：'我是啥毛病啊？'老中医说：'收入太低，压力太大，不适合高消费，一花钱就上火。'神医啊！"

他俩笑过一阵之后，猴子沮丧地说："万一哪天酒吧做不下去了，我打算去开'滴滴'。"

阿琅说："那也不错，就是辛苦点儿。月入一万以上，过过日子可以了。"

王也来了，换了话题。李三问猴子电视相亲有结果没有。

"还没有。不过我在网上认识了一个女的，和她见过几面，有四个月了。"猴子春风满面，竟还略带羞涩，这表情是李三从未见过的，"哪天我把她约来让李哥见见。"

"啊？好你个猴子，居然瞒着我们瞒了四个月！"王也很惊讶也很愤怒。

猴子辩解说："前回和玲玲的事，让各位大哥看了很多笑话。这回我不得不低调一些，万一搞不定，不能再闹笑话了。"

李三说："照这么说，你今天公开了，就是已经搞定她了？"

猴子得意了，递过手机来给李三看："李哥说了，拔枪就打！"

手机上有他和新交的女友很露骨的调情。

猴子："美女。"

姚琴："哪位帅哥？怎么说？"

猴子："约炮。"

姚琴："开个价吧。"

猴子："八百。"

姚琴："陪夜不够。"

猴子："我写个欠条给你。"

姚琴："那是你江西佬的做法，杭州人不吃这套。"

李三看完递给王也看，说猴子："看来的确是拿下了。"

王也看完问："她是杭州人？"

"她家在临平，是独生女，结过婚，有一个四岁的儿子，比我女儿小两岁。"猴子说，"她家房子很大，四层楼呢。等我娶了她，我和她还有两个孩子住整整一层。姚琴的父母还答应照看两个孩子。还有更要紧的，杭州有政策，我和姚琴结婚满三年，我和女儿的户口就可以迁来，将来我女儿就能在杭州上学了。"

王也问："女方有啥要求？"

"女方的要求是新房的装修钱由我出，另外再给她买一辆十五万以内的汽车。后来她爸说，买辆十万十二万的就行了。"

李三说："这点要求不算高，毕竟你用不着买房了。而且娶一个本地人家的女人，可以弥补你这个外来者的许多不足。"

王也跟众人说："看上去猴子这阵子很快活，但好像脸色很苍白呢。"

李三说："猴子让自己幸福得筋疲力尽了！"

众人都笑了，说这话妙，什么意思都在里面了。

接着，李三、王也还有酒吧里其他几个吧客共同举杯恭喜猴子。他一高兴，说今晚各位大哥的酒我请了！

在李三的印象中，这恐怕就是猴子最后一次在他这间"猴吧"请客人喝酒了。半个月后，他不声不响地把酒吧卖了。

有好几个月，猴子竟然在城西销声匿迹，这让城西吧客们很不适应。毕竟十多年来猴子是他们除了自家老婆、孩子之外见面最多的人，怎么可以一下子见不着了？

李三给他发去微信说："想猴猴了！"

他还真想猴子。这阵子去泡由一对表姐妹秀秀和哓哓从猴子手里接盘过来的"猴吧"，虽然秀秀和哓哓都算美女，对李三也够客气，他还是很不适应，很不喜欢这样的变化。坐在吧台边，他又给猴子发去微信："想猴猴了！"

猴子回复："我也想李哥啊！"

"在做啥事？"

"我丈人有几个鱼塘，帮他养鱼呢。"

"猴猴还会养鱼？"

"现学嘛。"

后来，陆陆续续地，有一搭没一搭地，猴子通过微信告诉他的老吧客们，他正在逐渐适应在临平的生活。在他们那个家里，两个小孩不算，他老婆很闷，丈人更闷，只他和丈母娘是够生动的，两人都爱说爱笑，很投缘。因为喜欢他，丈母娘就经常做好菜给他吃。至于老婆，和他恩爱得有点太热乎了……

有一晚，猴子想老哥们实在憋不住了，就带上姚琴一起来城西泡吧，就在他的老"猴吧"。那晚大概要算秀秀和哓哓接手酒吧后生意最好的一晚，老吧客们差不多全部来了。

猴子胖了一些，他自己说重了六斤。

郝青说："这阵子白天养鱼，晚上啪啪啪，然后老婆做鱼给你吃，所以胖了。"

猴子笑着说："哪里呀，我家的饭菜都是丈母娘做的。不是塘里的鱼，是我丈人每天抓的野生泥鳅，大补啊！"

接着他说了许多丈母娘的好话，说某日丈母娘做了红烧猪蹄给他吃，虽然很香，却也很油，他只吃了一块就不再吃了。丈母娘问他为

啥吃这么少？他说他胖了很多，不敢多吃。丈母娘就说："小余啊，你在我这里可不能这样。你要是瘦下去了，等你过年回家你妈看了会心疼，还以为我亏得你呢。"说着说着，猴子还不忘捎带一个带色的笑话："前些天，丈母娘腰不好，去医院配了贴腰的药膏。正好那天我也有点闪了腰，丈母娘就让我也贴她配来的药膏。就在我不知该怎么跟丈母娘解释的时候，老婆出来说：'妈，他腰不好和你腰不好不是一回事。'"

说完这段，猴子嘿嘿笑了。

哓哓问他："那你丈母娘怎么说？"

猴子说："她就装作没听懂女儿话中有话，含混过去了。"

他老婆姚琴就坐在边上，丝毫不否认猴子讲的事。

又过了两个月，猴子又告诉李三他们他家遇上好事了，政府要征用他丈人租赁的鱼塘，自然是要给点赔偿。鱼塘原先养黑鱼，政府说是黑鱼污染重，不让养，他丈人就什么都没养，让鱼塘闲着。但政府的赔偿是针对鱼塘里养着什么来计算的，既然如此，猴子就给丈人出主意，要他上报说鱼塘里养着小龙虾，因为小龙虾价格高，可以得到更多赔偿。猴子说，他家算了算，大致能赔得十万块钱。

说完这事，猴子不忘炫耀一句："现在，我家的大事情是要我拿主意的。"

鱼塘没了，猴子又不得不改行。做什么好呢？

猴子发微信跟李三说："有朋友挑我和他合伙做装修生意。我也觉我比较善于跟人打交道。"

李三回他话："你是说你不善于跟鱼打交道？"

猴子返还他一大堆笑脸。

就在这时，做房地产的邢远，也是"猴吧"的老吧客，为他女友盘下了喜云的"云吧"，请猴子给他做调酒师，月薪一万，外加一千块交通费。之所以邢远给了猴子一个"调酒师"的名头，是因为"经理"要留给他女友做。而之所以喜云舍得卖了生意不错的"云吧"，她告诉李三她要准备"封山育林"。

也因为裴裴要回河南嫁人了。

还有小蒙，身体太单薄，做两份工作显然吃不消，已经不做了。

"云吧"已由猴子接手，但他一时还招不到吧女，本人也有羁绊暂时不能来上班，只得求喜云让裴裴和茜茜再多做半个月。他们都曾是当年文文手下的师兄们，好说话。

晚上出门时李三才知道又下雪了，下得还蛮大。他带着一包阿沫刚给他买的吊瓜子去了"云吧"，既是和裴裴她们道个别，也是给邢远和猴子捧个场。酒吧仍叫"云吧"，不改名，让老吧客们感觉有回忆，够温馨。

他进门时，喜云、裴裴和茜茜一阵欢呼，说终于来了一个有真爱的！

他说："是啊，爱酒爱到风雪无阻，像我这样的，才够格。"

临近春节，"云吧"只剩下两个吧女了，就是裴裴和茜茜。裴裴是因为她父母坚持不许嫁出去的女儿回娘家过年这套陋习，许多年都是自己在杭州过。茜茜还没走的理由比较奇葩，是因为她养着一条大狗，没法坐火车或大巴，只能等等，看有没有哪个朋友的私家车能捎上她。

小蒙不在，李三兴致不高，许多时候不言语，自顾自剥吊瓜子。这半年来他养成了一个习惯，就是在夜晚待在家中不去泡吧的日子，后半夜脑子不够用了，做不了正经事，却也无法入睡，只得一边看电视剧消磨时光，一边剥吊瓜子吃。这肯定是世界上最难剥的瓜子，剥

起来要用心，用技巧。且不论美味与否，至少是它们能让他分心，能让他在有一搭没一搭地看电视剧的同时，手上有事情做，让夜晚的时光既是从眼前也是从指缝间慢慢流逝。剥吊瓜子还有一个很大的好处，就是这一晚他抽烟明显减少，没空抽嘛。剥得很多，吃得不多，就会剩下一些。阿沫有时爱吃，他就算服侍她了，可许多时候她说要减肥，不吃带油性的食物，剥出来的瓜子仁就会过剩，他就会在第二天晚上带到酒吧去与众人分享。有一晚裴裴跟他开玩笑说："我打听打听，看能不能找个剥吊瓜子的活儿让你干干，赚点小钱。"

李三是今晚头一个来"云吧"的，他之后，陆陆续续来了不少客人，长桌、圆桌都占满了。

他想起夏天时曾听小蒙讲过她的两个孩子。这个暑假她老公把孩子们从安徽老家接来杭州跟父母一起过。十岁的女儿很会撒娇，提出要跟妈妈睡。其实母女俩还是在一起睡的，只因小蒙下班回家晚，女儿睡着了，不知道。为满足女儿的要求，小蒙说她有一晚特地请假没来上班，一直陪着女儿，直到她确信是跟妈妈睡的。九岁的儿子却不会撒娇，还很害羞。小蒙说，孩子们刚到那天，她亲了儿子一下，儿子立刻就脸红了。过完暑假，小蒙把两个孩子送回了老家，半个月后才回来上班。李三那晚见了她格外欢喜，惹得茜茜又假装吃醋了。他对茜茜说，小蒙跟老公恩爱着呢，我没戏，苍蝇抱不了没缝的蛋。小蒙则跟茜茜说，你去勾引我老公吧，把他搞定，李老师和我这边就有戏了！

前天下午小蒙发微信告诉李三她刚去一家物业公司做保洁管理，可是那帮做保洁的大嫂很难管。李三约莫，大嫂们见她这么个瘦弱的小嫂儿居然来管她们，肯定不服，来几句荤段子就能把小蒙收拾了。他鼓励小蒙：慢慢来，你很聪明，会有办法对付她们的。

小蒙不做了，今晚是裴裴陪他了。她送了他一瓶金门高粱，五十八度的，说这酒是她前男友送她的，今晚她拿来送给她的现男友。

李三说："我是你前夫，你忘啦？你把前夫又变回现男友，这倒是个蛮好的喜剧题材。"

接着李三听她讲了要回河南老家嫁人的事。不是先前她在"云吧"跟众人嘚瑟过的，和他火热偷情从老家信阳偷到杭州还不过瘾还一直偷到了广州的那位。那是她少女时代暗恋的男生，总算让她了却了夙愿。她不得不刹车了，因为那位有老婆，她不想当第三者。而今的这位，一个月以后就摆酒娶她的这个男人，是她当年在信阳城里打工时的工友，倒过来了，她成了被暗恋的那个。那男人比她大十岁，做装修材料生意，店面就开在信阳市区。他有两个孩子，其中一个跟了他前妻。裴裴说着，还给李三看了这男人的照片，长相很不错，蛮斯文的，还显得年轻。裴裴说他学过画画，她手机里有这男人画的几幅素描。眼下这男人催她尽快去信阳成婚，和他一起操持生意。

李三酸溜溜地唱起了一首早些年他跟曹玫学的歌，用的是瓦格纳《婚礼进行曲》的调调：

结婚了吧？

傻逼了吧？

一个人赚钱两个人花。

离婚了吧？

傻逼了吧？

以后泡妞要花钱了吧？

245

裴裴带着哭腔说："男人，别这样。我已经四十多了，再不嫁就真的没机会了，将来就是孤老婆子一个……"

李三抱了抱她，低声说："别往心里去。我只是有点舍不得你走。"

"你知道的，男人，我在杭州工作了十八年，朋友很多了，和喜云这样的小姐妹感情很深了，所以放心吧，我会常来杭州看你们。"

"你会的。"他点点头。

裴裴去照顾别的客人了。接下来李三跟身旁一位很熟悉的女客殷茵聊天，她说起她女儿在纽约大学念大三，攻读电影文学，说她曾告诫女儿三条，一是千万不能吸毒，二是别学她，不要找有妇之夫，三是若想做爱必须用安全套。她问李三怎么看她要求女儿的这三条。

他说这三条好啊，针对性很强。

接着她又说女儿刚去美国时也对她提出了两条，一是希望她只恋爱不结婚，二是不要再生孩子，免得把自己的身材搞坏。

对此李三未加评论，心中暗想，这女儿倒是有点扎手呢。

但后来女儿在美国待了几年，这方面的想法有很大变化，懂得体贴母亲了，鼓励她再找男人，甚至再生孩子，最好能生个弟弟。

李三说："没问题呀，你状态这么好，还有小蛮腰兮兮的身材，肯定还能生！当年我爸妈生我的时候，一个五十二，一个四十，加起来九十二岁了。你想想，那时候的医疗条件能跟现在比吗？"

话题由此转入她是否应该再婚的问题上来，她问李三怎么看？

李三说："我看来看去，还认真思考过这个现象，觉得'二婚'应该是最好的婚姻。中国人的第一次婚姻，往往不得要领，要么是机会太少，你没有选择，要么是缺乏经验，不会处理婚后生活的诸多琐事，要么是年轻气盛，互不相让，为了一点小事就负气分手……本来嘛，二十来岁的人，哪里会懂得那么多？现在不同了，我们经历过第一次婚姻的失败，交过学费了，学到不少了，再说还有好多年单身的自由，可以让我们从从容容地选择、交往乃至试婚，我们应该很晓得自己到底要啥要啥了。而在我年轻的时候，那时的社会不许我再三更换择偶对象，更要说试婚了。你要是睡了一个女孩，你就得娶她，不然你就是流氓，会被送去劳教。"

王也又玩幽默："照你这么说，像你那个朋友阿丁那样三婚四婚，不是更好吗？"

李三说："'二婚'恰到好处，多了又有问题。三婚四婚，好比有的女人有习惯性流产的毛病，习惯性离婚者，说明他不适合过婚姻生活。"

快到午夜冯韬才来，说是刚下班。

茜茜说："你家老板真狠哪！"

冯韬笑笑说："我也是老板之一嘛，要创业，没办法。"

接着他问李三这阵子和两个同事在谋划什么。李三跟他大致说了一下想办学的意向，然后学他的腔调说："没办法，要创业。"

说完他就琢磨，冯韬说的"没办法"是因为创业，我说的是"没办法"是因为学校收入低，所以"要创业"，二者语义大不相同。

王也跟李三提议："约个日子，我俩都带上老婆，很郑重其事地，一起去临平看看猴子，可好？"

"好啊！这很应该。猴子在杭州，我们就是他的娘家人，应该去挺挺他。"

约定了日子，李三带上了阿沫，开车去临平，按猴子给的定位傍晚前来到他家。王也和太太也刚到。

他家的房子真大，有四层。姚琴还在上班，猴子带领客人参观他家，一边介绍说一楼和二楼都租给人家做生意了。二老住三楼，这一层还

连带厨房和餐厅。他和姚琴及两个孩子住四楼。房间都很宽敞，两间儿童房布置得很整洁、明亮。夫妻俩的新房装饰得尤其艳俗而色情。王也评论说："怪不得你俩一天要做好几回呢。"

参观完了，回到三楼餐厅，猴子丈母娘宣布开饭了。姚琴要八点才下班，猴子丈母娘说不等她。这女人正如猴子形容的，很喜气、爱说话、很会做菜。四个男人喝李三带去的两瓶"妙高台"。另外两瓶他送给了猴子的丈人。

饭桌上，李三觉得他应该做个代表说上两句："我和王也都是猴子多年的老友，都希望我们这位老弟在这个新家生活幸福。今天我们看到了这样的情况，很高兴，很放心。"

饭局的后半段姚琴才回来。他家三代六个男女，加上客人两对男女，非常对称。很显然，猴子丈母娘对这个女婿在杭州有这么多当教授、当老板的朋友相当满意。

饭后回城西，李三和王也各走各的。猴子搭李三的车，坐前排带路，由没喝酒的阿沫开车。猴子太兴奋了，一路不停地说话，说了许多姚琴怎么向着他，丈母娘待他怎么好，说得忘乎所以，竟把路带错了，把他自己和李三夫妇带到了大关。而此时，早已预约了今晚要来"云吧"搞聚会的那帮客人已经在酒吧门外等着了。猴子说这么一来他会迟到十分钟。

李三说："没事的，让他们在门外骂你十分钟吧。"

25

2016 年的 G20 峰会将于 9 月 4 日和 5 日在中国杭州召开，但安检 5 月份就开始了。有一晚，"情缘"老板娘梅子请饭，李三遇上了与 G20 相关的安检。他离开画室去城西，走荆长路到文二西路。这里有一个刚设置不几天的安检站。他被拦住了，警察要他坐在车里别动，问他要了身份证、驾照和车辆行驶证，又让他把四扇车窗全摇下，再把后备箱打开。

一个北方口音的年轻警察检查了他的后备箱，认为有问题。他不明白李三为何把机油带在车上。另一个也是北方口音的老警察走到后面去看了看，然后和年轻警察嘀咕了几句，李三听不清楚他俩说什么，约莫是老警察替他解释了这是加剩的机油。年轻警察回到车窗前，告诫李三不要再把加剩的机油带在车上了。李三解释说，刚加了机油，车走一走，还得再加，所以带在车上。

年轻警察不再纠缠机油，却又问李三车上带着白酒干吗？他说我这会儿是去和朋友吃饭，这酒是自己喝的。年轻警察点点头表示明白，却还是责备了他一句，说这东西易燃易爆，以后也不要带在车上。李三刚想辩解，又赶紧住嘴，心想还是别惹事儿吧。

就这样，他们放他走了。

时间很宽裕，他索性在"陆西"北门外的"琪琪"理个发。美女老板娘兼做理发师，李三已经来过几回了，这女人觉得他算个老客，每回都是边理发边和他聊天。她老家在湖南，和前夫离婚后独自带着两个女儿，小的那个还是她和另一个男人生的。现在她又和第三个男

人同居，那男人有一个他自己的儿子。这女人讲她的故事讲得很坦率，她说她和现在这个男人并没有登记结婚，毕竟这样两个家庭是很难融合到一起的，随时都有可能散伙。也因此，他俩在钱财上完全是各管各，AA制。她养两个女儿不容易，好在女儿们很节省。大女儿在杭州上大学，每个月生活费才五百块，而且从不主动开口要买新衣服。

一边享受着美女理发师为他服务，还给他讲故事，李三一边又心想，为啥电影里的女理发师都那么漂亮？在中国有上世纪50年代的老片《女理发师》，王丹凤主演，大美女啊！李三还很羡慕法国电影《理发师的情人》里的那个男孩安东尼，只因安东尼先后爱上了两个美貌的女理发师，尤其是他成年后遇上的玛蒂德……

今天让李三有点纳闷的是，小小的理发店里居然新来了三四个小鲜肉。就在他猜想这帮小鲜肉为啥不去演电影而在理发店里扎堆的时候，一位看上去有点阔绰的年轻女客进了店，和几个小鲜肉打招呼，显然是彼此很熟悉的。李三这才想明白，原来小鲜肉们并非中国版的安东尼，而是老板娘要他们来吸引女客上门，毕竟女客的消费额比他的大得多。理发店成了小鲜肉的集聚地，就像夜总会成了漂亮女孩的集聚地。

理完发，李三要把车开进醒酒屋所在"陆西"去停车，可门卫拦住不让进，要他出示暂住证。他说我是杭州人，哪有暂住证？给你看身份证行吗？门卫说看身份证没用，没有暂住证就只能出示租房合同。李三愣了一下，心想这阵子凡是穿警服的人都得罪不起，便耐心地跟门卫解释，说我在这里租房有三年多了，哪会把租房合同老带在身上？

门卫对他不耐烦了，说没有暂住证也拿不出租房合同就是不能进，再多说也没用。

他只得给房东包大姐打电话求助，请她带上她手里的那份合同来门外代他出示一下。包大姐还真不错，答应出来一趟。"陆西"不小，从她家走出来路不短。他等了大约一刻钟，包大姐出来了，给门卫看了租房合同，这才让他进门。

考虑到往后还有段日子都是查得这么严的，包大姐要他回家后把他那份合同找出来，带在车上，免得下回再不让进，再叫她跑一趟。李三说我那份记不得放在哪里了，不一定能找着。包大姐说那就明天再和你签一份新的合同，你不就有了么。这办法好！他说我明天中午起来后再和你联络吧。

到了8月份，进出"陆西"又加码了，门卫说光有租房合同还不行，还得有社区警务室在合同上盖章才有效。这天午饭后李三做的头一桩事，就是拿着那份抄了一遍又跟包大姐重新签上名的租房合同去社区警务室盖章。但此时还不到两点，人家还没上班。

偷个空，他又去蒋村菜场买了几样蔬菜，还买了两个猪蹄、一块猪肝和一些鸡爪、鸡肠、鸡胗。卖鸡杂的女摊主问他："你那两个塑料袋里是什么？"他告诉她是猪蹄和猪肝，她带点责备地笑他说："你怎么净买些不三不四的东西！"

买好菜，回到警务室这边，刚好开门。这里排队不长，十分钟就办妥了。

晚上李三去泡"慢吧"。因为警察多次上门盘查，"慢吧"不敢深夜开门营业，就把卷闸门拉下，貌似打烊了。这里新招来的吧女小云要李三到了门口给她发微信，她才拉起卷闸门放他进去。

小云今晚梳了一条仿佛超大麦穗的辫子，亚麻色的，很漂亮。李三给她拍了照。可惜没拍好，光线太暗了。这女孩人高马大，来自温州乐清，说话语速很慢，懒洋洋的，让人听着很舒服，甚至很性感。

前些日子李三曾听老板娘晓琳说她老公小孙跟吧客们预告了很

久，费好大劲从家乡青岛请来做吧女的那个美女，明天一早到杭州，小孙要去机场接，所以早早上楼睡了。晓琳还说，因为 G20 的缘故，眼下那女孩办不了暂住证，没法租房住，他们只得安排她住酒店，每天一百块房钱。

李三有点惊讶："那姑娘又是坐飞机，又是住酒店，你们花这么大价钱请一个吧女来，成本是不是太高了？"

晓琳没回答，把话岔开了。

后来他知道，那女孩才做了三天就不做了，又回青岛了。可惜那三天李三没来泡"慢吧"，没见着那美女。

今晚小孙在，说他老婆回青岛不回来了。见李三有些纳闷，他接着说，老婆又怀上了孩子，走了。

李三说："听你这么说，好像是老婆从你身上捞了一把就走似的。"

小孙告诉他，这是他们的第二胎。大的那个是女儿，八岁了。他还给李三看了女儿的照片，还有一段小丫头扭着屁股跳迪斯科的视频。

墙上的电视机在播放约莫是 BBC 拍的纪录片，李三一边跟人聊天一边看着电视，觉得很好看，内容是讲澳大利亚的大堡礁，有九百多个岛屿，绵延四百六十公里，是世界上生物种类最多、数量最密集的栖息地。那里的最强大捕食者是澳大利亚咸水鳄，身长可达六米，体重一千公斤。有一个片断是，一条咸水鳄突袭一头野猪，咬住不放，经过一阵翻滚、抛甩，活生生将野猪撕烂，吃得连骨头都不剩。

更让他长知识的是，海马的繁殖居然是由雄性来完成的，通过交配，雌海马把许多卵子殖入雄海马的育婴囊，到时候小海马就从父体喷涌而出。海马一胎可产仔一千五百个，但只有百分之一能够活到成年。李三心想，上帝就是这样安排的，以数量来弥补损失。要是倒过来，咸水鳄也产仔这么多，那还了得？别的生物都将灭绝，到头来咸水鳄自己也活不下去了。

阿刚和阿斌都在，他俩的生意都跟国际贸易有关，喜欢议论天下大事，不免就说起英国"脱欧"。他俩问李三如何看待此事。

李三说："欧盟有点像当年中国的人民公社，吃大锅饭。抑富济贫，天下大同，四海之内皆兄弟，这在经济繁荣期是个蛮美好的理想。可如今经济不景气，再吃大锅饭有人就不乐意了。眼下的欧盟应该学习当年的安徽小岗村，分田到户，勤劳致富，这样才能走出经济衰退的困境。英国人民不傻，不愿意和别人一起吃大锅饭，他们和当年的小岗村农民想法一样。"

说起酒吧，在座的女人都开过或做过酒吧。而今，她们几个都不做酒吧了，只有小希还在"酒平方"坚持着。

阿刚说："她们本来都是跟着文文打工的，后来都自己做了老板娘，说明她们都赚到了钱，社会还是有进步的。"

李三半开玩笑说："文文本人则是生意越做越有文化了。她最先是开水果店的，那个说不上有文化含量。后来做酒吧，有点文化了。而今卖南红，卖宝石，混到收藏界去玩了，文化多得不要不要的！你阿刚讲了社会的进步，文文这个算是个人的进步。"

他又和被他忽悠来的王也聊了一阵各自因为 G20 不得不储备食物的情况。李三说这阵子每当他拉开冰箱，看到里面塞得满满满满的，就不免发愁。大部分的蔬菜还是十天前买的，最近买的也有四天了。虽说已经吃掉了一些，但还是消耗得很慢，毕竟家中只有他一个人正常吃饭。阿沫只做她自己的减肥餐吃，而且这两天她老是出去陪法国回来的丁香吃饭，她的储备消耗得更慢。

今天晚饭的菜，李三做了十天前买的冬瓜、葫芦和韭菜花，全都有点坏了，削掉、掐掉了许多，不过做出来味道还行。营养不营养就

不去想了。吃掉一点是一点，仿佛他这些天的主要任务就是对付这只冰箱，看着它里面的东西一点一点地减少，但凡有某个品种被全吃掉了，他就有一种非常喜悦的解脱感。

直到今晚，就是这会儿，田桑才跟他加了微信，李三看到了，给她送上一朵花算是打了招呼。不承想，田桑立马跟他视频起来，告诉他，她母亲前天去看她奶奶，后来告诉她奶奶病情很重，恐怕没有多少时日了，所以她决定下月初回杭州来看看奶奶，只带上奶奶还没见过的她的第三个孩子英格丽。准确的日子，要等她获得签证才能确定。

第二天晚饭后他去姐姐家看母亲，并把田桑要带着英格丽回来看奶奶的事对母亲说了，老太太很高兴。李三跟她说："朱利安和摩根你都见过了，刚生下不久的曾外孙瓜瓜你也看到了，等再看到英格丽，你的四个曾孙辈的孩子你就看全了。我约莫没有第五个了。就算有，还早呢。所以你老太太打起精神来，等着英格丽吧。"

离开姐姐家，李三去醒酒屋停好车，然后打车去了"酒球会"。途中，田桑又跟他通了视频，还让早起的朱利安跟他打个照面，用中文说一句"外公好"。田桑说两个女孩还在睡，她拿着手机走进一个房间，让他看了睡在一起的摩根和英格丽。他问田桑，孩子们不是每人都有自己的房间吗？怎么英格丽跟摩根睡在一屋？田桑说英格丽很会撒娇，很黏姐姐。

李三跟田桑说，因为G20，杭州已处在非常状态，希望她能推迟一周回国。田桑说，月初来，她的假期能多一天。她这回总共只能待五天，多一天也好。他明白田桑是不可能理解在杭州开G20为何要管控得如此严格，就不再跟她争了。

到了"酒球会"，王也已经在了。很快，阿斌也到了。他俩还玩了一会儿这里的美式台球。

输了球，阿斌让位，跟李三聊天。说起孩子，他告诉李三说他已经给两个孩子各留好了多少钱。

李三很扫他兴，说："你告诉我这个，让我觉得你已经把你的孩子当作残疾人了。"

阿斌听了很震惊，但没生气，反而要李三再多给些建议。

李三说："把你去多赚那几百万块钱的时间投放到你多陪伴孩子，多跟他们聊天上，那些钱就可以省掉了。全世界的这方面的专家都认定小孩的智力成长一靠营养，二靠和大人多聊天。你要明白，所有的孩子都希望自己快点长大，而跟大人聊天，是他们在心智上快点长大的一条捷径。"

见阿斌不吭声了，李三还不放过他，又说了更狠的几句："你想过没有，假如将来有一天，你发现你的孩子看不起你，不是因为你赚钱少，是因为你的思想太迂腐，那时你会怎么想？"

这家"酒球会"地处万塘路和华星路口，因为并不临街，且又是二楼，所以被允许G20期间依然营业。管事的"大钟"告诉李三，其实他家的生意主要靠演出，卖门票。G20期间虽然酒吧照开，但演出被叫停了。

第二天中午李三起来，想去他最近常去的那家"速时客"吃午饭。可是他家关门了，门上贴了告示，说要到9月7日才恢复营业。

G20的交通管制，从今天起实行车辆单双号禁行。据说这回的禁行要比平常的限行严格得多，他若不顾禁令开车回家或去画室，一路上所有摄像头都会拍到他，拍到一回扣三分，拍到四回，他的分扣完了，第五回就吊销驾照了。

没办法，他只得打"滴滴"去画室。"滴滴"要加价1.9倍，他也只得接受。结果，从"醒酒屋"打到画室所在园区，车费是四十八块九。

到了园区，他相信这里的丰岭路上一定还有街边店开着，不管吃什么，混一顿午饭应该是没问题的。可是他错了，这边的六七家饭店、面馆全部关门，一家不剩！

他只能忍着饿，不吃午饭了，还自我安慰这应该有利于我减肥。

画到傍晚想离开了，他也不能回家，因为他的车留在了醒酒屋。今晚他也只能待在城西，混到明天能动车再说。

他打车前往城西，途经荆长路右转至文二西路路口，等待安检的车辆排起了长队。幸好，"滴滴"们都有为 G20 特制的临时通行证，他们只排了队，没有被叫停检查。这一趟，车费是五十七块。算下来，他今天去画了四个小时画，直接成本一百零六块。

晚饭后他又去了"酒球会"。这已经是他第三回来这家酒吧泡了，对它有了越来越多的了解。这里有两个玻璃门的冰箱，里面有各式各样的啤酒，包括健力士、罗斯福之类的西欧啤酒，付两百块你可以随便喝，不计数量，不计品种，像是自助餐。阿斌昨晚就是这样的喝法，差点把自己喝挂。他注意到，这些"自助餐"啤酒，要么度数比较高，要么价位比较低。这又应了一句老话：只有买错的，没有卖错的。

正喝着酒，田桑来电话，说她已订好 9 月 2 号晚上由芝加哥飞上海的机票，3 号下午到。如果没有特别情况，就是这样了。

李三想，还好，我的车牌是单号。

26

到了 9 月 3 号，李三去浦东机场把田桑和英格丽接回了杭州。

知道女儿要回来，这阵子尹芬也回杭州她自己的家，还把田桑外婆也接来了。田桑回来的这一周就住在她母亲家，良渚文化村郡南的一套房子里，四代同堂，全是女的。

晚饭后李三有点犯困，在尹芬家待到晚上十点就告辞了，虽然有点不舍得离开田桑和英格丽。

因为说好明天要带田桑母女去姐姐家看母亲，李三今晚就待在城西。可是回到醒酒屋又没了睡意。酒吧都关门了，洗脚、按摩那些更别想了。

他想到了陶丽，给她发了微信，要她来陪他。她也住"陆西"，走过来不到三百米。

几分钟后，还没见她回话，李三又发去一条："在吗？"

隔了很长时间，她回话了："在老家。"

"事情突然，来不及跟李哥告别。"

"出了什么事？"

"我的暂住证过了期，眼下又暂停补办，我只能马上走人。走得匆忙，忘了通知李哥，很抱歉。"

他不知说什么好，没回她。

几个小时后，陶丽又发来一条说："其实不见面更好。我会把杭州忘了，李哥也把我忘掉吧。"

李三明白，她说得对，虽然不免有些伤感。这个曾经让他在很多

个寂寞的夜晚强烈渴望的女人很可能再也见不到了。

她果然删除了他的微信。

这之前，城西的吧女们一个个都离开了，叶子回诸暨嫁了驾校教练，佳丽被王也的朋友"拐走"后音信全无，裴裴回河南老家嫁人了，思思去了下沙和男朋友真正生活到一起，小旻跟着思思一起去下沙做微商，小蒙在保洁公司忙着上班早出晚归也几乎见不着。还有那个眼睛不爱看人，又仿佛时时刻刻都在跟透明人做爱的潇潇，也不知什么时候消失的，像梦一样来无踪去无影……

睡不着，还是老办法，想想打仗的事。前几天他把一个素未谋面的微信朋友圈网友拉黑了，因为此人转发了一篇网文，强烈呼吁中国立刻向韩国开战。神经病！

记得有一年酒吧里有人嚷嚷要跟美帝开战，他很生气地怼他说："你积积德吧，不要这样作弄我。年轻的时候，我十七八岁，在萧山瓜沥当知青，最大的心愿是同苏联打仗，我会屁颠颠扔下锄头扛起枪奔赴战场。反正我那时除了有条命什么都没有，是无产阶级中的无产阶级，打死就打死算了。要是打不死，没准就让我弄个师长旅长的干干。可是现在，我这个年纪了，当个大头兵也没人要。真要是打起仗来，我只有逃难的份儿。"

那回猴子也在场，慷慨地允诺说："李哥要逃难就逃到我家乡去吧。大鱼大肉不一定有，大米和番薯是肯定能管够的。最要紧的是，美国佬的导弹不会打到我村里去，那样顶多炸掉一片田，炸死两头牛，不值得。"

想想打仗的事，但不要去想会让自己栽进去的打仗。今晚入睡前他想的是伊朗要打以色列，很遥远的，八竿子打不着他。其实伊朗和以色列也相隔很远，中间还隔着伊拉克、叙利亚、安曼或者约旦。伊朗要进攻以色列，怎么进攻……

中午起来后，李三总算找到一家面馆把午饭吃了。他家生意很旺，约莫这附近所有没地方吃饭的人都来光顾了，哪怕墙上贴的告示明明白白告诉顾客面饭还涨价了。至于为何涨价，他家没说。

他的车今天禁行，李三只得步行去姐姐家。好在不算太远。

到了姐姐家，见母亲的情况比前些天有明显的好转。姐姐说母亲吃饭已经比较正常了。

下午近四点，田桑她们才到。和昨天在浦东机场刚看到外公时一样，英格丽也不肯挨近曾外祖母，或许是老太太满脸的皱纹、老年斑把她吓住了。

李三给母亲和英格丽拍了张合影。照片上，母亲侧卧在床上，凝神盯着英格丽看。小丫头却背朝老太太，嘴里吃着她的大拇指，很顽皮地笑着。田桑一再把英格丽拨弄过去面对曾外祖母，可是没等李三拍下照片她又掉头转开。

老太太说："孩子还小，别难为她了。"

李三提醒母亲，两年半以前，2014年春节，田桑和老公带着朱利安和摩根回来的那回，摩根比现在的英格丽还小几个月，却是胆大多了，坐在你老太太的病床前，一只小手一直抚摸着你的脸，要她kiss一下就kiss一下，大大方方，毫无疑惧。

田桑解释说，摩根无疑是她这个年纪的女孩里胆子最大的了，常在自家院子里挖虫子，还把虫子放在手掌上得意洋洋地给人展示她的成就。英格丽知道自己在家中最小，会撒娇，胆子也小。不过英格丽有点完美主义，做事一丝不苟。她的鞋带没系好，她会提醒你给她再系一下。看到椅垫放歪了，她就不肯坐上去，要把椅垫弄正了才肯坐。

李三就带点挖苦对田桑说："哦，原来你女儿是完美主义者！我

晓得完美主义者的眼睛都喜欢看好看的东西。你奶奶的脸肯定不算好看了。昨天在浦东机场她也不让我抱，你爸这张老脸也肯定不入她的眼。"

尹芬说李三："你倒跟外孙女计较上了，像个做外公的吗？！"

奶奶对田桑说："你的三个孩子我全都见着了，他们一个个都长得这么好，你还真有点本事呢！"

田桑听奶奶这么夸她，一时竟还有点害羞。

奶奶问："还会再生第四个吗？"

"不会了，奶奶，三个可以了。"

"是啊，你爸跟我说，你很辛苦的，养三个孩子……"

"还好啦，我心不累。奶奶你好好保重，等着我下回再来看你。这回我老公没假期，下回我们全家五个一起来。奶奶要等着哦。"

"我等，我等。你三个孩子都长得好，我个个喜欢。刚才你姑姑说英格丽比不上摩根漂亮。她错了，依我看，英格丽会越长越漂亮，你们信不信？不过说真话，田桑你可别嫌我偏心，我最喜欢的还是摩根。不为别的，只为她一点也不嫌弃我，一边拿小手不停地摸着我的老脸，一边又一会儿亲我一下，一会儿又亲我一下。"

"摩根是他们兄妹中最爽气的一个。"田桑说，"她吃饭最快，和她商量事也答应得最快。"

尹芬说了一个摩根的故事：有一天吃饭，摩根剩下一片菜叶不肯吃，她爸就罚她回屋里反省，过了半小时才让她出来。可是她一回到饭桌，若无其事，仍旧不肯吃那片菜，弄得她爸很尴尬。已经罚过了，你还能拿她怎样？

奶奶问田桑："你看出来没有，摩根最像你爸，也是招风耳？"

田桑笑了，说："奶奶，我也是啊。"

"是啊，你也是。这招风耳是我老蔡家的遗传，我舅舅就是，我弟弟也是，然后是你爸，再然后又是你……可再怎么想也想不到老蔡家这么个不怎么样的遗传，还传到美国去了！传什么不好，要传招风耳？"

李三说："妈，不好意思，感觉我是个排球场上的二传手，把祖先发来的球垫飞了。"

姐姐、尹芬和田桑都被逗笑了。可李三却在想他下午看到的一条航拍父亲老家乳山的视频。他此时看着他的小外孙女英格丽，感觉怪怪的。一边是我的祖先一代代逝去之地，一边是我的孙辈正一天天长大的异国他乡。他看了一眼尹芬，知道她有很多抱怨田桑的话想跟他说。

因为田桑她们还会再来看奶奶，在姐姐家坐到五点多便告辞了，跟着李三去益乐路的天禧大酒店吃饭。

饭后田桑跟尹芬回了良渚。

李三却惨了，车不能动。又因停在城西，若打车回家明天就很难出得了门，因此今晚他只能是在城西过了。此时才八点多钟，按他的作息习惯，过了午夜才睡，至少有四个钟头的时间要消磨掉。酒吧是没的泡了，洗脚、按摩之类更是早早地就被叫停。离开"天禧"，他独自溜达，从益乐路的这头走到那头，终于明白了，今晚除了醒酒屋他没地方可去。

接下来就是，他在四壁空空的醒酒屋，看了四个多钟头的手机微信，把他两三个月来收藏下来却没工夫看的东西，一条一条看了个遍。手机快没电了，醒酒屋没有充电器。他赶紧刹住，关了手机，也关了灯。

田桑回来，他很高兴，躺在床上睡不着，却不再想伊朗跟以色列打仗的事。尹芬这趟回杭州，曾经跟他聊过一次，说她很担心外孙们

将来有可能对中国的感情很淡薄。当然这也是他不愿意看到的。那天尹芬请他吃饭，他跟她简单说了一个意思："外孙们还很小，而我们在谈论着的却是成人话题。"

"这倒也是。"

饭后他俩继续讨论她所关心的外孙们将来对中国的态度问题。他听得出来，尹芬主要还是抱怨田桑在这方面不积极。他俩之间有些争论，有一阵还争得很激烈。

他后来很阴郁地对尹芬说："田桑是个很真实的人，不会玩虚情假意的那一套，你想改变她几乎不可能。我只能寄希望于你日后常住美国，经常和外孙们相处，让他们先对你产生感情，日后爱屋及乌，开始有点寻根意识，希望了解中国。我们不能要求外孙们怎样，我们只能引诱他们。"

现在的问题更深刻也更棘手了，就是尹芬在给他看过的一封信上对田桑说的："对你的孩子，我很关心的是他们如何了解他们另一半血统对他们意味着什么？"

这当然也是李三极为看重的事。但我们有什么办法让朱利安们如我们所愿呢？

想来想去，唯一的路径还是他曾经对尹芬提出过的，至今单身的尹芬应该早日移民美国，经常和孩子们在一起，渐渐地让孩子们因为爱上她而对中国产生兴趣，开始"了解他们另一半血统对他们意味着什么"。

他的车今天又能上路了。

午饭后，李三先去紫荆花北路那边的枫林晚书店，想买一本他的小说《公猪案》送给田桑。可是书店关门歇业。

接着，他去良渚文化村接上尹芬和田桑母女，一起去参观一下他的画室。

途中，他告诉田桑书没买到，过些天买了再寄给你吧。然后说了一个他昨晚在新浪博客上发现的情况。以往，电脑在屏幕下方那一串跟他的名字相关联的词语，基本上都是作家，王安忆、韩少功等等。可是昨晚他发现，关联词都变成了各种各样的猪和野猪，在"李三"的名字后面跟着的是"疣猪""非洲野猪""姬猪""鹿豚""须野猪""河猪""倭猪"等等，甚至还有一种俗称"疣猪攻击机"的作战飞机……

没等他说完，尹芬和田桑大笑，说他而今与猪为伍了，成了动物学家！

来到画室，他请她们喝咖啡。闲聊中，他想起前天刚到尹芬家，田桑和留在美国的儿子和大女儿视频。朱利安毕竟八岁了，也有过和妈妈短暂分离的经历，说了一两句想妈妈的话就打住了。可是摩根从未离开过妈妈，在视频里反反复复地念叨想妈妈，要妈妈早点回去。当时摩根还跟妹妹说了几句话，英格丽嚷嚷了一句她想摩根了，一瞬间几乎要哭。田桑今天告诉他瑞恩昨晚跟她说，她离开家的这几天，摩根想妈妈想英格丽想得每天都有一阵子几乎崩溃。

从田桑的神情他看出来，她太爱她的孩子们了，把摩根送到他这里来跟着他学习，跟着他长大，几乎没有可能了。

接着田桑说到她的新家，有那么多房间，墙面还都空白着，她希望老爸能送她几幅画挂挂。李三想着田桑不会把摩根交给他来教育，含含糊糊地答应了，好半天才翻出手机中存着的画作照片，将其中尚未出手的，尺寸又不太大因而适合挂家里的，约莫二十幅，一一发到她手机上，让她回去后选中八幅十幅。田桑觉得不好意思了，说这么多画，爸爸花了很多时间、精力呢。李三说，我对谁小气也不会对你小气。他没说出口的话是，你才会对我小气呢。

晚上他去了"情缘"泡吧。王也、阿斌他们几个也在这里，还有

一个白人青年来推销比利时啤酒，"粉象""罗斯福"之类的，说得一口流利的汉语。李三问他是哪国人，他很诚实，承认自己不是比利时人而是英国人。

有一会儿，几个男人和吧女们一堆里说笑。小芹问李三："这辈子你最佩服谁？"李三愣了一下，一时觉得没法回答，心想既然她这么问，她自己肯定有说法，便耍了个花招要她先说。

小芹说她最佩服她奶奶，原因是她奶奶是个女强人，敢作敢当，村里人都有点怕她，轻易就不敢欺负她这户人家。

李三点点头："明白了，不被欺负就值得钦佩。"

王也评论小芹和萱萱："一个一看就是村姑，另一个看上去像是大户人家的小姐。从前的有钱人家，给儿子娶媳妇，倒是要娶小芹这样的，一看就很能生。至于萱萱，看上去那么文静，不像是很能生育，只能做个小的，主要是跟老爷搞搞情调。"

阿斌说："小芹做大房能生一堆儿女，镇得住。"

小芹听了很高兴，说她宁可做受冷落的皇后也不想做得宠的妃子。

王也扳起脸，责怪她说话太狂妄。

小芹不服，说她只是打比方嘛。

李三对小芹说："打比方说自己，要往下打比方。你这个比方往上打，说到了做皇后，就不谦虚了。"

接着他问小芹："你家乡主要种什么庄稼？"

"好像是水稻。"

"那就穷了，种水稻赚不了几个钱。"接着他又问，"像你这个年纪，或者比你再大一些的年轻人，你村里还留下了几个没有？"

"有两个，正在念高三，别的年轻人全都出来了。"

不知王也因为什么对小芹有些懊恼，说她："你还是回家乡去吧。"

李三说："刚才我已经做过铺垫了，她家乡的年轻人都出来了，她回村里没男人可找，哪里还待得住？"

小芹觉得很无趣，走开了，把她的位置让给很想凑过来的阿布。

李三曾经想把阿布介绍给猴子的三弟，但没有成功，因为"猴弟"嫌阿布是做吧女的，文化又低。这会儿，李三跟她说："'阿部'是日本人的姓。我就知道有两个日本人姓阿部，一个是当年侵华日军的'名将之花'阿部规秀，被八路军打死了。另一个是日本导演大岛渚的电影《感官世界》里的女主角阿部定，是真有其人的。她爱一个男人爱得疯狂，居然把他的鸡鸡割下来了，说是这么一来他就不能再去搞别的女人，就完全属于她了。"

结果，阿布不爱听，也走开去对付别的客人了。

一过十二点，在场的所有人举杯同庆杭州的交通管制结束，G20拜拜！我们总算熬出来了！

27

中午起来后，李三去良渚文化村接上田桑母女和尹芬，再次让田桑去看看奶奶。

老太太虽然疼痛减轻很多，却屡屡出现短暂的神志恍惚，这还是最近一段时间才有的情况。在此之前，母亲一直以头脑清醒、记忆力超强令李三欣慰，两个月前还跟他讲过许多他小时候的故事，不仅记得事情，分析事情的原因也有条有理。可是今天，她两次指着田桑问李三："这是你的闺女吗？"

在这两次恍惚之间，有一会儿她又十分清醒。当李三提到田桑小时候他给她取个绰号叫"老田"，说甚至奶奶也一度跟着叫"老田"，母亲听了，点头承认，还有点不好意思地笑了笑。

田桑明天就回美国了，下回什么时候回来很难说。考虑到母亲九十九岁了，身体状况又是如此这般，李三明白，这很可能是田桑最后一次见奶奶了。

李三久久地看着母亲，猜想她老人家也一定明白这一点。

这就是永别了。

许多年来，李三心里最难受的就是那个下午。在往后的几年里，每当他想起母亲，最不愿去回想的就是已经长大并做了母亲的"老田"跟抚养过她的奶奶告别的那一幕。谁都知道这是最后一面，可谁都不说破，奶奶和田桑，都抑制着自己内心的悲伤，脸上还都挂着笑容……

第二天，李三开车把田桑和英格丽送到浦东机场。

时间很从容，他们在嘉善服务区吃了午饭。在餐桌上，英格丽递给外公一双筷子，他用英文对她说谢谢，小丫头对他说："You are welcome."

一路上，田桑跟他说了许多她这些年在芝加哥的工作、生活和娱乐层面的琐事，她的老板是个什么样的人，她公司销售部门的人如何只知讨好客户而很少考虑公司利润，她新买的房子这个那个房间的大小，朱利安的学校，摩根和英格丽的托儿所……说起芝加哥的小熊棒球队，田桑更来劲。这支球队一百年没有拿过全美冠军了，上一次进入季后赛也是六七十年前的事，但今年他们进入季后赛几乎没有悬念。田桑一家连带她公婆，都是小熊队的铁杆粉丝，他们甚至还把他也拖去小熊队的主场看过比赛。

说真的，田桑说的大部分话题他并没有多大兴趣，但还是一路默默地听她说这说那。他有兴趣且颇感欣慰的只是，田桑融入她在美国的生活，融入得很深。

下午两点前他们到了机场。田桑一定不让他送她进候机大厅，非要自己一手抱着英格丽一手推行李车。他们就在送客的车道上告别了。英格丽认真亲了外公两下，他和田桑紧紧拥抱了片刻。那一瞬间他甚至相信连英格丽都明白，他们下回再见面又得好几年了。

三个月后，田桑的奶奶去世了。

当晚，李三在微信朋友圈发了一条简短的讣告："母亲去世了，享年九十九岁，做了八年曾祖母，见到了四个曾孙辈孩子。"

午夜一点，在美国探亲的尹芬接通他的视频，让他跟田桑说了一会儿话。田桑又让他逐个端详了她的三个孩子，并和他们说上一两句。朱利安有些腼腆，但还是用中文跟他打了招呼。镜头里的摩根在不停地说着什么，田桑解释说她这个大女儿很爱说话，见谁也不怯生。他听上去，倒是最小的英格丽，她用汉语叫"外公"发音最地道。尹芬

267

告诉他，三个孩子里竟是英格丽语言能力最强，记性也最好。

除了外孙们，李三也跟女婿瑞恩聊了几句，当然是田桑帮着翻译的。他说瑞恩有点发胖了，他不好意思地笑了，解释说是因为前一阵小熊队拿到全美棒球大联盟的冠军，他和朋友连日庆贺，啤酒喝多了的缘故。

李三理解，田桑一家尽量让他高兴是什么意思。他跟田桑说："你9月里带着英格丽回国来看奶奶，这件事做得很好，让奶奶把她的曾孙们一个不落全都看到了，没有留下任何遗憾。"

李三让田桑问问英格丽还记得外公吗？

英格丽听了母亲的问话，朝李三点点头。

李三说："奶奶走了，好比是一盏燃尽了油的灯熄灭了，可是她的后代一盏一盏地点亮，一片灯火通明。这是她一生最大的成就，也是她生前最大的欣慰。只要你和老公、孩子们亲亲爱爱、欢欢喜喜地生活下去，就是对奶奶最好的纪念。"

田桑说："希望爸爸写一篇关于奶奶的文章，写成后发给我看看，这样我就可以对美国的亲友们详细说说我的奶奶。"

他说："一定会写的。"

在那天的日记里，李三最后写道："1973 年，我十六岁，父亲去世了。时隔四十三年，母亲跟了他去。"

第二天下午一点之前他到了姐姐家，在母亲的遗体前坐了好久。老人家面孔蜡黄，他摸了一下她的脸，冰凉的。不过整个遗容还是比他此前想象的要好些。

刚才在来城西的路上，看到几位好友来微信说要来吊唁他母亲，他回复他们不要来。母亲生前不下十次二十次叮嘱哥哥、姐姐和他，她百年之后一定丧事简办，简而又简，甚至连骨灰都不要。担心到时候他们不遵从她的愿望，四年前在他们为她过九十五岁生日的餐桌上，她甚至当着来做客的上海作家吴亮的面，逼哥哥和他答应一定照她的意愿办事，决不阳奉阴违。然后她说起她的母亲，他们的姥姥，曾经自信满满地表示自己死后的在天之灵会保佑她和她弟弟，即他们的舅舅。的确，母亲和舅舅都活到了九十岁以上。来过这番铺垫，母亲用上了姥姥的说法，说只要他们兄妹三个遵从了她的意愿，她也会在天上保佑他们兄妹。

他和哥哥、姐姐早有共识，一定遵照母亲的意愿行事。

不多时，阿沫和他哥哥、嫂子还有姐姐的女儿、女婿都到了，都进屋看了母亲遗容。

虽然是答应过母亲，李三还是不甘心百分百地遵从，便和哥哥、姐姐商议，他想要一些母亲的骨灰，撒到钱塘江里。

他说：“小时候我们家就住在钱塘江边，就让钱塘江做母亲的归宿吧。我们日后若是想母亲了，就到钱塘江边去走走，在那里我能回想起许多许和母亲有关的故事。”

哥哥、姐姐都觉得这样蛮好。

一点半刚过，殡仪馆的车来了，他们把母亲抬上了车，然后一起去了殡仪馆。

办完了手续，在遗体被火化之前，哥哥为母亲拍了最后一幅照片，他最后抚摸了一下母亲的脸。这一瞬间，他几乎哭了。

在等候火化结束的这段时间里，他们兄妹三个合了影，都觉得这很有意义。我们一起送走了母亲，往后要全靠我们自己来保持凝聚力了。

约莫一小时后，他拿到了一布袋母亲的骨灰，就和哥哥、姐姐分头回家了。

晚上十点，阿沫陪他一起去钱塘江边，走留泗路再转之江路到九溪。就在公交站旁的那座他小时候常走的老桥上，他把母亲的骨灰撒到了紧挨钱塘江的河口。九溪曾是母亲养育他和哥哥、姐姐的家，她老人家退休前曾在九溪这里的屏风山疗养院工作过二十多年。

　　做完这事，他和阿沫原路返回。但没有直接回家，而是转到留下镇上，吃他的晚饭。他要了一碗遵义羊肉粉，吃完了，觉得没吃饱，又转到隔壁的"大娘水饺"，要了两份牛肉芹菜饺子，吃了半份，那一份半打包带回家，做明天的午饭。

　　田桑来电话和他聊了一会儿。以往她经常是两三个月才给他打来一个电话，有时他抱怨她怎么这么久才给我打电话？田桑会怼他一句，爸，你不也这样吗？从昨天到今晚，田桑可是来过三次电话或视频了，李三明白她的心情。这会儿田桑又说起几个月前她带英格丽回杭州来，英格丽被外婆宠了几天，回美国后变得比以前任性了，什么事情不依她就哭闹。以前她称自己是 girl，而今倒退回去，称自己是 baby 了。

　　十天后是圣诞节，李三一晚上在家写作。

　　像跟屁虫一样黏着他的胡安很享受，蜷卧在他身后的一件棉衣上睡觉，睡得很香，居然还打呼噜了。

　　早晨五点多，他看到尹芬发在微信圈的若干图片，是她和女儿、女婿、外孙们以及亲家公婆和女婿的姐弟，一大家子一起在亲家公婆家过圣诞节。她还附上一段很长的文字，其中说到外孙们在平安夜把他们的爷爷、奶奶拿来的三袋燕麦片撒在户外草地上，为松鼠或别的小动物准备了食物。朱利安给圣诞老人写了一封信，还在圣诞树旁放置了犒劳辛苦的圣诞老人的牛奶和巧克力饼干。

　　尹芬继续写道："圣诞节前朱利安有些忐忑，他觉得自己的表现不够好，可能今年圣诞老人不会送礼物给他。朱利安对圣诞老人会悄悄出现在深夜非常期待。他的同学对他说礼物都是爸妈准备的，不是圣诞老人送的。朱利安问父亲这是真的吗？瑞恩以肯定的语气告诉他圣诞老人是真的。瑞恩还告诉我，他希望他的孩子更久地保持这种想象。"

朱利安已经八岁多了，还这么天真，深信圣诞老人深夜会来他家送他礼物。李三想，也就他们美国佬会这样鼓励孩子，把天真保持得更久。

有一天下午在他的画室，李三看到微信朋友圈有一幅图片，图中一个男人和一个小女孩躺在一处挖好的坑里。文字解说是："四川内江，两岁半女孩张芯蕾患有先天性地中海重度贫血。父亲称，家里花光积蓄借无可借，无奈给女儿提前挖好坟墓，并陪女儿坟中玩耍，称是提前适应。"

他看了很难过，很长时间坐在画架前发愣，一笔都没画。坐了很长时间，他甚至都不想站起来。

最后，他把这幅图片转发给尹芬，附上一句话："作为爸爸，我很幸运。"

这才算让自己有点排遣。

28

又一个新学期开学了。

因为是第一周，学生都还没向李三提交文章，今天就只能是学生问啥他讲啥了。

首先是一个女生王婷问了他一个人生问题，说有科学家预言，她这代人的平均寿命可以活到一百二十岁："活那么长久，不厌烦吗？"

"人对自己寿命的考虑是随着年龄增长而变化的。你现在觉得厌烦，当你活过一百岁或许就不厌烦了。或许还觉得你有很多事要做，再给你三十年才好。"他对王婷开玩笑说，"等你活到一百，我建议你再谈一场恋爱，那样一来你就又有许多事情可忙了。"

李三很喜欢这样的话题，很放松，很宽广，很考验欲望、意志和想象力。可惜这话题他们没有跟他继续讨论下去。

有学生问到写作方面的正题上，请李老师谈谈小说中的人物关系或谓矛盾冲突的结构。

李三先讲了正反关系，即二元结构："这种结构太常见了，在电影世界，绝大多数的警匪片都是这种结构，呈现出冲突的双方。不要小看这么简单的二元结构，这可以说是这个世界的绝大部分文学作品的基本构成。虽然有很多很深奥的人说过很多不要简单看世界的话语，甚至是警句，但不晓得为啥，世界经常就是这么简单。我最讨厌的人，就是那种明明只是做一锅饭，烧两个菜的事，他非要跟你扯上物理、化学的什么定律。"

接着，他又跟他们分析了三角关系："或者叫三元、三极、三足鼎立，都可以。"

他继续分析："三元结构，至少有三种模式。一种是'三人行'，其中也分两类，一类是正向的，很典型的就是大仲马的《三个火枪手》，阿多斯、波尔多斯和阿拉密斯，三人共生共存，要合伙做事，他们之间主要是相互支撑，相互配合，顶多只有轻微的排斥。另一种是负面的，《红楼梦》里的宝玉和黛玉、宝钗的三角，怨情多多，悲情多多。但总的来说，三角关系是有它的稳定性的，至少在一段时间以内是这样。著名的事例是萨特、波伏娃和奥尔加三人的同居。在他们散伙之前，这个三角关系共生共存了相当长一段时间。

"第二种模式是'石头、剪刀、布'。这是一个循环，一物降一物，最典型的故事就是《三国演义》，在很长一段时间里魏蜀吴互相牵制，谁都赢过谁，可谁都吃不掉谁。

"第三种是'螳螂捕蝉，黄雀在后'。英国电影《两根大烟枪》就是这方面的佳作。这个三角是不循环的，吃掉一个少一个，最后只剩下了'黄雀'。"

最后，李三也不忘提醒学生："这三种模式可以兼容，一会儿是这样，一会儿是那样。三种模式，《三国演义》里都有。"

又有学生问："那四元、五元的怎么说？"

"基本的矛盾结构就是二元和三元。你讲的四元、五元等等，其实都是在此基础上的叠加，二加二或者二加三。譬如萨特和波伏娃、奥尔加，他们原本是一个闭合的三元，内部矛盾重重。可是，假设他们遇上了一个外来的捣乱者，三人团结一致，共同对外，那样一来，主要的矛盾结构就转化为正反二元的了。"

李三看看学生们，最后说："其实这样的矛盾冲突的小说，无论二元、三元的，都很老套了。你要是真正热爱小说，一个前置的态度，

就是要相信小说的可能性无边无际，没有什么理论能束缚住它！"

下课后，李三回了城西，去姐姐家，吃了姐姐包的饺子。

晚上，一个年轻的诗人朋友洪渊请他泡吧，他俩约定九点在"云吧"会面。洪渊是想和李三聊一个很正经的话题，就是像他这样的一个诗人，既要谋生，又要保持和捍卫自己的理想和价值观，这个两难问题如何解决？

李三说："我最羡慕的情况是像聂卫平那样，做自己喜欢的事，同时又是在赚钱。你就算不给他钱，他还是每天要下棋的。他好这两口，可同时又有钱拿。太幸福了！"

"但在整个人世间，这样的人只是一小撮。"洪渊说。

"是啊，绝大多数人，尤其是中国人，其实也没有你洪渊所说的'两难'。他们只顾赚钱，做什么事赚得多赚得容易就做什么，为此牺牲理想无所谓。只有你洪渊这类'酸户头'才有'两难'的感受！"

洪渊无奈地笑笑，接着问："李老师你呢？你是怎么解决这个问题的？"

"我也没解决啊！所以就像你看到的，我还在挣扎，拳打脚踢挣点小钱。我这几年做的很多事跟文学无关，但有钱赚，虽然不多。"

"可是在我看来你还是有坚持的。"

"那你就要仔细看看我在坚持什么。"李三一边说，一边接过吧女小云递来的啤酒，两手摩挲着瓶壁上的露水洗洗手，"我当然也有一个自己的东西要保持和捍卫，我称之为我的'核'。这个'核'很硬呢，就是我写小说，决不考虑钱不钱的事。对我来说写小说肯定不是个赚钱的营生。小说就是小说，写不好就不写。想赚钱我就到小说之外去赚，只要不违法，做什么我都不在乎。当年杭州的第一本楼书是那时的南都房产做德加公寓，厚厚的一本楼书最后就是由我润色、定稿的，你信不信？”

“我信。我知道有这事。”

“为此我应该难为情吗？我不会。为啥？因为帮人修改楼书只是一份文字工作，并非我的写作，你给的报酬足够高我就会做。倒是有过几回，别人出钱要我给他或他的家族写传记，美其名曰‘报告文学’，我拒绝了。因为那是我的写作，不合我心意给钱再多也婉拒。

“但是我同时又明确告诉自己，既然是‘核’，那就只有一个。不能给自己弄很多个‘核’，这个也要坚持，那个也要捍卫。你要是觉得你的凡是什么都值得坚持和捍卫，你就太自恋了！兄弟，记住，只有一个‘核’！顶多有两个，算是‘双黄蛋’吧。‘核’很坚硬，但‘核’的外面应该是柔软的，毛茸茸的，能够和外界相安无事，不硌人。”

说到这，“云吧”又来了几个客人，有郝青，还有阿斌。郝青很快加入了李三和洪渊这堆，他跟洪渊也很熟。

李三接着说洪渊：“你的状态就像个文艺青年。而真正要做文艺青年，你得娶个富婆才好！有人养着，你不必为稻粱谋，至少你可以自管自，不必养家，那才行。”

郝青说李三：“你其实也是很想做文艺青年的。”

“是啊，我也曾经做过几年，做发烧友，成天听唱片，还到处去买唱片，把我80年代的老本吃光。可惜后来我娶不着富婆，文艺青年就做不下去了。”

郝青说：“你娶不着富婆，是因为社会上很多人对你有一种误解，以为你这人太傲，不肯低头，而娶了富婆的文艺青年，该低头时得低头。”

李三说：“我的确是被人们误解了，其实你郝青是晓得我很会让

让女人的，只要不越底线，什么都好说，哪怕要我给她洗屁股，我也会干。"

郝青和洪渊笑得双双让啤酒呛着了。

洪渊说起他的一个诗人朋友，生意做砸了，欠下别人很多钱，被好几个债主追债，东躲西藏，不敢公开露面，却在某天忍不住参加了一个诗歌朗诵会，还上台朗诵了自己的诗歌新作。诗很纯粹，丝毫没有他当下被人追债的处境和心情的流露。洪渊问李三和郝青："你们怎么看我这个朋友？"

郝青说："你这个朋友牛！他能坚持做他的诗人，哪怕欠了一屁股债。"

李三没说什么。

小云从"慢吧"跳槽投奔了猴子。李三问她为何改换门庭，她说小孙和晓琳都回青岛了，"慢吧"换了新主，嫌她做事手脚太慢。

"是嫌你太懒吧？"

她不好意思笑了，承认是这样。

他又问："听说你这趟回家是因为你爸给你安排了三个相亲的对象。相中一个没有？"

她说一个都没有。她爸还挖苦她说，因为你太胖，人家看不上你。而实际上有一个是她看不上人家。那男孩别的都还过得去，就是满脸青春痘，让她都不敢直视对方。

一如既往地，郝青又转去别的酒吧泡了。洪渊不胜酒力，趴在吧台上睡了，撂下李三和坐在吧台里面的小云默默地面面相对。

过了很久，李三终于开口，逼迫小云说点儿什么。

她说不知道有啥可说。

李三说："你就说说你是怎么想我的吧。"

小云被逗笑了，不知怎么回答。

"譬如说说你每天是在什么时候想'李哥'的？"

她想了两三秒钟才回答说是在中午十二点想的。

这回是李三笑了："你撒谎还用想一会儿，说明你还真撒不成谎。"

过了午夜，客人开始减少。李三跟小云说起他今年7月就将退休："等我退休了，我就卸掉了又一个大的责任。我已经没有父母了，尽孝的责任没有了。我养大了两个女儿，她们都嫁了人，我养育孩子的责任也卸掉了。退了休，我作为教师的责任也结束了。这样一来，我就不妨假想，五年以后，或者八年以后，最晚十年以后，我生活在威斯康星州的一个小镇上，住着一栋花五万美元买的house，自己做饭，每天去镇上的超市买菜。"

"阿沫姐呢？她不陪你吗？"

"不晓得。她爱陪不陪。买了菜，回家途中路过一个中年寡妇的门前，假设她叫朱迪，我俩遇见了会彼此打个招呼。有一天她请我去她家里吃她煎的牛排和烤虾。过了几天，我请她来我家尝尝我做的笋干老鸭煲……没准，某个夜晚我还会约她一起泡吧。小镇的好处之一就是泡吧不必开车去，步行一会儿就走到了。朱迪有点喝多，我把她送回家，扶她上了床……"

"接着就有好事了。"

李三没搭她的茬，接着说自己的："到那时，小云要是还没嫁人，或者嫁了人又离掉了，可以来美国陪我，在那小镇上继续找你的意中人。不过一般来说，美国的年轻人都不太愿意待在小镇上，所以小云在那小镇上恐怕也待不住，除非死了心跟着李哥算了。"

小云笑笑，意思是李哥又在胡说了。

更晚了，凌晨两点之后只剩下李三一个客人。

猴子也过来陪他聊天，说起他过年回弋阳老家，有一天在村街上遇见一个算是他祖辈的老人，好不容易才想起来他是谁家的孩子。他问老人身体怎样？过得好不好？老人说他的儿孙都出外打工，家里只剩下他了。随着一年年老去，他越来越做不动农活了，家里那几亩田该怎么办呢？猴子说他当时被深深地触动了一下，心想城市里条件比较好的老人，到了这个年纪会想想去哪里旅游旅游，可他家乡的这位老人，还在想田里的事。

　　他俩正说着被小云插嘴打断了，说起吃的来了，肉圆呀，菠菜呀……

　　李三说："你要说吃喝这个话题，就该说一些我们没吃过的东西，那还有点意思。"

　　"不说吃的说什么呢？"

　　"再说说你爸让你相亲的事。"

　　小云说她一个都没相中，她爸很生气，说以后不给她安排了。

　　猴子就鼓动她说："那就索性在杭州找男人吧。在找着之前先给李哥做一阵女朋友，从李哥身上学学怎么对付男人。"

　　小云没理他，说那三个男人里面除了有一个满脸痘痘的让她害怕，另外两个其实条件还都是可以的。让他不满意的是他俩都不太会说话，人有点木讷。

　　"你男朋友要是很能说，很风趣，或许他就不是你的了。"李三说，"拿我说吧。我可能这样想：我老婆肯定不是世界上最漂亮的女人，也肯定不是世界上性情最温顺的女人，也肯定不是世界上烧菜烧得最好的女人……我这个老婆有什么好呢？可是，我要是换个想法，更正常也更入情入理地想，横竖我不可能讨着世界上最漂亮的女人，也不可能讨着世界上性情最温顺的女人，也不可能讨着世界上烧菜烧得最好的女人，因为说到底，最漂亮的女人在哪里？最温顺的女人是谁？最会烧菜的女人又是哪个？除了上帝，谁晓得呢？因此我只能像现在这样想，我老婆说漂亮也算漂亮，说温顺也过得去，说烧菜稍微差些，可也凑合了。这样想没错吧？"

"没错。"

"那好，那就照猴子说的，先给李哥做女朋友吧。"

"李哥有阿沫姐，再加上我，恐怕对付不了。"

"倒也是。两个女人，我钱也不够，身体也吃不消。不过，我脑子倒是对付得过来，脑子里想想，就像我……忘了是对谁说过的，脑子除了用来考虑怎样做事之外，最好的用处就是多想想好事、美事，譬如想象一下小云在床上说'李哥坏'是怎样的表情……"

他就这么没话找话地跟小云胡扯着，心想，城西的酒吧眼下剩下不几家了，还差不多都换了老板。吧女们也是换了一茬又一茬，那些曾经让他动过心，或者换个角度说这十多年陪伴他度过一个又一个醉生梦死的夜晚的女孩们，一个又一个离他而去。很可能，小云就是最后一个了。

到后来，他居然夸奖起她的懒惰来："小云啊，你其实是李哥非常喜欢的那种女人！你已经懒到了懒得生气，懒得算账，懒得要小心眼，懒得动坏脑筋，懒得跟人闹别扭，嫁了人也肯定会懒得跟老公叽叽歪歪，甚至还懒得缠着老公'还要，还要'，所以你会是个好老婆的！"

29

2017年春节前，李三又搬了一回家，从"浪漫和山"搬到了"人和家园"，因为前面那个家的房东要卖房子，已经带来过好几拨人看房，把李三搅得很烦。房东一边分文不少地收着房租，一边频频带人来看房，还笑容可掬地请房客忍受一下。

现在好了，"人和家园"这位房东是本地人，明确告诉李三和阿沫他这个房子不卖，而且把不带人来看房明确写进了租房合同里。

阿沫还告诉他，新家还有一个好处，是他家住二楼的这个单元的门外，就有一家卖菜的小店铺。可以毫不夸张地说，不用很费时洗的菜，他在厨房起了油锅再下楼去买菜都来得及。阿沫说："至少我家的冰箱不用储存蔬菜，现做现买就是。"

但是因为搬家很忙乱，阿沫把胡安送去乡下朋友家寄养。搬完了家，李三就催促阿沫把胡安接回来，而她总是吞吞吐吐，尽量找理由拖延，终于让他明白了她是不会再把胡安接回来的。想想她也有道理，我们不能再养猫呀狗的，那样会拖住我们，无法出门远行。可怜的胡安，它一定相信我会去接它回来。我对它食言了。在此后的许多年里，每当他想起胡安，他都会有那么短短的几分钟十几分钟怨恨阿沫。

离家不远，李三去荆长路边的"人和面馆"吃面。此时是下午两点多，不在饭点，除他之外没别的客人。老板娘闲着没事在柜台里上网，店里的四个员工围坐一张餐桌打牌赌钱，五块十块地押注。他点了炸酱面，其中一个员工起身去厨房做面，剩下的三人继续赌钱。又过了一会儿，老板娘吩咐了一句，那三人中又有一人起身去送外卖，牌桌上只剩下了两人，没法赌了。其中一个长得有点帅的，就叫老板娘过来打两副。老板娘抬头看了李三一眼，没吭声。那帅哥又邀了一句，说话的声调带点狎昵，让人感觉他和老板娘有点什么。老板娘脸色很难看了，索性背身过去不看那两人。后来，做面的那位端着面来给李三，然后就坐到了牌桌前。再后来，没等他吃完，送外卖的回来了，四个人又赌上了。

他家的炸酱面倒是做得不错，酱挂得住面，不会剩在碗底一大堆。

胡安没了，可是在新家住下不几天，李三发现在他家的露台上有一窝流浪猫在这里堆着的几个纸板箱里安家了，一只黑色的老猫带着它的三只小猫在纸板箱之间上上下下。自从搬来这个新家，这露台就只堆杂物，玻璃门一直紧闭着，还用了一道竹帘遮光。李三想，等于是我们把这个空间让给了这一窝猫，让老猫在这里躲避风雨，不仅挨过了这个奇冷的冬天，还生儿育女！如今它们也已经把这里据为己有，习惯了，见了他也不躲闪。

他把这个情况告诉了阿沫。她说那就让它们待着吧，你喜欢猫的时候可以隔着玻璃看看它们。

新家这里也有不好的情况，不知什么缘故清明节前两天就开始有人放炮仗了，还都是早晨放，一上午放。听上去，鞭炮声有的离他很远，有的离他近些，有的感觉只有两三百米。而且和春节那时人们放鞭炮一气呵成放完了事的做法大为不同，今早的这些人，他们是放一个，等上几分钟又放一个。而且好像在近处放的人和那些远处的人是在彼此呼应似的，此起彼伏地放，零零星星地放，就这样拖泥带水隔一会儿一声隔一会儿一声，一直放到了上午十点。

很长时间李三睡不着，或者准确说，刚要睡着，又被一声炮仗惊醒了。因为睡不着，他开始研究他们为何要这样一颗一颗的，像是在

故意拖延时间的做法。他还留意到，他们放的炮仗，没有一颗是我们最常见的"二踢脚"，全都是一声完事的。

过了上午十点，炮仗声歇息下来，他这才开始睡觉。一觉睡到下午四点。这么晚了，再去画室就没意思了。

阿沫晚上回来，他把这两天受炮仗骚扰的情况跟她讲了。她认为他应该去找物管或者保安反映反映。

晚上出门去泡吧路过小区门口，他跟几个保安讲了这事。可是他们告诉他，炮仗不是在小区里放的，是附近有些坟地，人家上坟时放的。

他很奇怪：大清早五点来钟就上坟了？

他们说，有人还三四点钟就去了呢。还说这是有说法的，要驱鬼，就得在这个时辰。

李三咒了一句："三四点钟上坟的人，自己就是个鬼了！"

周三下午他去了学校。一点半上课，但教室里一个学生都没有。他照常坐到讲台上，没人看就看手机。

七八分钟后，一个名叫段雨的女生进来了，也是坐到她惯常坐的位置上。

李三对她说："今天就给你一个人上课吧。"

段雨提交的小说叫《不死的猫脸幽灵》，他看了觉得蛮好，就着重讲这篇作品的"碎片"构成："它的五个'碎片'，因为开头和结尾是同一个场景，我们可以看成是四个，它们彼此没有直接的情节关联。能够把它们贯穿起来的，是两个人物的言谈举止的'乖张'，以及那只被他俩活埋的病猫的'幽灵'。这个'幽灵'的加入很讨巧，它让叙事方式有弹性了，说白了就是变得更方便，更随意了，因为'幽灵'无所不在，又有超现实性，由它带领人物的意绪在一堆碎片化的故事中进进出出地穿梭，游刃有余，就像我们在梦境中漫游那样。这样的小说若是写得好，直指小说艺术的现代性了。"

说到具体的意见，他建议段雨再加几个"碎片"进去。四个"碎片"少了点儿。

上完第一节课，他到办公室抽了根烟。

第二节课铃响之后他回到教室，发现多了一个男生余帅。接下来的两节课，他和这两个学生讨论了几个话题，网络文学、人文素养与个人爱好等等。

最后他又回到了段雨这篇小说的话题上，发挥道："其实大多数情况下，你们的人生经验以及由此生成的写作材料，都是碎片化的。况且你们现在的虚构能力还达不到把大量故事材料缜密编织、天衣无缝的水平，所以你们现阶段能够做到甚至做得不错的，很可能就是碎片化的写作。怎样处理好碎片化叙事，应该就是你们跟我学习写作的这短短的一个学年里，真正有可能学到的东西了。"

在"炊事班"和夏河西、阎赋一起吃了晚饭，李三刚回到城西，就收到了小云的微信，问他为啥好几天没去泡"云吧"？

他跟她说实话："这两个月花销太大，我已经没有多少钱喝酒了。"

发出这条微信后，他猜想小云会以为是托词，是他在跟她打哈哈。以往他跟别人这么说别人也都不信。果然，小云也打哈哈过来："没关系啦，钱嘛，花了再赚，都会有的。"

他则继续实话实说："可是眼下没有。"

"猴子说李哥可以赊账。"

"早晚是要还的。"

过了很长时间，小云发来一则很长的微信，告诉李三从这个月起老板娘不给她底薪了，只让她做提成，也就是她必须陪客人喝酒做出营业额。她现在全靠几个熟悉的老吧客来捧她的场才能有点收入，维

持她在杭州的基本生活："李哥不是想让我做你女朋友吗？那你起码要让我在杭州待得下去。"

李三也很长时间没回复她。扪心自问，他的确很喜欢小云，他还从没见过一个女人有像她这样迷人的慵懒之美。可是今晚他明白了，小云不是省油的灯。这么懒的女人很难养活自己。慵懒之美是需要供养的，而他没有这个经济能力，哪怕说出来她不会相信，他自己还是有自知之明。

两个小时后，他回复她，挑明了说："不好意思，接下来我会减少泡吧。要泡也尽量泡'酒球会'，那里没有吧女，比较省钱。"

她这才表示明白了。

他本想再发一条，说等赚了钱再去"云吧"泡。但想想又算了，何必许什么诺。

那以后李三就很少去泡"云吧"了。他担心见着小云会很尴尬，抑或见着她会情不自禁地冲动起来，就发红包给她。而今他主要是去"酒球会"，或者去"栀子花"。后者虽然也有吧女，却被喜云调教好了，不会缠住客人讨酒喝。

李三记得他和小云最后一次见面是 2018 年春节前。在"云吧"，前回存的"格兰菲迪十五年"喝完了，为了省点钱，这回他买了一瓶黑方，三百八十块，比"格兰菲迪十五年"便宜了五百！他请猴子也喝一份，还和他交流感如何。猴子说得很在理，没喝别的，光喝黑方，感觉也很不错。只是不能去对比着喝，那样就比出高低了。

小云原本买好了明天回温州的火车票，但今晚在这里的一位熟客后天开车去温州，她就改主意了，打算退掉火车票改搭这位朋友的车。李三说这蛮好，你一路回去还有个伴。

接着他问她，回家过年的这些日子你打算怎么安排？她说六天住奶奶家，六天去妈妈家。妈妈早已改嫁，又给她生了弟弟，如今才五岁。他又问，你不去陪陪你爸爸吗？她说她爸常住女朋友家，她不方便去那里，只能等她爸回奶奶家来再聚。

他说："你这么想蛮好。大人的事你管不了，只求爸妈各自都过好他们自己的日子就是了。"

这应该就是他和小云的最后一回聊天了。

微信早被拉黑，是他拉的还是她拉的记不得了。他手机里只保留着小云的电话号码，记录中最后一次和她互发短信是那晚聊天的三天前。此后三年多电话和短信记录都是空的。

2021 年 5 月初，他发去短信问她："小云还用这个号码吗？"

没有回话。

30

和小云失联了，李三想起了曹玫。虽然他早就有了她的新号码，却一直没有用过。和小云失联的当晚，他和曹玫加上了微信。

让他想起曹玫来的是三只豹子逃出杭州野生动物园的新闻。这可不是梦里的"未来图像"，是光天化日之下实实在在发生了的现实情景，虽然李三并没有亲眼看到。

他给曹玫发去微信说："记得八年前你对我预言了豹子逃出动物园的事，还反问我：'不然你怎么会梦到的？'"

"不是我预言，是你得到了'未来图像'的提前呈现。"

他不想多聊这么深奥的话题，问候她："你怎么样？还好吗？"

曹玫没回话，发给他一张照片：在一个看上去非常雅致的榻榻米房间，曹玫穿着日式和服在做抹茶。她的左前方是一盆蝴蝶兰，右前方有一把古琴。

过了半小时，她问他："听说你退休了？"

"快四年了。"

"现在做什么？"

"还是画画。"

"发几幅我看看。"

李三估计她会喜欢抽象绘画，就从手机的图片册里挑出五幅近作发给她。

又过了会儿，曹玫说：下回我去杭州，约个日子去你画室挑两幅。"

"非常欢迎！"

2021年快过完一半了，到今天为止李三还没卖掉过一幅画。曹玫的话让他满怀期待，一高兴，就让梦蝶给他新开一瓶"格兰菲迪十五年"。

　　刚才和许星讨论了豹子、大象和"逃出"的话题，又听他讲了他爷爷、奶奶的恩爱故事，这会儿李三和许星都聊累了，一起看电视上的音乐会，卡拉扬指挥柏林爱乐乐团演奏布拉姆斯的第四交响曲，许星听李三有一搭没一搭地跟他讲解交响乐团的乐器名称、配置和乐队成员的位置。

　　这乐曲的境界很开阔，诱使李三遐想连连。他既像是在对梦蝶说又像是自言自语："我来良渚满三年了，办了两次画展，写出了大半部小说，交了三四个好朋友……就这些了。"

　　三年前他又搬了一次家。此前他在五常大道那里搭伙在朋友影视工作室的画室因朋友不再续租房屋而不能用了，他又一次不得不四处寻找新的画室。他已经没啥脾气了，觉得这就是他的命。这回他的06级学生厉伟帮了大忙，七拐八弯帮他联络上良渚"野芦湾"的吴总，让他得到一个非常理想的画室，而且是全免费的。不仅是画室全免费，水电费也全免。吴总还跟他说，我的园区食堂不怎么样，李老师要是不嫌弃，午饭和晚饭，你想吃就吃。李三说，好啊，我买些饭票吧。吴总说，买什么饭票？我把什么都免了，还在乎李老师吃几口饭？

　　为了离画室近便，他迁居良渚文化村，还对王也他们说他不买房只租房的好处就在于我可以追着画室去住，你们有自己房子的人做不到吧？虽然他心里明白阿沫对此已厌倦透顶，嫁给他十一年已经搬过六次家！话说得最重的一次抱怨，阿沫说："跟着你，就像是流浪狗！"

　　但恐怕，在良渚他也住不长。"野芦湾"的画室他只用了大半年就被一刀切的"拆违"给拆了，这一年多来他临时找了个地方"茅山

287

农庄"将就着,但听说很快也要拆。几天前,他开始联络富阳的朋友,看能不能在富阳的黄公望村把自己安顿下来,能让他和阿沫在那里度过不再流浪的晚年。李三说,我已经六十四岁了。

他想起来,就在他退休前给学生上最后一堂课的前一晚,他在醒酒屋附近发现了一家新开的理发店。泡吧还太早,他先理了发,理发师就是老板本人。他告诉李三,他原本是在汽车北站开店的,生意很不错,吸引住很多老顾客,甚至有的老顾客现在还跑来"陆西"找他理发。

李三问:"那你为啥要搬来这里?"

他说:"北站在搞大拆迁,我的店被拆了,只好换地方。可是来到这个新地方,这里的人还不知道我,所以客人不多,生意有点冷清。"接着他还说,他怕"陆西"这地方再过几年也会拆。

李三说:"不至于吧,'陆西'应该不会拆的。"

一直没吭声的他老婆,这时说了一句很透彻的话:"这里的地皮要是能卖出好价钱,肯定也会拆。"

她老公说:"我们做生意到现在,一直被这里那里的拆迁赶来赶去。我现在一听到'拆'字就心里发毛。"

李三想,我也是,被赶来赶去,一半是因为"拆",一半是房东不守信。

理完发,他去了"栀子花"。约好了,从北京回来探亲的苏阳那晚和李三在"栀子花"泡吧。

苏阳在北京有一家影视公司,主要做纪录片,做得有点名堂了。他俩喝着威士忌,聊了不少纪录片方面的话题。李三给苏阳出了个题目,叫"钱的故事",说这可以做成系列,每集二十分钟,一个个地讲述古今中外跟钱有关的故事。思路可以很放开,把中外货币史、各种货币之战乃至类似马克·吐温的《百万英镑》、纪德的《伪币制造者》等等的故事片断和相关视频都做进片子里去，虚虚实实，洋洋洒洒。

李三说："在中国，可以预见的未来，只有两类纪录片。一类是政府掏钱拍的，基本上都是庆贺国家或者地方的什么喜庆之事，譬如杭州重建雷峰塔落成，我写了一个六集的纪录片。新疆维吾尔自治区成立五十周年，我写了《我们新疆好地方》。另外一类是更对中国人口味的，譬如《舌尖上的中国》，都做到第三季了。而且也是因为这个纪录片，我看到一则新闻，说是因为'舌尖3'热播，济南的章丘铁锅火了，全国人民抢购，网购同比陡增六千倍。兄弟，六千倍啊！这个世界曾经有过生意一瞬间好了六千倍的情况吗？做铁锅的老板说他家一年只做得了几千口，而今订单来了几十万。生意太好，害得他厂里一些师傅动了心思，另起炉灶，各自单干去了。兄弟，哄抢铁锅，是不是太有意思了？电视新闻里没有讲网上下单的都是些什么人。考虑到现今年轻人差不多都吃外卖，很少有自己做饭的，我猜想这一波抢购铁锅的，应该还是那些早先曾经抢房、抢股票、抢纪念币，只要是觉得能保值升值就见啥抢啥的大妈们。而且我还相信，她们中的许多人不是买一口，恐怕是几口、几十口地买。啥意思？大妈们把章丘铁锅当投资品了！"

喝了口酒，李三接着说："但是啊，这一切都是冲着钱去的！铁锅不是目的，目的还是钱。你懂的！"

苏阳对此很有兴趣，还和李三一致认为，钱才是人类的第一共同语言！

达成这条共识后，苏阳回去了，李三接着喝。

阿琅今天刚从安徽回来，要请李三喝一瓶"鹅岛"，问吧女小荷要来杯子，把啤酒往杯子里倒。

李三说他："你阿琅观察力太差，什么叫观察力？"当着小荷的面李三拿她来说事，"我前回来曾半开玩笑问小荷，你要是爱上了我，怎么办？当时她一愣，回答说'不知道'，表情很不自在。后来，过了个把钟头，我又问她，要是我爱上你了，你怎么办？她还是回答'不知道'。可这回她的表情却很放松，还稍微带点嘲笑的笑容，没有说出来的话大概是'那你就单相思吧！'阿琅，你和我喝过这么多回酒，就没注意到我从来都是拿着酒瓶直接喝的吗？"

"栀子花"供应的啤酒里有一款叫 Kwak，创始于 1791 年。薇妮曾经跟李三讲过 Kwak 的故事：从前欧洲人喝啤酒都是自己带上杯子去酒馆喝的，后来有了玻璃，Kwak 是最早用玻璃瓶装的啤酒。但那时玻璃很珍贵，Kwak 为了回收酒瓶，防止客人喝完啤酒带走瓶子，要求客人在买酒之前先把自己的鞋子抵押在店家。因为喜欢他家的啤酒，客人只得依从了。

所以喝完阿琅请的"鹅岛"，李三要了一瓶 Kwak，觉得果真口味不错。

午夜过后，酒吧里只剩下李三和一个他们叫她"小花"的年轻女客，再就是吧台里的两个服务生阿杜和飞扬。她喝多了一点，说话情意绵绵的，让李三听来蛮受用。她跟他诉苦，大意是她老公性无能，而且一个月里只有两三天在家。老公很能挣钱，对她和她娘家人又很好，她不能没有他。在做过几次试管婴儿手术都失败后，她很痛苦，万念俱灰，不知道该怎样。

李三不能确定她为何要跟他讲这些，只敷衍她一番话语，一会儿说你应该让老公去找专家治治，一会儿又说她应该和老公拜拜，了不得就是不用 LV 包包，用联华超市的塑料袋算了。

时间很晚了，李三看得出来阿杜和飞扬早就想回去休息了，已经越来越讨厌他跟"小花"的打情骂俏加胡扯。凌晨四点，他叫了代驾，买单后离开酒吧。

她追出来，还是不想让他走。

代驾司机已经就座，他也坐上了副驾驶座，从倒车镜看到她在后面直跺脚。

司机问："她是想和你回家吧？"

他问："回我的家还是她的家？"

"我哪里晓得？"

"你不晓得，还问这话？"

司机起步了。

他想想，觉得他对司机说得太严厉，补上一句："兄弟，你不懂这种女人。没有人懂她们。"

第二天他去学校，给学生上最后一次课。

进了教室，李三颇感意外，居然来了二十多个学生，有些还不是写作班的。因为沈院长有公务不在学校，让新任的副院长代表她，和办公室的小孔为他搞了个小仪式，就在教室里给他送了一束鲜花。

开始上课了。还像前几周一样，没有学生文章可讲评，上课就成了聊天。当然聊天也是可以聊得很有意义的，譬如有个陌生的男生问他，是不是人的经历越丰富就越有益于文学创作？

他说："既是又不是，因为作家所需要的人生经历和我们一般讲的人生经历不是一回事。对作家有用的经历，不仅是被他经历过，甚至也不仅是被他仔仔细细地观察过，还被他津津有味地品尝过、咀嚼过、鉴赏过、把玩过，直至已经被他赋予了某种叙事艺术的格调、色彩、气息的。你光是经历了什么事，并不等于你已经看明白了这件事的意义以及它的诸多细节块面。"没错，他说了"细节块面"，把叙事的

和造型的两种话语揉成一个语词来说，"对小说家来说，匆匆掠过的、粗枝大叶的、漫不经心的人生经历，几乎可以说没啥用处。一个好的小说家，他的真正有价值的资源，不在人生经历的丰富，而在他对日常事物的慧眼关注。我非常钦佩像王安忆这类女作家，她们擅长把几乎是人人都有经历的日常生活写得那么细腻而有滋有味。记得上海的另一个作家陈村，曾经带点夸张议论王安忆，说她写一个人起床，穿棉毛裤，可以写六千字。够挖苦的吧？可我更愿意看成是羡慕和褒奖。"

除了文学和写作的话题，学生们还问了一些酒吧和泡酒吧的话题，看来他们很有好奇心。李三在介绍了一番城西酒吧的大致情形后，总结说："其实酒吧是个很人性、很能抓住人类需求的社交安排。世上的人们，尤其是男人们，需要经常聚聚，互通信息，议论国事，古今中外都是这样。在从前中国的城镇和乡村，小酒馆、茶馆之类，什么地方都有，哪个村子都不缺，鲁迅的小说里就写过不少，其功能和今天的酒吧、咖啡馆是一样的，都可以称作男人们的'话吧'。当然，随着时尚的演进，如今的酒吧也常常出现女性吧客，顺带着，在互通信息和议论国事之外又增添了许多男女话题。这也很人性哪！"

又有学生问："李老师退休后还会写作和画画吗？会干到什么时候？"

他说："干到我不想干了，也就离死不远了。"

学生们笑了。

王婷说她很羡慕李老师退休后可以每天睡觉睡到自然醒。

"你们早晚也会有这一天。每个人都是一岁一岁长年纪的，这恐怕是世界上唯一最公平的事了。你们很快就会往自己的肩膀上一副一副地增加担子，而我则是一副一副地卸掉了，只剩下了一副对老婆尽责的。"

又有一个女生问他画画的事，问李老师怎样看待绘画中的色彩？

问题问得这么大，他也只好给他们来点儿虚的、玄的、诗的："我对色彩有三个考虑，第一，不要让色彩脱离你的情怀；第二，我们不是色彩贩子；第三，不要做菜场里卖菜的，要做厨房里掌勺的。"啥意思？你们自己去想。

最后又讨论到生育和死亡。

男生余帅问："人们为什么要生儿育女？"

李三说："我想是，为了老来的惦念有个指向，情感有所寄托。人老了，亲朋好友只会越来越少。随着我一年年老去，还会有更多的亲人和朋友离我而去。如果没有孩子，我的将来就没有意义，我活得越长寿就越孤家寡人，越索然无味。"

"问李老师一个失敬的问题：您在临终时可能会怎样想？"

"我还没到那个时候……"学生们笑了，李三也笑了，笑完，他接着说，"没到那时候，所以我能回答你的只能是现在的想法。非常可能，我带着对这个世界的厌憎离开它。我只希望我死后，我的孩子会想到，那么深深地爱她、信任她、支持她、以她为荣的人，从今以后没有了。"

课堂上沉静了片刻。

主持这堂课的副院长或许觉得这话题再往下讨论不好，赶紧说："时间不早了。李老师最后一次给学生上课，能不能非常概括地说一下您一生中最重要的人生经验，留给您的晚辈？"

李三想了想，表情凝重地说："你们要勇于，并且善于把自己的真实愿望说出来。对你来说十分重要的愿望，你若阿在心里不说，你周围的人哪怕能猜到，也可以装作不晓得。说出来了，明明白白地摆在那里，谁都不能装糊涂，你就可能让自己处在一个有利的地位，或

许你的心愿还真能实现。"

下课后，四点许，副院长陪同学校纪委的孙书记代表校领导来看李三，在他的办公室坐了一会儿，算是意思到了。

接下来，他的顶头上司，传播系主任高峰请饭，还有夏河西、阎赋等同事作陪，去了学校南门外小街上那家以往常去的"炊事班"。

饭桌上，阎赋逗李三："要是学校返聘你，你还走人吗？"

"一定走！我向往这一天很久了！"

夏河西问："要是给的钱多呢，是现在的三倍，五倍？"

李三被他问笑了，只得说："那倒是很诱人呢。有钱能使鬼推磨嘛！但我晓得那不可能，学校没那么看重我。"

一个月后，在学校放暑假前，李三办完了全部退休手续。就像他常说的那样，真正是"从体制内回到了江湖上"。

收入继续减少，李三眼下只能隔两天泡一回吧。阿沫替他算了账，认为继续租醒酒屋不划算。

当天傍晚，李三来到"陆西"，环视了一番他的醒酒屋，开始收拾寝具和其他物件，一一搬到他的车上。自从阿沫替他租下这屋子，让他泡完酒吧来这里睡觉，四年多过去了。

晚饭前他等着和正在回家路上的房东结账，和他家老爷子聊了一会儿。老爷子说起他的什么机器要加汽油，但加油站不给加，要他去社区或者别的什么机构开证明。老爷子感叹说，原来不是这样的，都是被坏人搞坏了。

房东回来了，退还了李三五百块押金，扣除其中八十块电费。李三请他去那房间查看一下有没有什么东西损坏，他说不必了，你是个好房客。然后他们一家三代把李三送出门外，目送他开车离去。这一瞬间，他忽然有点后悔不再租他家房子了。

比较高兴的事情是他口袋里的钥匙只剩两把了，家里一把，画室一把。而原先，他有姐姐家的单元门和房门两把钥匙，为的是姐姐不在家的时候他也可以去看望卧床不起的母亲。去年 12 月母亲去世了，这两把钥匙他还了姐姐。退休了，学校办公室里外两道门和信箱的总共三把钥匙他交还给了学院；再就是退租了醒酒屋，钥匙又少了一把。这么一来，他的裤袋分量轻多了。

31

裴裴回河南半年后，有一天喜云告诉李三，裴裴来杭州了。他跟喜云约好今晚请裴裴吃饭，请喜云和小蒙作陪，地点定在西溪湿地里的"四季花园餐厅"。

才半年时间，裴裴居然瘦身六十斤，形象大变，令人惊叹。虽然此前也听说她瘦身很成功，也看过几张她发到微信朋友圈的照片，但这回看到的是真人，还是觉得难以置信。李三询问了她的身体状况，她说刚做过体检，各项指标都好。她还向他们展示了她的上臂肌肉，以此表示她身上各处都没有皮肉松弛的情况。

还因为她的超级成功，太有说服力了，裴裴而今成了某种瘦身产品的代理商或者叫微商，才半年就赚了六七万。

李三更看重她的精神状态极佳。道理不难理解，她从一个年龄超过四十岁且体重超过一百六十斤的"吧女"，无奈地告别她留下二十年青春年华的杭州回到河南老家"二婚"嫁人，除了有点小积蓄什么都没有。没有专业，没有特长，尽管老公和婆家对她很好，她自己却不能不体验到一种多余感。而今，她有了自己的生意或者叫事业，由此找回了自己，联络顾客，出门讲课，研读生理保健的各种读物，这些都成了她自己的日常生活，而且乐在其中。

裴裴还给他看了一段她自己撰写的短文，介绍自己、家庭和产品，很质朴、简练。她又说，在杭州打拼的二十年被她看成是念完了大学。

小蒙凑上一句："裴姐博士毕业了！"

借着裴裴这个榜样，李三劝小蒙别把买房子放在首位考虑，而应该第一，调理好身体，第二，谋求做一门生意，从中不光赚钱养家，还能获得自我的存在感。

小蒙起先说得很自卑，说自己没有做生意的本事。

李三说："其实你内在很自尊，认识我四年来从未求过我什么事，从来不肯收我一个红包。你是个有自己坚强意志的女人，很可能做起生意来一飞冲天。"

裴裴也对小蒙说："做点生意其实不难，一上道就无师自通了。"

因为李三和喜云都要开车，饭局上谁都不喝酒。三个女人喝玉米汁，他喝雪梨汁。

饭后李三带上裴裴和小蒙去了"栀子花"泡吧，喜云另有事。

还像吃饭时那样，裴裴和小蒙一左一右坐在李三两旁。他喝麦卡伦威士忌，她俩喝"1648"啤酒。隔着他，裴裴对小蒙说了不少女人家那种事，都跟调理、养生有关。看起来小蒙有点接受他和裴裴给她的建议了，就是第一养好身体，第二做点生意，增加收入，逐步摆脱出苦力打工的命。

午夜前，她俩陆续告辞。裴裴说她要在杭州待到下月10号回去，李三说那我们肯定还会再聚。

接下来他就主要跟吧台里的服务生阿杜和飞扬聊天。飞扬和阿杜说起了离春节不远了，春节返乡的话题。

李三想起几天前他跟夏河西说，在外打工的大部分人都是一年到头只回家一趟，而且年复一年又总是冬天回家，其实很不聪明。尤其是北方，冬天万木萧疏，满目荒凉，会让人对家乡的感觉渐生厌倦。要是能让回乡探亲的人流分散于四季，春天、夏天、秋天，家乡会呈现不同的美景，回乡的人们或许感觉会好许多，会勾起更多更美的"乡愁"。像现在这样，总是冬天回家，尤其是那些跟随父母在外的孩子，

对家乡的记忆就永远是那么缺乏生气的，那么灰冷，那么单调。

这会儿他对阿杜说："你跟飞扬不一样，他家就在衢州，来回都方便。你家远在山西，北方的冬天，风雪遍野，人只能待在室内。半个月二十天地待着，全部乐趣就是打牌、赌博。年年如此，祸害了千千万万个赚血汗钱赚得好辛苦的农民工兄弟。照我说，春节返乡潮就是一个坑，你们还非往里面跳？"

阿杜说这个春节他不打算回家。

"那算你聪明！不就是想看看爹妈吗？另选日子去看不行吗？选你家乡春暖花开风光好的季节去，然后把家乡的美丽记在心里。"

"离我家不远，才一刻钟车程的地方，有好几百亩油菜地，春天里油菜花开得很迷人。"

"好啊，那你就等到油菜花开的日子再回家。没准在油菜地里你还能泡上个妞。你要晓得，油菜花一开，许多女人就开始有想法了。"

有点意外，冯韬下班后直接来了酒吧，说他还是头一回来"栀子花"，今晚据他猜想，李老师很可能会在这里。

这些年冯韬除了事业、挣钱和他的业余爱好看球赛，最操心的还是他的才念小学三年级的儿子，也曾多次和李三讨论过孩子的养育、教育。今晚他又和李三聊起这个话题。

李三说："依我看你这份人家，夫妻恩爱，又都上进，应该没有什么大问题了，顶多是在孩子的成长过程中会有这样那样的烦恼。其实也用不着烦恼什么，你们原本就有一个蛮好的家庭环境，顺其自然就行。要紧的是，随着你儿子一年年长大，你越来越需要以平等的姿态与他相处。不平等就没有真正的诚实。儿子的意见总是被老子压制，他就讲不了真话，只好跟你虚与委蛇。许多中国父母宁要虚情假意的孝也不要真诚沟通的平等，实在愚不可及。就说你冯韬吧，依我看你做一个父亲的最大成功，就是将来你的儿子和你无话不谈，亲如兄弟。设想一下将来你儿子念高中或者上大学了，有一天他忽然问你，虽然晓得你很爱他母亲，相信你不曾到外面去拈花惹草，但你见着漂亮女孩是不是心里也有点什么想法？儿子问了老子这个话，老子怎么回答？许多中国老子一定是勃然大怒，呵斥儿子没大没小，竟敢管到老子的头上！我相信你冯韬不会这样，对吧？"

冯韬笑了，点点头说："我会把真实的想法告诉儿子。"

李三接着说："十多年前，田桑刚念大学，就曾很严肃地问过我是不是还爱着她妈妈？我说是。她又责问，那你为什么还找女朋友？我坦白说，你妈妈很敬业，常年在外地工作，而你爸爸正当壮年，有性的需求，身边不能长时间没有女人。你问我为什么一边爱着你妈妈一边又去爱别的女人，这就是我的回答。但这并非说我内心里对你妈妈没有愧疚。我对她不忠，过错在我，总是我欠着她了。你爸爸并非圣人，有很多毛病，很多弱点，就是这么回事。"

冯韬又笑了，说他庆幸自己是给儿子做爸爸的："两个男人之间谈论这种话题应该比你和女儿谈容易多了。"

这个话题没啥可聊了，李三转过脸，听阿杜说前些天家里替他相亲，女方也和他加了微信。可是好几天过去了，那女孩也不搭理他，一条回复都没有。

李三说："那么没礼貌，这种女孩不能要。"可转念一想，他又改口说，"人家还没把你拉黑，说明还留着点后手，没准是一时想不好怎么回复你，你就再多给她几天吧。"

阿杜又说："早些年有个女孩对我有意思，我没当什么，人家就嫁人了，还生了一个小孩。今年那女的离了婚，小孩归了男方，眼下又追我了。李哥你看我该怎么办？"

"你怎么办我不晓得。换作我嘛，倒是更喜欢杭州话说的'小嫂儿'，二婚的。因为在我看来女孩儿大都会有一点锋芒，会有不懂事的地方。让另一个男人替我锉去了她的锋芒，让她有点懂事起来，我现成捡了便宜，多好！"

也是坐吧台的一个年轻客人阿丰，听了这话觉得很有启发。他也是单身，说李老师就给我介绍个小嫂儿吧。

"我哪来小嫂儿介绍给你？我这边都是老奶奶，你要不要？"

比阿杜小几岁的飞扬给李三和冯韬开了啤酒。他是喜云的表弟，跟着喜云叫李三"姨父"。

冯韬又说起今晚猴子请饭，李三因为请裴裴，没去。他们那个饭局是在文三西路和竞舟路那里的一家野鱼馆，除了冯韬猴子还请了老虞、王也、严理、吴进、姗姗和老虞的女助理。老虞提出要喝白酒，但这家店除了伊利特没别的。王也就提议说还是喝"劲二牛"吧，并且自己跑到外面去买了来。所谓"劲二牛"，王也说是他的发明，有专利的，就是把差不多同样容量的劲酒、二锅头和红牛饮料掺在一起喝。他和猴子都吓唬老虞，说喝了这"劲二牛"，一晚上精神抖擞，很那个那个的，你敢不敢喝？老虞说你俩想说的，不就是把自己喝骚了吗，有啥不敢的？

午夜前，冯韬说明天还要上班，很客气地替李三买了单，先走了。

喝掉了剩下的半瓶啤酒，李三也转场去了"云吧"。

今晚这里生意不错，有两拨客人他还不认识。

有一会儿，猴子跟李三说，这阵子他经常在微信朋友圈秀秀他跟老婆的恩爱，效果蛮好，因为他的微信朋友圈里很多人是他老婆娘家的亲戚、朋友和邻居，这不仅让他老婆很有面子，也让他在亲友圈很得人缘。

李三笑了，夸奖他很聪明，会讨好女人了。

"这都是跟李哥学的。"

"你已经超过我了！"

"还有李哥说的，不仅是要拿不同的套路来对付不同的女人，还要拿不同的套路来对付同一个女人。这话我也记住了。"

"那就是说，姚琴已经被你对付得没脾气了？"

"还行吧，李哥。"

"云吧"新来的一个吧女蝴蝶，她男朋友今晚又在酒吧陪她。阿琅说是因为这男孩长得太帅，蝴蝶不放心，随身带着男朋友以便看管住他。而外号叫"黄鹤楼"的吧客却说是她男朋友不放心蝴蝶，怕她被客人泡走，跟着她，看住她。

李三觉得他俩说的都对。

接着阿琅说起他有个亲戚，家在福建乡下。那地方出产烟叶，从前家家户户都会烤制烟叶，所以当地的许多老人从小就抽烟，都成了老烟枪了。他亲戚家的老太太，快九十岁了，两个儿子不孝，不给她买烟抽。老太太又实在戒不掉这口，只好在自家房后种了七八棵烟叶，自己烤，自己抽。

猴子告诉李三，小云不做了，彻底离开了杭州，约莫是回老家嫁人了。

李三没说啥，因为他觉得早晚会是这样。绝大部分的小云们、叶子们，最终结局不过如此，乃至胡安也是。无边无际的伤心啊！

32

　　今天作画，李三先是勾勒了一只三头怪物，部分地模仿了外孙朱利安的怪物造型。朱利安的那些个怪物只用单色水笔画成，而他得考虑用什么颜色。这倒不算多大的问题，真正麻烦的是，细部怎么办？儿童画是不在意细部的，或者说他们画的细部随心所欲，根本不考虑任何逻辑。一遍遍地审视着朱利安的造型，他体会到儿童画与我们成人画最大的区别在于，他们是在创造自己的世界，而我们只是在努力解读着现成的世界。

　　他想朱利安了，还有摩根和英格丽。

　　昨天他和尹芬在微信上聊天，尹芬说："朱利安学什么都很快，可是丢得也快，不能持之以恒。"

　　他替朱利安辩护："他还小，或许再过几年会慢慢养成做事的恒心。"

　　"朱利安还喜欢加入大人们讨论问题，叽里呱啦的，一点也不觉得自己还是个小孩。他只是见了陌生人一时有点羞涩。"

　　尹芬又说："摩根是个小吃货，不挑食，什么都吃，当然是特别爱吃美味的食物，尤其喜欢水果。这丫头好奇心太重，每天回家必会到处翻箱倒柜一番，好像她一直觉得她爸妈会趁她不在家藏下了什么好东西。

　　"英格丽记性特好，鬼心眼也多，还很护家，有点小管家婆的潜质。有一天田桑带着英格丽来看我，临走的时候英格丽再三提醒妈妈落下了一个小布包。其实那小布包是我的，只因她妈妈也有一个一样的小布包，英格丽就生怕她妈妈会弄丢了。那年她来中国才两岁多，居然许多情景都还记得。相比之下，做姐姐的摩根就马大哈了。我去年刚到美国时，已经快五岁还见过好几面的摩根，居然已经忘了外婆，悄悄问她妈："怎么又来了一个 Grandma ？"摩根的奶奶是另一个 Grandma。还有更搞笑的，摩根今年上小学了，刚去那几天很不适应，嚷嚷着要回幼儿园。"

后来晚上李三把这事说给阿沫听，她笑死了，说小孩不肯上学一般都是要回家，没听说要回幼儿园的。

尹芬还要求李三为朱利安的生日写一句话，她会译成英文连同她代他选购的礼物一起送给朱利安。李三说让我想想，过几个小时再发给你。

阿沫带回来一些卤味当晚饭吃，一边喝着她自己泡的杨梅酒，一边和他聊天。说到小女儿，她说最让她高兴的是，以前是她为薇妮操心，而今则是女儿为她操心这个那个了。

接着阿沫又说了一桩薇妮告诉她的趣事：就在前天，克瑞斯一家人为他祖母做了九十周岁大寿。第二天，也就是昨天，老太太出门旅游去了。她不是一个人去的，是和她的男朋友一起去的。

"男朋友？我没听错吧？"

阿沫说没错，老太太丈夫早死了，现在有个男朋友，九十五岁了。按照荷兰给老人的福利，有一辆公车，完全免费，把两个老人送到一处海滨旅游胜地，他俩要在那里待上几天……没等说完，阿沫笑得更厉害了。忍住之后，她接着说："老太太还要求家人给她预订旅馆房间，把她和男朋友订在一间，而且要有一张大床！"

李三也忍不住大笑起来，连声说："好，好！"

阿沫却泼冷水说："老太太的子女们没按她的吩咐去做，怕她到

时候会吃不消。"

半年多以后，阿沫又跟他讲了那位老太太的新故事：不久前克瑞斯的父母建议她去一家条件极好的养老院，老太太不肯去，理由是在养老院又会有许多男人追求她，而她则又会情不自禁交上新男朋友。

李三听了，笑得打嗝了好一会儿。

快到晚十点了，她忽然打住，说是明天就是"双十一"，她要上网看看有啥好抢购的。说完，她又不好意思地补上一句，说自己是个"败家婆娘"。

李三笑了，说你也玩"双十一"抢购，感觉上就是把你自己当作二十岁了，蛮好！

凌晨三点多，李三写好了给朱利安的话："在地球的另一面，外公一直关注着你的成长。加油，小男子汉！"然后发给了尹芬。

他的电脑旁有一个类似台历可以翻页的相册，都是朱利安和两个妹妹的照片。外孙们离他如此遥远，想来颇觉沮丧。他们每两年才和他见上一面，照此节奏，他的余生顶多还能见他们十几回。他不愿往下想了……

到了 2021 年的 9 月，因为新冠疫情造成的阻隔，李三已经整整五年没能和女儿以及外孙们相聚了。

大多数时候，他只能翻看手机里存着的孩子们的照片。

他也一直没有等到曹玫来买他的画。

曹玫倒是经常发给他一些有关养生的文章和图片，讲喝茶怎么怎么好，讲健身时要注意什么，讲少吃猪肉多吃海鲜……

有一晚他跟胡桠聊电影，说最近看的一部加拿大电影《鬣狗之路》还不错，尤其台词很棒。讲阿富汗战争的，快节奏，够血腥，却还要加入爱情故事。美军规定，男女军人在战地不许恋爱，他俩却偷着恋。

加入这类故事本来肯定会拖慢节奏，电影会不伦不类。可是这部加拿大片子居然靠着极富潜台词和表现力的对话，那对男女偶尔碰见时的三言两语，就让观众明白他俩的恋情和内心的煎熬。最后，男的阵亡了，遗体搬上飞机运回美国，战友们列队敬礼默送，女的也在其中，而她腹中正怀着他的孩子……

他还特别告诉胡桠，影片最后，旁白说出一句阿富汗人的谚语："钟是他们的，时间是我们的。"

"这话妙吧？你去琢磨琢磨！"

钟是美国人的，时间是阿富汗的，所以二十年后塔利班又回来掌权了。

疫情起初的几个月，李三也像其他人一样，只能待在家不出门，除了每天写日记没别的事情可做，闲得无聊，就想想这个，想想那个。被他想到的多半是女人。

曹玫、裴裴、叶子、小云，都回了各自的家乡，还都嫁了人，不太可能再回杭州来生活。陶丽也回家乡了，因为被她拉黑，不晓得她想开的店铺开起来没有？喜云生了孩子，回衢州的娘家去养娃，不过她肯定还会回来。佳丽一点音信都没有，约莫是她的男朋友或者现在已经成了她老公的那人，要求她改换手机号码，与她的吧女岁月一刀两断。还有小旻和思思，去了下沙混，也不晓得混得怎样。还有宋芳，虽然李三和她交集不多，也晓得她在杭州挣扎了十七八年，想在杭州二婚嫁人成家，却还是败走家乡。他想起当年在"猴吧"，一个比宋芳小十岁还不止的新来的吧女小慧，居然有本事控制宋芳。小慧很喜欢一个帅哥吧客，可那帅哥却迷上了比他年长的宋芳。那晚宋芳挡不住帅哥的纠缠，和他上了楼。小慧太受煎熬了，想出个妙招，谎称宋芳留在吧台的手机来了电话，大声把宋芳呼唤下楼。这一切李三都看

在眼里，后来悄悄对小慧说，想不到你小小年纪倒蛮有心计的。小慧居然说："我是怕宋芳姐吃亏。"

所以这些女孩、"小嫂儿"都离"李哥"或者"李老师"远去。人生没有逆行。

那些被疫情阴云笼罩的日子，李三只确信小蒙还留在杭州。有一天他发微信问小蒙："在干吗？"

小蒙只回他两个字："工作。"然后是一个举起拳头的表情符号。

一年多过去了。上个月，他和小蒙见了一面。本来是他说请小蒙，结果是小蒙请他在"城西银泰"吃牛肉火锅。这是自从去年春节前后疫情发生以来他俩头一回相聚。吃饭的时候，小蒙跟他讲了她在疫情期间的工作和生活。她没有采纳李三和裳裳给她的建议开个小店，而是继续在那家保洁公司打工。

她当头头的班组现在是给一家五星级酒店做保洁。全班组有二十四个人，疫情开始后，二十一人离职回家了，只剩下她和另外两个保洁员还坚持工作。

有一晚小蒙下班回到家，老公说很担心她在酒店做事，说那种地方人来人往，人多且杂，感染病毒的概率不小，因此他劝小蒙和他一起回安徽霍邱老家避避风头。

小蒙说："不回去！"

老公问："为啥？"

"我好不容易升到了这个位置。一回去，什么时候才回得来？"

"得了这个病是要死人的！每天有那么多新增感染病例，还有那么多死亡人数，你不怕我还怕呢！你看过网上那些文章没有？得了新冠肺炎，就算你被治好了，后遗症也……"

"你怕，你回去吧。我要留下来。"

小蒙的脸色很阴沉，老公不往下说了。他俩面对面坐着，半小时里谁也不说话。

　　夜深了。不知是什么缘故，在下面的院子里，听上去有几十只猫在发情，叫声此起彼伏，或悲苦或凄惨，听来无比揪心，感觉像是猫们的末日到了。

　　小蒙开口了，像是自言自语："我一走，位置就没有了，再回来一切又从头做起。"

　　"为老板拼死拼活的，冒这么大风险，你犯得着吗？"老公说话很小声。

　　"不是为老板，是为我们自己！讲好的，要在杭州买房子，你忘啦？你一个男人家，这么怕事，这么容易动摇决心？"

　　小蒙不看他，转过脸去望着黑洞洞的窗外，听着猫们的凄惨叫声，近乎绝望又铿锵有力地说："我就是一只母鸡，长得很难看的小母鸡。我生了两个蛋，很好看的蛋。我把他们孵成小鸡了，一雄一雌的两只小鸡。我现在做的一切都是为着，我要把他们带大，带到他们可以自己出去找食吃了。到那时候，你，你们男人，想把我怎么样都可以！"

　　老公很熟悉小蒙这么说话是什么心情，一时不敢吭声了。他比小蒙高出整整一个头，看着他的这么瘦小的女人，又气，又疼，又无奈，最后不得不说："好吧，听你的。"

　　但看上去小蒙还是很不开心，皱着眉头想事。

　　"又怎么啦？"

　　"班组只剩下三个人了，活还是那么多。"

　　"那也是没办法的。"老公说，"睡觉吧。"

　　小蒙坐到床边，忽然说："跟我做爱吧！看你有没有本事让我高兴起来。"

在火锅店的餐桌上，小蒙告诉李三，她已经买好了房子，九十几平米的，位置偏一点，在余杭和德清交界的地方，年底前就能拿到钥匙。

　　"这可是大喜事！"李三站起身，也要求坐他对面的小蒙站起来，好好地抱了抱她。

　　"老爷，你一开始就相信我做得到。"

　　小蒙的眼中，泪光闪烁。

　　"没错，我一开始就相信。还有喜云，还有装装，我们都相信小蒙一定能在杭州扎下根来！"

　　重新坐下后，她又告诉李三，老板看在她疫情期间对公司非常忠诚的分上，帮了她一个大忙，因为正巧那家房地产公司的老板是他朋友，经他搭桥、说情，小蒙购房享受了五万块钱的优惠。

　　"是啊，小蒙应该有好报的！"

　　小蒙没有多说她在去年的疫情期间怎样仅靠三人坚持工作的事，只说了她那时候的一个体会："遇到这样一个坎，我必须飞过去，靠走是走不过去的……老爷，我飞过来了！"

　　"飞过来了！"李三跟着她念叨了一句，他看到小蒙此时脸上那股喜气乘着两颗泛起的红晕闪闪熠熠，迷人极了，情不自禁夸奖她，"小蒙，你真漂亮！"

　　"哪里呀？老爷，我够丑的。"

　　饭后，他把小蒙送到她住的小区门口，然后回良渚，到"琥珀"去泡吧。生意很冷清，很长时间只有他一个客人。没人聊天，李三就看手机。

　　他又看到曹玫给他发来了养生文章。确切说，这篇不是讲养生的，是讲如何品味养生，从养生的日常操作中感悟人生，享受美好，很有逼格。

李三写了一句回复她："岁月静好啊！"

第二天，他发现，曹玫又把他拉黑了。

2021 年 10 月初稿于杭州良渚
2022 年 3 月二稿于富阳黄公望村